미르영 퓨전 판타지 소설
FUSION FANTASTIC STORY

타임 슬라이스 2
미르영 퓨전 판타지 소설

초판 1쇄 찍은 날 § 2009년 11월 17일
초판 1쇄 펴낸 날 § 2008년 11월 26일

지은이 § 미르영
펴낸이 § 서경석

편집장 § 문혜영
편집책임 § 서지현

펴낸곳 § 도서출판 청어람
등록번호 § 제1081-1-89호
등록일자 § 1999. 5. 31
어람번호 § 제1-1093호

주소 § 경기도 부천시 원미구 심곡2동 163-2 서경B/D 3F (우). 420-822
전화 § 032-656-4452 팩스 § 032-656-4453
http://www.chungeoram.com
E-mail § eoram99@chollian.net

ⓒ 미르영, 2009

ISBN 978-89-251-2000-3 04810
ISBN 978-89-251-1998-4 (세트)

염왕유희(閻王遊戱) 

TIME SLICE

타임 슬라이스

FUSION FANTASTIC STORY

미르영 퓨전 판타지 소설

청어람

CONTENTS

CHAPTER 01
밴프 국립공원

TIME
SLICE 타임 슬라이스

와아!!

안젤라의 뽀뽀에 황홀해 있으려니 함성이 들려온다. 상대팀 마지막 타자가 날린 파울 타구를 포수가 잡아 보스턴 레드삭스의 승리로 경기가 끝난 것이다.

"이제 가자! 경기도 이겼으니 오늘 신나게 마셔보자."

세르노 형이 일행을 이끌었다.

술을 마시러 갈 모양인데 아무래도 난 빠져야 할 시간이 된 것 같았다.

지금 내 모습은 아무리 우겨봐도 미성년자니까 말이다.

"크크, 두영아. 너도 같이 가는 거니까, 삐치지는 마라."

세르노 형이 내 등을 팡팡 두드린다.

헉!!

얼굴에 티가 났나?

그런데 아무래도 오늘은 다들 다른 날과 다른 것 같다. 술 마시러 가면 언제나 날 먼저 기숙사로 데려다 주더니 말이다.

펜웨이파크를 빠져나와 주차장에서 차량 세 대에 나누어 타고 캠브리지로 돌아왔다.

잠시 떠나 있었을 뿐인데 익숙한 건물이 눈에 띄니 안도의 마음이 저절로 찾아온다.

학교가 가까워져 왔지만 어쩐 일인지 차는 기숙사로 향하지 않았다. 세르노 형 말대로 나도 낄 모양이다.

"어디로 가는 거야?"

안젤라에게 물었다.

"회장네 집."

"세르노 형네?"

"그래. 그곳에서 파티를 열기로 했거든."

"그렇구나."

파티를 하기로 했다니 재미있을 것 같다. 파티라면 굳이 술을 마셔도 되지 않으니 말이다.

지금 시간대로 와서 부모님과 같이한 가족 파티를 빼놓고는 예전 시간대도 그렇고 지금까지 파티라는 것을 한 번도 해본 적이 없었기에 흥미가 돌았다.

얼마 후, 세르노 형네 집에 도착했다.

수영장이 두 개나 딸린 상당히 큰 집이다. 평소 모습을 보면서 부자일 거라는 예상대로 집은 대저택이었다.

"와!!"

"후, 놀라긴. 회장네 아버지가 멕시코에서 통신 회사를 운영하잖니. 아마 이곳이 가지고 있는 저택 중에 제일 작을걸?"

안젤라가 놀라지 말라며 세르노 형에 대해 알려주었다. 멕시코제일의 갑부가 세르노 형의 아버지라는 것이다.

저택 앞에 도착하니 집사가 나와 우리를 맞았다.

'꽤나 깔끔한 사람이로군.'

말끔한 정장을 차려입은 사람이다.

결벽증이 있지 않나 모르겠다.

사람들의 시선이 자신에게 향하지 않으면 옷에 묻은 것들을 연신 떼어내니 말이다.

결벽증집사의 안내를 받아 저택 안으로 들어섰다.

고풍스러운 가구와 함께 현대적인 인테리어가 조화를 이룬 응접실이 무척이나 훌륭해 보였다.

"자, 가자. 파티장은 저쪽에 있을 거다."

세르노 형은 파티 준비 때문인지 어느새 자리를 비웠고, 지리에 익숙한 듯 안젤라가 나를 이끌었다.

응접실을 지나 테라스의 문을 열고 바깥으로 나가니 수영장이 보였다. 저택 현관으로 오면서 보았던 수영장이다.

풀 길이가 25미터 정도 되는 것이 꽤나 큰 수영장이다.

파티장은 수영장 옆 잔디밭이었다.

파라솔 아래 야외용 탁자가 놓여 있었고, 탁자 위에는 바비

큐를 만들 고기와 여러 가지 먹을 것, 그리고 맥주와 음료들이
마련되어 있었다.

　"자, 두영이의 첫 번째 학기가 이제 끝났으니 이제 신입을
환영해야겠지?"
　어느새 앞치마를 걸치고 온 세르노 형이 좌중을 선동하며
나를 쳐다본다.
　휴우! 이제는 어쩔 수 없다.
　여름방학이 끝난 후부터 본격적으로 합류하겠지만 약속대
로 첫 번째 학기가 끝나면 회원이 되기로 했으니 승낙을 해야
만 할 것 같다.
　이제부터 나도 골든 마인드의 회원인 것이다.
　"알았어요. 저도 이제부터 골든 마인드입니다."
　어차피 회원이 되기로 마음을 먹었기에 밝은 목소리로 가입
의사를 밝혔다.
　"와아!!"
　"이제 막내 동생이 생겼네."
　"앞으로 잘해보자, 두영!"
　다들 회원 가입을 축하해 주었다. 평소 동생처럼 아껴준 분
들이라 축하해 주는 모습을 보니 나도 기뻤다.
　그동안 회원이나 마찬가지였지만 정식 회원이 아니었다.
　이렇게 정식 회원이 되고 보니 나를 축하해 주는 사람들이
다시 보였다. 이제는 어딘가에 소속되어 버린 것이다.

예전과는 달리 마음을 주는 사람들과 말이다.

"그럼, 축하 파티를 해야지?"

"당연히 해야지."

세르노 형의 말에 안젤라가 맞장구를 쳤다.

이제 보니까 이 파티는 나를 정회원으로 맞이하는 축하 파티가 분명했다.

"그럼, 어디 한번 구워볼까."

세르노 형이 바비큐 통으로 걸어갔다.

자연스럽게 세르노 형을 따라 바비큐를 만드는 곳으로 갔다.

뼈와 함께 두툼하게 썰어진 고기를 후추와 허브로 감싼 채 놓여 있는 곳이었다.

고기의 상태를 살펴보니 아주 좋았다. 신선도나 숙성 상태를 보니 아주 세심하게 고른 최고급 고기였다. 구우면 아주 맛있을 것 같았다.

"아주 맛있겠네요."

"호호호, 두영은 고기를 좋아하나 봐!"

같이 따라온 안젤라가 미소를 보이며 물었다.

"좋아하는 편이에요. 그런데 세르노 형, 이 고기 제가 구우면 안 될까요? 막내가 된 기념으로 제가 서비스하고 싶은데 말이죠."

고기를 굽겠다고 제안했다.

공부하는 틈틈이 리조트 뒤에서 메우 형과 고기를 구워 먹던 기억이 아직도 생생했다.

기름기 흐르는 육질에 천연 향료를 사용해 식욕을 자극하며 코를 간지럽게 하던 고기 굽는 냄새의 기억이 나를 자극한 것이다.

"네가 말이냐?"

자신의 역할을 대신하겠다는 내 말에 고기를 굽는 것이 그리 쉬운 일이 아니라는 듯 세르노 형이 되물었다.

"이래 봬도 고기 좀 구울 줄 알거든요. 헤헤!"

"좋아, 우리 막내가 대접하려고 한다니 나는 좀 쉬어볼까. 하하하!"

웃는 소리와 함께 기특하다는 표정이 역력하다. 세르노 형이 입고 있던 앞치마와 모자를 벗어 나에게 건네주었다.

"기대하세요. 고기 굽기의 진수를 보여줄 테니까요."

우선 집게와 가위를 잡고 고기를 바비큐 판 위에 올려놓았다.

치이이익!

고기 익는 소리가 진동한다.

갈탄을 이용해 불을 피워놓은 것이 마음에 들지는 않았지만 밑불을 잘 지핀 것인지 화력이 꽤나 괜찮았다.

바비큐 통에서 화력이 제일 좋은 중간 부분에서 강한 불로 앞뒤를 빠르게 굽고, 곧바로 은근한 불쪽으로 옮겨 육즙이 약간 스며 나올 때까지 익혀 접시에 담았다.

누구보다 먼저 접시에 담아주자 안젤라가 능숙하게 고기를 잘라 먹은 후, 함박 웃으며 맛있다는 듯 엄지손가락을 치켜들었다.

고기를 계속 구워냈다.

다들 아주 알맞게 익었다고 칭찬을 해준다.

어느 정도 배가 차자 시원한 맥주를 마시기 시작했다. 나도 마시고 싶었지만 의식이야 어떻든 아직까지는 미성년자이기에 침만 삼켜야 했다.

맥주를 마시는 것을 보며 고기를 약간 더 구워 먹기 좋은 크기로 잘라 접시에 담았다.

"아! 한국에서는 안주와 같이 맥주를 마시지. 맥주를 마시면서 고기를 이렇게 먹는 것도 괜찮으니까 한번 먹어봐."

세르노 형은 한동안 한국에 있었다고 했다.

한국의 음주 문화를 아는지 모두에게 안주를 한 점 먹어보기를 권했다.

"카아! 어디!!"

맥주를 한잔 마신 후 안주를 한 점 집어 우물우물 씹는 모습이 세르노 형은 전형적인 한국 술꾼이었다.

다들 세르노 형을 따라 했다.

썩 괜찮은 방법이라며 모두들 맥주를 마시고 안주를 먹었다.

먹고 마시는 파티는 그리 오래가지 않았다.

열두 명의 회원은 곧이어 끼리끼리 모여 각자 이번 여름방학에 무엇을 할 것인지 토론하기 시작했다.

여행을 가려는 사람도 있었고, 학교에 남아 공부를 계속하려는 사람도 있었다.

"두영, 이번 여름방학에는 뭐 할 거니?"

약간 발갛게 변한 얼굴로 안젤라가 물어왔다. 탁자에 팔꿈치를 괴고 손으로 턱을 짚은 모습이 깨물어주고 싶을 정도로 귀여웠다.

청초함에 필이 꽂히는 체질이라 귀염성이 있는 여인은 그다지 좋아하는 체질이 아닌데 정말이지 모를 일이다.

"로키산맥 쪽을 한번 여행하려고 해요."

"로키산맥? 혹시 그거 말이야, 네가 하고 싶다고 했던 것과 관련 있니?"

"예. 어느 정도 정리를 하려면 한적한 곳이 좋아서요."

"로키산맥으로 간다니 잘됐네!!"

뭔가 좋은 것이 생각난 듯 안젤라가 눈빛을 빛냈다.

"안젤라, 너도 로키산맥 쪽에서 이번 여름방학을 보낼 계획 아니었니?"

옆에서 듣고 있던 세르노 형이 우리 대화에 끼어들었다.

"안젤라가 로키산맥에서요?"

"그래, 그곳에서 아마 자원봉사를 한다고 했지?"

안젤라가 로키산맥 쪽에서 자원봉사를 계획하고 있었다는 것을 알고 있나 보다.

세르노 형은 나와 안젤라가 같은 곳에서 여름방학을 보낸다는 것이 흥미로운 듯 물었던 것이다.

"맞아요. 하지만 같은 곳은 아닐 거예요. 난 캐나다 앨버타

주에 있는 밴프 국립공원에서 보낼 건데요. 이번에 야생동물 보호 프로그램이 있어서 거기 자원봉사를 지원했어요."

"그러냐? 하긴, 넌 동물을 무척 좋아했지."

세르노 형이 고개를 끄덕이며 어째서 밴프 국립공원을 선택했는지 이해하는 표정이다.

하지만 난 좀 황당했다.

"왜 그런 표정이니?"

내가 놀란 것을 본 것인지 안젤라가 물었다.

"사, 사실 나도 밴프 국립공원에 가거든요."

삐질!

대답은 했지만 왜 이렇게 식은땀이 나는 거냐, 이거?

그리고 목소리가 떨리기는 왜 떨려!

"밴프에?"

"예, 이모부가 그곳 국립공원 책임자시라 이모도 볼 겸, 수련도 할 겸 해서 여름방학은 그곳에서 보내기로 했는데……."

"혹시, 네 이모부란 사람이 스티브 김 아니니?"

"맞는데요. 미국명은 스티브고, 한국 이름은 철현이라는 이름을 쓰시는데……."

"어쩐지……."

"왜 그러는데?"

질문을 퍼붓다가 안젤라가 이제야 알겠다는 듯 고개를 끄덕이자 세르노 형이 물었다.

"사실 동물 보호 프로그램 인원이 꽉 찼었거든. 그런데 갑자기 어제 연락이 왔지 뭐야. 그리고 책임자가 내 신상을 꼼꼼히 물어보더라고. 바로 두영이 이모부가 말이야. 방학이 되면 곧바로 오라고 했는데 아무래도 두영이 때문에 참여하게 됐나 봐. 마지막 인사에 자신의 조카가 MIT에서 공부한다는 말을 꺼냈었거든.”
“하하하, 잘됐네.”
안젤라의 설명을 들은 세르노 형이 너털웃음을 터뜨린다.
그런데 어째서 난 잘됐다는 기분이 들지 않는지 모르겠다.
“자, 잘됐네요.”
“난 방학하면 곧바로 떠나야 하는데, 넌 언제 가니?”
“저도 방학하면 곧바로 떠나요. 이모가 데리러 오시기로 했거든요.”
“그러니? 그럼 같이 가면 되겠네.”
“같이요?”
“그래. 심심하지 않고 좋잖아. 어차피 가는 곳도 같은데.”
“그, 그러시죠, 뭐.”
나도 모르게 얼떨결에 같이 가자고 말했다. 안젤라가 무척 기쁜 듯 웃는다.
“자, 이러지 말고 건배 한번 하지. 둘 다 좋은 방학 보내기를 바라.”
“고마워요, 형.”
“고마워.”

안젤라는 맥주를, 나는 음료수 잔을 들고 건배를 했다.

기분이 묘했다. 안젤라와 한 공간에 있게 되다니 말이다. 어찌 될지는 모르지만 어쩌면 수련에 지장이 있을지도 모르겠다.

보고 있으면 마음을 설레게 만드는 사람이니 말이다.

"자! 자! 이제 파티를 끝낼 시간이다! 다들 방학들 잘 보내라!"

해가 기울기 시작하자 세르노 형이 사람들에게 건배를 부추겼다. 파티를 끝마치고 기숙사로 돌아가자는 뜻이었다.

남은 술을 단숨에 비우고는 모두들 기숙사로 돌아왔다.

어느 정도 거나한 상태라 집사를 비롯한 운전기사가 세르노 형과 다른 형의 차를 운전해 주었기에 힘들이지 않고 기숙사로 돌아갈 수 있었다.

밴프 국립공원은 천혜의 자연 경관을 자랑하고 곳이다.

이곳에 앞으로 두 달간 신세 지게 될 이모부와 이모가 사시는 관사가 있다.

이모의 이름은 말숙!

우리 집 윤 여사의 세 자매 중 막내다.

둘째 미숙 이모는 캠브리지에, 막내 말숙 이모는 이모부와 함께 이곳에 사신다.

이모부의 이름은 민철현으로 유전공학을 전공하신 박사시다.

십여 년 전 이모부는 이곳에서 야생동물을 대상으로 한 유전자 연구를 하시다가 인연이 되어 국립공원에 취직하시게 됐다.

끔찍한 동물 애호가로 멸종 동물에 대한 보호 프로그램을 운용하시는 책임을 맡으신 것이다.

비행기를 타고, 다시 차를 이용해 이곳까지 왔다.

골치가 아픈 동행과 함께 말이다.

이모부가 반갑게 나를 맞고 있었지만 뒤에 있는 자식 때문에 기분이 떨떠름하다.

차를 타고 오는 동안 계속해서 안젤라에게 치근덕거리니 기분이 계속 나빠지고 있었던 것이다.

두 달간 함께 지내야 하는데 어떻게 하면 골치 아픈 동행을 떨쳐 버릴 수 있을지 고민을 한번 해봐야겠다.

"어서 와라!"

이모부의 인사에 골치 아픈 일을 머리에서 떨쳤다.

"어렸을 때 뵙고 두 번째네요, 이모부."

"하하하! 역시 천재라서 그런가, 날 기억하는구나. 어렸을 적에도 머리가 그리 좋더니만. 그래, 그런데 참 많이 자랐구나. 그때는 애기였는데 말이다."

이모부가 머리를 쓰다듬는다.

내가 이모부를 본 것은 세 살 때다. 미국에 사시던 이모부와 이모가 날 보러 태국까지 오셨던 것이다.

"그러게요."

"그런데 같이 온 사람들은 누구냐?"

"여보, 이쪽은 안젤라 타이니스, 이 사람은 놀턴 베이스. 이번에 운영될 프로그램 참가자들이에요. 안젤라는 저랑 함께 왔고, 놀턴은 공항에서 만났어요."

이모가 같이 온 동행을 소개했다.

놀턴이라는 사람은 공항에서 합류한 사람이다.

하버드에 다니는 학생으로 그도 안젤라와 같이 동물 보호 프로그램에 참여하기 위해 이곳에 온 것이다.

"하하하, 다들 반갑네. 힘든 일을 자원하다니 참 고맙네. 그럼 이번 프로그램에 참여할 사람은 모두 다 왔으니 사무실로 들어가도록 하세. 그리고 두영인 이따가 집에서 보자. 알았지?"

"네, 이모부."

이모부가 안젤라와 놀턴을 사무실로 이끌었다.

그런데 저 자식, 어디를 보는 거야? 뒤따라가며 안젤라의 엉덩이를 힐끔거리다니, 자꾸 그러면 죽는다?

놀턴의 음흉한 행동에 열이 뻗쳤지만 발작할 수는 없었다. 막내 이모가 나를 부른 탓이다.

"두영아, 뭐 하니? 어서 가자. 네 동생들이 무척 보고 싶어했단다."

"그래요? 그럼 어서 가요, 이모."

이모부와 이모는 슬하에 남매를 두고 있다. 나보다 두 살 어린 남자아이와 네 살 어린 여자아이다.

남자아이의 이름은 유천이고, 여자아이의 이름은 성혜다. 비행기를 타고 오는 동안 막내이모가 어찌나 자랑을 하시던지 정말이지 보고 싶은 아이들이다.

관사는 이모부의 사무실에서 멀리 떨어져 있지 않았다.

사무실에서 백여 미터만 걸어가면 작은 단독주택이 몇 채 있었는데 그중 제일 마지막 집이었다.

집에 도착하니 동생들이 나를 맞았다.

무척이나 귀엽고 생기발랄한 아이들이었다. 자연을 벗하고 살아서 그런지 때가 묻지 않아 보였다.

"너희들이구나. 만나서 반갑다."

"만나서 반가워, 형."

"나도, 오빠. 얼른 들어가자."

성혜가 팔을 잡아끌기에 집 안으로 들어섰다.

평온한 집이다.

그리고 따뜻함이 담긴 집이다.

집 안으로 들어서며 내가 느낀 첫 느낌이었다.

"일단 밥부터 먹어야겠지?"

응접실에 들어서자 막내이모가 물었다.

"식사 준비하는 동안 이곳에서 좀 기다릴래?"

이모는 우리를 응접실에 남기고 식당으로 갔다. 남겨진 우리는 소파에 앉아 수다를 떨었다.

재잘재잘 수다를 떨어대는 사촌동생들을 바라보고 있자니 저절로 입가에 미소가 떠오른다.

참 밝은 아이들이다.

한국말을 잊지 않고 나에게 자신들의 이곳 생활을 떠들어대는 동생들을 바라보고 있으니 시간이 어떻게 가는 줄 모르겠다.

그렇게 한참 대화를 나누고 있으니 이모의 목소리가 들려왔다.

"애들아! 밥 먹자!"

우리는 이모의 말에 따라 식당으로 갔다. 하얀 쌀밥, 그리고 갖가지 반찬!

역시 이모도 엄마와 마찬가지로 음식을 만드는 데 타고난 사람이다.

식탁에 둘러앉아 밥을 먹었다.

정성이 가득 담긴 음식이다.

저절로 수저가 가고 입안에서는 음식들의 향연이 한창이다.

식사를 마치는 것은 그리 오래 걸리지 않았다.

식탁을 치우고 응접실로 돌아와 차를 마시며 이모는 내 학교생활에 대해 물었다.

교수님에 대한 평이나 학교에서 있었던 일들을 이야기하며 상당히 유익하고 재미있는 학창 생활이 될 것 같다고 말씀드렸다.

어린 나이에 수재들만 들어간다는 MIT에 들어가 생활하는 내 이야기에 동생들의 눈이 초롱초롱해졌다.

"그럼 이곳에는 수련 때문에 온 거니?"

"예. 태국에 있을 때 무예타이를 좀 배웠거든요. 이렇게 제가 큰 것도 다 그것 때문이고요. 공부 때문에 수련할 시간이 없었는데 방학 기간 동안 이곳에서 수련을 좀 해보려고요."

"그렇구나. 너무 공부만 파는 것도 좋지 않으니까 있을 동안은 편히 있다가 가렴. 그렇지만 조심하도록 하고. 언니가 어찌나 난리를 치든지. 너 다치면 날 죽일지도 몰라!"

어머니가 전화로 극성을 떠셨나 보다.

능히 그럴 만도 하실 분이다. 전화비가 얼만데 하루가 멀다고 국제전화를 하는 분이니까.

"알았어요. 조심할게요."

막내이모가 내가 하려는 수련의 내용이 아실 리 없기에 순순히 대답했다.

수련을 시작한 것은 다음날부터였다.

수련을 시작한 장소는 이모 집에서 상당히 떨어진 장소였다. 달려서 두 시간이나 걸리는 거리였으니 말이다.

사람의 시선이 없는 장소를 고르다 보니 찾게 된 곳이다. 입령의 수련이라는 것이 보통 사람이 보기에는 좀 그런 면이 있어서 어쩔 수 없는 일이었다.

거대한 나무 숲 사이에 비어 있는 공터, 숲에서 뿜어져 나오는 공기와 함께 은은히 퍼져 있는 안개가 시야를 가려주어 수련하기는 최적의 장소였다.

일단 기감을 퍼뜨려 주변을 살펴봤다. 반경 1킬로미터 주변을 살펴봤지만 사람의 기척이라고는 하나도 없었다.

수련을 해도 괜찮을 것 같았다.

"크크, 그럼 시작해 볼까. 다른 사람이 보면 귀신이 나온다고 할지도 모르겠다."

입령을 수련하기 위해 내 안에 있는 다른 존재들을 밖으로 불러내는 의식을 펼쳤다.

정수리로부터 뭔가 꿈틀거린다.

오랜 세월 이어져 오며 갇혀 있던 영혼의 전사들이다.

"오라! 그리고 나에게 그대들의 진실을 들려달라!"

영혼의 전사들을 현실로 불러냈다. 그들이 하나둘 정수리에서 빠져나가기 시작한다.

폭풍을 불러오는 전사들의 영혼들이 수천 년 만에 세상에 나온 것이다.

세상으로 불러낸 영혼의 전사들은 이제부터 내 스승이 되어 줄 존재들이다. 파유 할아버지가 나에게 건넨 것은 호령무라는 전신타격기만이 아니라, 그동안 무수히 이어져 온 전사의 영혼들까지 함께 전함으로써 내 수련을 돕도록 한 것이다.

본격적으로 입령을 수련하기 위해서는 영혼의 전사들이 필요했기에 그동안 삼묘의 법으로 의식 속에 깊이 봉인해 놓았던 그들을 현실로 불러낸 것이다.

현실로 불러낸 전사는 모두 열 명이다. 첫날이라 감당할 수 있었던 숫자만 불러낸 것이다.

현실세계로 빠져나온 전사들은 나와의 전투를 위해 기척도 없이 숲 사이로 흩어져 갔다.

"이제부터 시작인가?"

영혼이 숨는 것을 확인하고 의식을 중단했다.

그리고 영혼의 전사들과 본격적인 전투가 시작됐다.

*　　*　　*

폭풍의 전사이자 영혼의 전사인 호르와는 지금 긴장으로 심장이 두근거리고 있었다.

영혼의 전사인 호르와는 지금 사호(死虎)의 종적을 발견하고 흥분을 감추지 않았다.

수많은 악연으로 이어진 영혼이 오늘 마지막 숨을 멈출 것이기 때문이다.

그렇지만 흥분도 잠시, 그의 흥분은 싸늘한 죽음의 기운과 함께 잦아들었다. 흥분한 자가 진다는 만고의 진리를 호르와는 잊지 않고 있었던 것이다.

죽음이 교차하는 시간이 멀지 않았지만 죽음의 편에 서는 것이 자신이 될지, 아니면 먹이를 뜯고 있는 사호가 될지 아직은 모르는 일이었다.

그렇기에 호르와는 흥분을 최대한 억제해야 했다.

조심스럽게 다가간 호르와는 자신이 상대해야 할 적을 볼 수 있었다.

살아오는 동안 최고의 적수이자, 부족의 아이들을 눈앞에서 찢어 먹던 어둠의 사자(使者)를 본 것이다.

사호(死虎)의 종적을 찾자마자 어둠보다 더 깊숙한 곳으로 은밀히 신형을 감췄다. 자신의 냄새는 물론 기척을 알아차릴 수 없도록 감춰 버렸다.

바위를 파고드는 손길이면 사호를 죽일 수 있지만 섣불리 공격할 수는 없다.

필살의 기술이자 놈을 죽음의 강으로 인도할 사호조는 놈의 발에서 영감을 얻어 얻은 기술이기 때문이다.

아이들의 죽음을 딛고 일어서 죽음의 나락 속에 얻은 사호조면 놈을 죽일 수 있다.

그러나 자신의 손길보다 더 날카롭고 강한 놈의 발길을 감당하려면 호르와는 몸의 일부를 내줘야 했다. 놈의 발에 먼저 걸리면 애써 모은 기운은 흩어지고 반격을 맞아 허무한 죽음만이 기다리고 있을 뿐이었던 것이다.

최선의 방안은 동귀어진!

사호의 발에 몸을 내주기 전에 먼저 놈의 머리를 부숴야 했다.

팟!

호르와는 나무 그늘에 숨어 사호가 먹이를 다 먹기만을 기다렸다. 포만감에 젖어 나른한 시간, 주의력이 흩어지기 시작할 무렵이 자신에게 승산이 있는 시간이기에 그는 자신을 죽이고 또 죽였다.

크르릉!

먹이를 다 먹은 사호가 일어섰다. 다른 먹이를 찾을 생각은 아닌 듯 어슬렁거리며 자신의 영역을 점검한다.

일체의 기척을 죽이고 냄새마저 감춘 호르와는 자신의 앞으로 어슬렁거리며 다가오는 사호의 몸에서 시선을 떼지 않았다.

단 한 순간을 노려야 하는 호르아의 집중력은 이미 사호의 한 점을 향해 집중되어 있었다.

팟!

호르와의 손이 뻗어졌다. 강철보다 단단한 흑암을 단숨에 꿰어버리는 그의 손길이 사호의 머리에 닿았다.

크앙!

위기의 순간을 느낀 듯 사호의 입에서 포효가 터져 나왔다.

콰직!

사호의 두개골이 부서지는 소리가 들렸다. 뼈마디가 절단이 나는 소리는 등골을 서늘하게 했다.

"컥!"

사호는 두개골이 부서지면서도 호르와를 향해 앞발을 휘둘렀다.

퍽!

"끄윽!"

비명이 터져 나왔다.

박살난 심장의 답답함이 목을 비집고 튀어나왔지만 호르와
는 막을 수가 없었다.

스르르!

몸이 무너지며 정신을 잃어가는 가운데 호르와의 시선 사이
로 누군가 나타났다.

사호의 모습이 인간의 형상으로 변하고 있었던 것이다.

오랜 세월 봉인되어 있다가 세상에 다시 나온 호르와의 영
혼이 본 마지막 의식 속에 담겨진 인간의 형상은 바로 두영이
었다.

*　　　*　　　*

"휴우! 죽을 뻔했다."

잔영을 남겨 피하지 않았다면 머리가 산산이 부서졌을 공격
이다.

처음 호령의 춤을 보여줄 대상을 찾아 숲을 헤맸지만 아무
도 없었다.

느껴지는 영혼의 향기조차 완벽하게 감춘 전사들의 모습은
그야말로 안개와 같았기 때문이다.

그러다가 날카롭게 파고든 전사의 손을 봤다. 영혼의 울림
이 아니었다면 공격을 그대로 허용할 뻔했다.

위험을 감지한 순간 몸이 저절로 움직였다. 실체와 같은 잔
상을 남겨 적의 방심으로 유도했다.

그리고 나도 모르게 손을 휘둘렀다. 공격해 오는 전사를 향해 뻗어지고 있는 내 손은 이미 전사의 손을 닮아 있었다.

사호조!

영혼의 기운을 담아 내치는 호랑이의 앞발이다.

단숨에 심장을 박살 냈다. 실체화된 영혼의 전사가 세상에 나올 수 있었던 근원의 힘을 단숨에 부숴 버렸다.

안개로 흩어진 전사의 힘이 몸으로 스며든다. 이제 사호조는 온전히 나만의 것이다.

이런 위험은 앞으로도 몇 번이고 있을 것이다. 영혼의 전사들이 가진 필살기를 모두 얻을 때까지 말이다.

위험하지만 어쩔 수 없다. 호령무를 얻기 위해서는 죽음의 강을 건너는 수밖에는 말이다.

밖으로 체화시켜 진정한 위력을 발휘할 호령무를 완성하기 위해서 반드시 넘어야 할 산인 것이다.

첫 번째 전사의 힘을 흡수한 후라 그런지, 미로 같은 숲의 길이 환하게 보인다.

이제 나 또한 진정한 폭풍의 전사다.

의식 속에서 빠져나온 전사들을 모두 흡수하면 새로운 세상을 볼 수 있을 것이다.

죽음을 손에 쥐고 어둠의 강을 건너는 전사의 세상이 말이다.

*　　　*　　　*

안젤라는 공원 내 각지를 돌아다녀야 하기에 아침부터 서둘렀다. 워낙 넓은 면적을 돌아다녀야 하는 탓이다.

원래는 관찰관과 짝을 지어 공원을 돌아다니며 멸종 동물의 개체 수와 상태를 파악하고 그것을 일지에 적어내는 것이 원래 그녀의 일이었으나 오늘은 달랐다.

워낙 유명한 곳이다 보니 관광객이 많이 몰려오는 탓에 곰들로 인한 피해를 막기 위해 두영의 이모부인 철현과 함께 서식지와 이동 경로를 확인하며 곰들의 개체 수를 확인하는 것이 오늘의 일과였다.

차를 타고 움직인 후, 서식지 근처에 이르면 걸어 다니며 멀리서 곰의 개체 수를 확인하는 일은 그리 쉽지 않았다.

얼마 전 있었던 사건의 여파인지 인간에 대해 예민함을 보이는 곰들이 제 모습을 잘 보여주지 않았던 것이다.

반나절을 넘게 돌아다니며 확인한 곰의 개체 수는 모두 여섯이었다.

사람들이 다니는 곳과는 멀리 떨어진 곳이어서 그리 큰 문제가 없겠지만 간혹 지시를 어기고 숲 깊숙이 들어가는 등산객들에게는 반드시 알려야 할 사항이기에 위치와 개체 수를 지도에 꼼꼼히 기록했다.

"안젤라 양, 힘들지 않아?"

철현은 그리 피곤한 기색 없이 자신을 잘 따르며 관찰한 것을 기록하고 있는 안젤라를 향해 물었다.

“아니요. 아주 재미있어요.”

“그렇다면 다행이네. 몇 군데만 더 돌아보면 되니 조금 더 힘내자고.”

“예!”

앞장서서 걸어가는 철현을 안젤라는 조용히 뒤따랐다.

보통 사람이라면 자신의 걸음을 따르기도 힘들 터였다. 여름휴가 시즌을 맞아 밀려드는 관광객들을 보호를 위해 일정을 서두르고 있는데도 안젤라는 힘든 기색 하나 없이 자신을 따르고 있었다. 자신이 맡은 책임을 완수하려는 생각을 가진 것 같아 기분이 좋았다.

'남자들도 하기 힘든 일인데 자원하고 나서다니, 참 대단한 아가씨군. 보기와는 달리 체력도 상당한 것 같고. 그 자식들이 그런 짓만 안 했어도…….'

동물 보호 프로그램이 뒤로 밀린 이유는 몇 주 전에 일어났던 야생동물 밀렵 사건 때문이었다.

국립공원 관리사무소의 직원이었던 랜스와 밀렵꾼 몇몇이 작당을 해 곰과 산양들을 밀렵해 온 사실이 철현에 의해 밝혀진 것이다.

곰의 서식 생태를 담당했던 랜스는 사건이 밝혀진 후 어떻게 알았는지 도주 중이었고, 그에게 뇌물을 받고 곰에 대한 서식 자료를 조작했던 직원들은 모두 경찰에 입건되어 재판을 받는 중이다.

이 일로 인해 관리사무소 직원이 부족해 할 수 없이 이번에 동물 보호 프로그램에 자원한 봉사자들에게 양해를 얻어 곰들에 대한 서식 조사부터 실시하고 있었던 것이다.

안젤라를 대견해하는 철현과는 달리 그녀의 마음은 지금 분노로 들끓고 있었다. 철현이 보지 못하는 것을 그녀는 보고 있었기 때문이다.

'나쁜 자식들! 아이들이 완전히 겁에 질려 있어. 도대체 어떻게 했기에…….'

철현의 뒤를 따르는 안젤라는 지금 분한 마음을 감출 수 없었다.

문득문득 느껴지는 곰들은 자신들의 기척을 발견하고는 숨기에 바빴다. 사람들을 두려워할 만한 극도의 공포를 느꼈다는 이야기이다.

야생을 살아가는 곰들이 본능마저 억제할 정도로 공포를 느꼈다는 것은 이곳에서 벌어진 일이 단순한 밀렵 사건만이 아니었다는 것을 뜻했다.

안젤라가 동물 보호 프로그램에 봉사를 자원한 것도 그 때문이었다.

안젤라는 몇 주 전 지인으로부터 연락을 받았다. 밴프 국립공원에서 밀렵 사건이 일어났는데 보통 사건이 아닌 것 같다는 제보였다.

밀렵 사건의 경우 동물의 사체가 증거물로 압수되는 것이 보통이었는데 사체는 보이지 않고 죽어나간 동물들의 피로 흔적들만 있었다는 것이다.

피를 빼기 위해 그럴 수도 있겠지만, 땅 위에 홍건하게 젖어 있는 피가 기이한 문양을 그리고 있었다는 제보에 따라 자원해 밴프 국립공원으로 온 것이었다.

반나절밖에 돌아다니지 않았지만 공포로 떨고 있는 동물들의 감정이 고스란히 느껴졌다.

제보대로 보통의 밀렵과는 다른 사건이 틀림없었다.

"안젤라 양, 이곳이 곰들이 죽었던 곳이라네. 나쁜 놈들이지. 말 못하는 짐승을 어떻게 그렇게 잔인하게 죽일 수 있는지."

안젤라는 철현이 혀를 차며 가리키는 곳을 보았다.

"이곳이요?"

"그래. 발견했을 때는 피가 홍건했었지. 지금은 흙으로 덮여 보이지는 않지만 얼마나 많은 곰을 이곳에서 해체했는지."

"그렇군요."

철현이 가리키는 곳에는 낙엽이 걷혀져 부엽토가 보이는 거무튀튀한 흙이 보였다.

'저건!!'

안젤라의 눈에는 보통 사람이 볼 수 없는 것이 보이고 있었다.

아지랑이처럼 피어오르는 붉은 기운이었다.

진혈을 이용해 무엇인가 의식을 치른 뒤에 남아 있는 잔재가 그녀의 눈에 보이고 있었던 것이다.

'사건이 알려진 것이 몇 주 전이라고 했는데, 이 정도면 한

두 번 이런 일이 벌어진 것이 아니다.'

상당한 시간이 흐른 뒤인데도 이 정도의 기운이 남아 있다면 상당히 오랜 시간 동안 의식이 진행되었음을 뜻했다.

'당장 살펴보고 싶지만 지금은 곤란하니 밤에 다시 와야겠다. 어쩌면 마물의 소환을 위해 벌어진 일일지도 모르니까.'

철현과 함께 온 탓에 살펴보지 못하는 것이 아쉬웠다. 밤에 다시 확인하는 수밖에는 없기에 안젤라는 끓어오르는 호기심을 참을 수밖에 없었다.

"어서 확인하고 가자고. 몇 번 와봤지만 어쩐지 이곳에 오면 등골이 오싹해서 말이야."

"그래요. 저도 그러네요."

사건이 일어났던 곳이라 네가티브에너지가 상당했다. 기운에 민감한 사람이라면 네가티브에너지가 가져오는 음산함을 느낄 수 있었을 터였다.

사건이 일어난 현장에서의 조사는 그리 오래 걸리지 않았다. 그 많던 곰이 한 마리도 보이지 않았던 것이다.

"곰들도 무서운 것을 아나 보군. 한 마리도 보이지 않다니 말이야."

"그럴지도 모르죠."

정말로 무서워서 곰들이 기척을 드러내지 않는다는 사실을 알고 있는 안젤라는 철현의 말에 수긍했다.

"도저히 오늘은 확인은 못할 것 같으니까 오늘은 이만 끝내고 어서 갑시다. 시간이 많이 지난 것 같으니."

"예."

산 속이라 어둠이 일찍 찾아오기에 두 사람은 차를 타고 일찍 숙소가 있는 곳으로 돌아왔다.

"안젤라 양, 오늘 수고했어요. 내일 하루만 더 고생하면 되니까 내일 봐요."

"수고하셨습니다."

숙소까지 바래다 준 철현의 인사에 안젤라는 미소를 지으며 화답했다.

철현의 차가 돌아가는 것을 본 안젤라는 자신의 숙소로 들어갔다.

"서둘러야겠다."

이미 어둠이 찾아와 있었다. 의식을 행한 흔적이 언제 사라질지 모르는 터라 시간이 별로 없었다.

안젤라는 자신이 가지고 온 가방을 열었다. 검은색 플라스틱 케이스로 된 여행 가방이었다.

"숨결의 공간이여, 문을 열어라!"

가방을 연 안젤라는 뚜껑 부분의 안쪽을 손으로 문지르며 알 수 없는 소리를 내뱉었다.

가방 안에서 푸른 기운이 잠깐 비쳤다. 그리 밝지 않은 은은한 기운이었다.

잠시 후, 가방 뚜껑에서 일던 빛이 사라졌다.

빛이 사라지고 난 후 조금 전까지만 해도 아무것도 없던 가방의 뚜껑에 뭔가 있었다.

은색의 팔찌 한 쌍과 일 미터 정도 되어 보이는 녹색의 막대였다. 안젤라는 팔찌와 막대를 챙긴 후, 그녀의 특별한 청각을 이용해 주변을 살폈다.

인적이 드문 곳이라 그런지 바깥은 사람이 없었다.

"주변에 아무도 없으니 조심해서 다녀오면 되겠다. 혹시 누가 올지도 모르니까. 운명의 그림자여! 나와 함께 한 동반자를 불러오라!"

안젤라는 알 수 없는 주문을 외운 후, 자신의 오른손으로 기이한 문양을 그렸다.

"이 정도면 아무도 눈치채지 못하겠지."

자신이 사라졌다는 것을 알지 못하도록 조치를 취한 안젤라는 불을 끄고는 곧바로 방을 빠져나왔다.

산책을 하는 것처럼 주변을 돌아다니던 그녀는 근처 숲으로 들어갔다. 어느 정도 들어가자 주머니에 넣어가지고 온 팔찌를 양손에 찼다.

번쩍!

팔찌에서 강렬한 녹색 빛이 솟아올랐다. 녹색의 빛은 안젤라의 팔을 타고 흘러 전신으로 번져 갔다.

빛이 흘러간 시간은 아주 잠시였다.

몸에 어려 있던 녹색의 빛이 완전히 사라지자 특이한 모습이 나타났다. 뾰족한 귀와 길게 늘어뜨린 녹색의 머리칼이 인

상적인 새로운 모습으로 나타난 안젤라는 진녹색의 이색적인
복장을 착용하고 있었다.
　"좋아, 어떤 놈들인지는 모르지만 완전히 소멸시켜 주마."
　자신의 모습을 확인한 그녀는 알 수 없는 말을 중얼거린 후
달리기 시작했다.

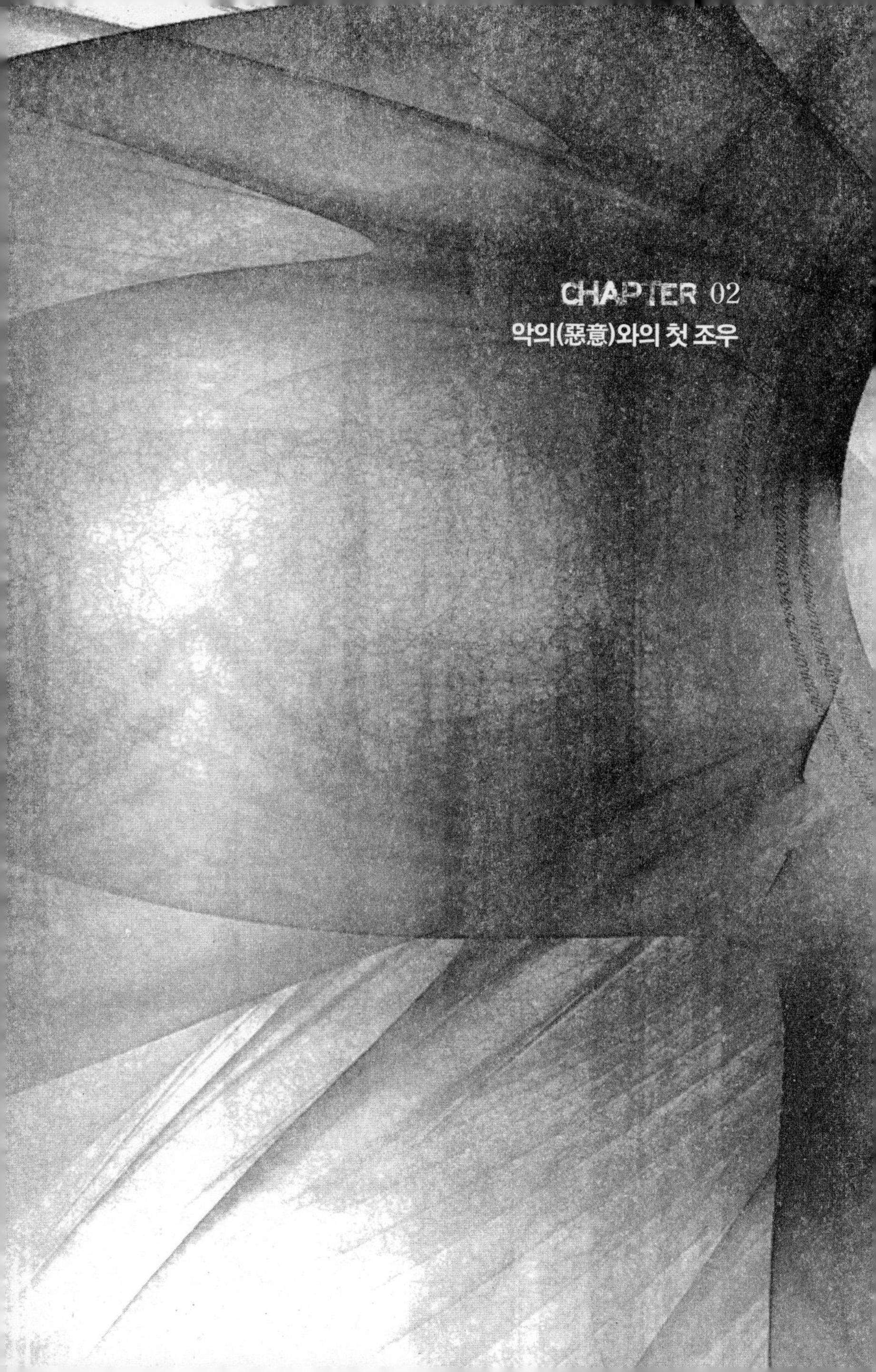
CHAPTER 02
악의(惡意)와의 첫 조우

TIME SLICE 타임 슬라이스

휙!

휘이익!

안젤라의 신형이 바람을 갈랐다. 땅을 밟지 않는 듯 바스락
거리는 소리도 없었다.

그녀의 신형은 기척도 없이 낮에 철현과 보았던 현장으로
달리고 있었다.

도로를 따라 오는 것이 아니라, 숲을 가로질렀기에 안젤라
가 현장에 도착한 것은 숙소를 떠난 지 채 30분도 되지 않은 시
각이었다.

현장에 도착한 안젤라는 단서가 될 만한 것을 찾기 위해 조
심스럽게 주변을 살폈다.

숲은 어둠 속에 잠겨 있었지만 은빛으로 부서지는 달빛은 받아 차고 있는 팔찌가 빛을 뿌렸다.

은은한 녹색 기운이 감도는 막대를 들고 있는 그녀의 모습은 무척이나 기괴하면서도 신비로웠다.

"꿈과 생각의 근원이여! 흙의 정령은 깊은 잠에서 깨어 나에게 진실을 보여다오."

안젤라는 부엽토로 덮여진 사건 현장을 향해 들고 있던 막대로 가리키더니 주문을 외웠다.

주문이 끝나자 놀랍게도 막대에서 녹색의 기운이 흘러나와 부엽토 인근을 감쌌다.

그리고 잠시 후, 희끄무레한 영상이 주변에 맺히기 시작했다. 이곳에서 일어났던 과거의 흔적을 보여주는 영상이었다.

희미해 분간이 잘 가지 않는 영상이었지만 안젤라는 정확하게 볼 수 있는 듯 얼굴색이 시시각각 변하고 있었다.

"으음, 알 수 없는 일이다. 악마의 의식이라니……."

과거의 기억을 통해 확인한 것은 의식의 과정이었다. 전신을 후드가 달린 로브로 감싼 자들이 곰들을 잡아 의식을 집행하고 있었다.

처음부터 의식의 형태는 확인할 수 있었지만 한 가지 의혹이 고개를 들었다.

"누군가 악마의 의식을 통해 곰의 힘을 빼앗았다. 혈정을 통해 진혈을 갈취하는 방식으로 생물의 근원을 빼앗는 것이다. 이런 마법은 어느 시대에도 나타난 적이 없는데… 분명한 것은 새로 만들어진 마법도 아니라는 것이다. 그렇다면 고대로부터 전해진 마법이라는 소리인데, 설마 뱀파이어인가?'

피를 통해 상대의 힘과 정혈을 빼앗는 방식은 뱀파이어들이 즐겨 쓰는 방식이었다. 뱀파이어와 관련이 있는 사건일지도 모른다고 생각하던 안젤라는 이내 고개를 흔들었다.

동물의 피를 빼는 것은 인간의 피를 얻지 못했을 때 뱀파이어들이 간혹 쓰는 방법이었다.

곰의 정혈은 힘을 키우는 데 소용도 없을 뿐만 아니라, 동물의 피를 빤다는 것 자체를 혐오스러워하는 뱀파이어 족속들이 이런 식으로 곰의 정혈을 갈취할 리 없다는 생각이 들었던 것이다.

"한두 마리가 아니다. 적어도 이곳에서만 열 마리가 희생됐다. 기억에 나타난 자들은 모두 다섯 명. 이곳 말고도 또 있을 것이다."

땅의 정령을 통해 본 대지의 기억에는 네 사람이 한 사람에게 빼낸 곰의 정혈을 흡수할 수 있도록 도와주고 있었다.

비슷한 기운을 흘리는 것으로 보아 다른 자들도 곰의 정혈을 흡수한 것이 틀림없었다.

"알지도 못하고 함부로 덮어버리다니… 일단 다른 곳을 확인해 보자. 그러면 놈들이 쓴 마법진이 정확히 무엇인지 확인할 수 있을 것이다."

부엽토로 덮어버리는 바람에 마법진이 훼손되어 있었다.

이곳에서 곰의 정혈을 흡수한 자를 도와준 자들도 곰들의 정혈을 흡수한 것으로 보이는 이상, 다른 곳에도 이와 같은 장소가 있을 것이 분명했다.

어떻게 해서든지 마법진의 정체를 확인해야 했기에 안젤라는 곧바로 자릴 떠났다.

스스스!

안젤라가 현장을 떠나고 난 뒤, 검은 로브를 둘러쓴 인영이 현장에 나타났다.

기분 나쁘게도 암울하고 차가운 기운이 그의 몸에서 흘러나왔다.

"숲의 일족이 냄새를 맡았군. 알았다면 그냥 지나갈 수는 없었을 테지. 후후후, 하지만 넌 아무것도 알아내지 못할 것이다."

안젤라의 정체를 아는 듯 로브를 입은 자의 입에서 차가운 목소리가 흘러나왔다.

"아무래도 없애야 하지 않겠습니까?"

로브를 입은 자의 시선이 안젤라가 사라진 방향을 쫓고 있는 와중에 누군가가 나타났다.

부드러운 브라운 계통의 머리 색깔과는 달리 날카로운 인상을 가진 백인 남자였다.

"랜스!"

"예, 마스터!"

"네놈의 욕심 때문에 일이 틀어졌다."

“죄, 죄송합니다.”

랜스는 마스터의 질책에 목을 움츠렸다.

일이 이렇게까지 커진 것은 전적으로 자신의 실수였기 때문이다.

“숲의 일족을 함부로 건드렸다가는 일만 커질 뿐이다. 자연을 사랑하는 그들이지만 복수심만큼은 악마보다 더한 자들이니까.”

숲의 일족이 가지는 복수심은 상상을 불허한다. 대를 이어 수십에서 수백 년 동안 원수를 잊지 않고 꼭 복수하는 것이 그들의 특성이었다.

마스터의 말대로 숲의 일족이 가지는 복수심은 특별하다. 그렇다고 두려운 것은 아니었다. 자신이 가진 힘이라면 숲의 일족과 맞서는 것도 그다지 어려운 일이 아니었던 것이다.

하지만 마스터의 말대로 아직은 일의 전모가 이대로 묻히는 것이 좋았다.

자칫 숲의 일족이 복수심을 갖는다면 차질이 빚어진다는 것을 랜스 또한 잘 알고 있었다.

“아, 알겠습니다.”

“넌 그것부터 회수하도록 해라. 네놈이 그자에게 들키는 바람에 미처 회수하지 못한 그것을 반드시 내게로 가져와야 할 것이다. 그리고 그것과 관련된 자들을 모두 제거해라.”

“걱정하지 마십시오. 놈이 그것을 어디로 빼돌렸는지 모르지만 반드시 회수하겠습니다. 그리고 모조리 지옥으로 보내

버리겠습니다."

"명심해라. 이번에 실패하면! 넌 지옥보다 더한 나락이 세상에 존재한다는 것을 실감하게 될 것이다."

"예, 마스터!"

마스터의 경고에 랜스는 황급히 대답했다. 마스터의 경고에는 허언이 없는 까닭이다.

"난 이만 가볼 테니 물건을 회수하면 곧바로 연락을 하도록 해라."

"알겠습니다, 마스터!"

랜스는 고개를 숙여 마스터에게 인사를 했다. 인사를 끝내고 고개를 드니 마스터의 모습은 보이지 않았다.

"스티브, 네 녀석이 나를 물 먹였다는 말이지."

누군가를 증오하는 말이 랜스의 입에서 흘러나왔다.

"후후후, 네놈이 쓸데없이 나선 탓에 네 가족들도 지옥의 불길을 보게 될 것이다."

파파팟!

랜스는 멀리 관리사무소가 있는 곳을 바라보더니 곧장 사건 현장을 떠났다.

랜스가 떠난 후, 그가 있던 자리에 뭔가 일렁이기 시작했다. 반투명한 형체를 가진 존재였다.

"스티브라면 이모부인데? 방금 전에 이 자리를 떠났던 이질적인 존재들이 이모부는 물론 이모와 동생들을 노린다는 말이지."

반투명한 형체에서 음성이 흘러나왔다. 그리고 이내 사방으로 흩어지며 현장에서 사라졌다.

*　　*　　*

치열한 싸움 끝에 간신히 열 명의 전사를 흡수했다. 전투가 진행되는 동안 엄청난 거리를 이동해야 했다.

그렇게 지친 몸을 이끌고 이모 집으로 돌아오는 길이었다.

날이 저물어 야단을 맞을 각오로 돌아가고 있었는데 이질적인 기운이 느껴졌다.

집에 가서 쉬고 싶었지만 청량하고 싱그러운 기운과 음습하고 차가운 기운이 한데 엉켜 있어 찾아보지 않을 수 없었다.

그리고 이곳에 와서 안젤라를 볼 수 있었다. 이전의 모습과는 전혀 다른 모습이었다.

두툼한 안경 속에 가려져 있던 그녀의 진면목을 본 것이다.

그리고 아주 이질적인 존재들을 볼 수 있었다. 마치 안개와 같은 존재들이었다.

대기를 흐르는 차가운 음기에 몸을 맡긴 채 형상을 감추는 존재들이었다.

다른 때 같으면 영체나 귀신이겠구나 하겠지만 그것들은 실체를 가지고 있었다.

무슨 일인지 몰라 조금 지켜보았다. 안젤라도 그렇고, 안개 속에 몸을 감춘 존재들이 상당히 특별했기 때문이다.

안젤라는 그다지 염려할 것이 없는 것 같으니 일단 랜스란 자부터 처리해야 될 것 같다.

감히 내 가족을 노리다니, 본때를 보여주어야겠다.

입령의 수련에 들어간 상태라 어느 정도 힘을 발휘할 수 있는 상태가 되었기에 호령무의 첫 번째 제물을 랜스란 놈으로 정했다.

그에게 지시를 내리던 마스터란 놈에게도 꼬리를 붙여놨다. 랜스란 놈을 박살 내고 난 뒤에는 놈도 조금 손을 봐야 할 것 같다.

뭔가를 찾고 있는 것이 분명하니 그대로 두면 두고두고 후환이 될 것이기 때문이다. 뒤처리는 언제나 깨끗해야 하니까 말이다.

아주 빠른 놈이다.

바로 뒤를 쫓아 떠났는데도 상당한 거리가 벌어졌다. 시속 40킬로미터에 가까운 속도다. 한 시간 후면 도착할 것 같다.

놈보다 뒤처지면 안 되겠기에 속도를 높였다.

비선(飛線)!

하늘을 나는 법이다. 이렇게 한줄기 영체로 화한 후 저항을 없애고 목적지까지 단숨에 갈 수 있는 삼묘족의 비전이다.

멀리서 놈의 모습이 보인다. 아래를 내려다보니 놈이 달려가고 있다.

그런데 개새끼처럼 네 발로 뛰고 있다. 저렇게 뛰고 있으니 이토록 빠를 수밖에 없는 것 같다.

놈을 뒤로하고 빠르게 이모 집으로 갔다. 걱정하실 것이 분명하니 일단 이모를 안심시켜야겠다.

이모 집이 보인다. 힘을 너무 썼더니 머리가 어지럽다.

이런, 이 상태로 집에 들어가려 하다니 가족들이 기절할지도 모른다.

영체로 화한 몸을 실체로 변환시켰다. 이번에 알게 된 것이지만 정말 특별한 재능이다.

아마도 RX—1000과 파워슈트가 결합한 후, 이 시간대로 넘어오며 특별한 몸을 가지게 된 것 같다.

몸을 찾았으니 랜스란 놈을 잡을 준비를 해야겠다. 사람들에게 들키지 말아야 하니 미로를 만들어두는 것이 좋겠다.

공간을 갈라 미로를 만들면 사람들 눈에는 띄지 않을 것이다. 놈이 그곳에서 헤매고 있는 동안 가족들은 잠들 것이고, 그 다음에 놈을 취조해 볼 생각이다.

이모네 집은 공간 축을 잡아 비틀기 아주 쉬운 곳이다. 산 끝자락이 타고 나온 끝에 위치한 집이라 산을 기준으로 약간만 공간을 비틀면 놈이 헤매게 될 미로를 만드는 것은 어렵지 않을 것 같다.

영체가 발하는 힘을 땅속에 박았다. 지축을 중심으로 필요한 최소한의 양만큼만 땅속으로 흘려 넣었다.

좀 더 완벽하게 하고는 싶지만 영혼전사들과의 싸움도 그렇고, 영체로 변환하느라 힘이 남아 있는 것만 해도 다행인 상태로는 어쩔 수가 없다.

"이모!!"

보이지 않는 미로를 완성하고 이모를 불렀다.

문이 벌컥 열리며 이모가 뛰어나와 나를 안는다. 무척이나 걱정했는지 안도에 젖은 표정이다.

"왜 이렇게 늦었니?"

"수련하느라 깜빡 시간 가는 걸 잊었어. 한참 수련하고 있는데 어두워지지 뭐야!"

"얼마나 걱정했는데. 이곳에는 야생동물이 가끔 나타나 위험한데 정말 다행이다. 배고프지? 어서 들어가자."

이모가 집 안으로 이끌었다. 다들 밥을 먹지 않고 나를 기다리고 있었던 모양이다.

수련을 하다 보면 시간이 늦을 수도 있다고 미리 말해둔 것이 다행이었다. 표정을 보아하니 여차하면 실종 신고를 내고 찾아 나서려 했던 모양이니까 말이다.

"오빠, 얼마나 걱정했다고."

"하하하, 미안하다."

성혜가 볼이 통통 부은 채 투정을 부리니 정말 미안했다. 다음부터는 조심하는 수밖에 없겠다.

"어서 와라. 다음부터는 걱정하지 않게 일찍 집으로 돌아오도록 해라."

"죄송해요, 이모부. 다음부터는 이런 일이 없을 겁니다."

"알았다. 식사부터 하자."

이모부의 말에 다들 식탁에 앉았다. 식탁에 놓여 있는 음식들을 보니 이모가 준비를 많이 한 모양이었다.

밥을 먹고 있는 와중에 미친 개 한 마리가 서성거려 신경이 쓰였지만 맛있게 마칠 수 있었다.

식사를 끝내고 다들 잠자리에 들었다.

이모부도 피곤하신지 식사가 끝난 후 세면을 하고 곧바로 잠자리에 드셨다.

동생들도 내가 수련하는 것을 궁금해했지만 피곤하니 내일 이야기해 준다는 핑계로 일찍 재웠다.

이모가 나를 위한다고 따로 방을 내준 터라 집을 빠져나오는 것은 그리 어렵지 않았다.

잠자리가 비어 있다는 것을 아신다면 혼날 일이지만 들키면 만월이 뜨는 날에는 달빛의 정기를 받으며 수련해야 한다고 핑계를 댈 예정이다.

어머니가 이모에게 특별한 기공을 수련한다고 언질을 주셨기에 그리 이상하게는 생각하지 않으실 터다.

밖으로 나오니 산자락과 집 주변을 오르락내리락하며 발광을 하는 랜스란 자가 보인다.

인간이 개처럼 뛰어다니다니 영…….

폼이 무척이나 우습게 보였지만 할 건 해야겠다. 감히 내 가족들을 건드리려고 해!

*　　　*　　　*

“헉!”

숨이 차올랐다. 도대체 얼마나 뛰었는지 모른다. 눈에 잡힐 듯 보이는 집들이 도무지 가까워지지 않아 랜스는 미칠 지경이었다.

암흑의 힘을 얻고 난 뒤 세상을 다 얻은 것 같았다.

그런데 고작 몇 킬로미터 되지 않는 거리를 좁히지 못하다니, 두영이 세상에 나타난 적이 없는 결계를 쳤다는 것을 모르는 랜스로서는 지금의 이 상황이 미칠 지경이었다.

세상을 바라보는 눈이 보통 사람과 다른 랜스였다. 공간의 결을 볼 수 있는 것이다. 결계가 쳐져 있는 것이라면 자신의 눈을 피해 가지 못할 터였다.

그렇지만 아무리 봐도 그저 평범한 자연과 경관이었다. 결계 같은 것은 눈을 씻고 찾아봐도 보이지 않았다, 눈앞에 보이면서도 무한히 멀다는 느낌밖에는.

“헉! 헉! 내가 진짜 결계에 빠져 버린 것인가?”

달리던 것을 멈춘 랜스는 숨을 헐떡이며 멀리 않은 곳에 보이는 불빛을 바라보았다. 도착했어도 벌써 도착했을 거리가 멀게만 느껴졌다.

한참을 달려왔다. 마스터의 명령을 받고 출발한 지 벌써 네 시간째다

그런데 아직도 도착하지 못했다. 평소라면 30분이면 도착할 거리를 말이다.

결계에 빠진 것이 분명했다. 그것도 자신이 전혀 알 수 없는

미지의 결계가 분명했다.

공간의 결이 다른 힘에 의해 비틀어진 것은 찾을 수도 없다.

그렇다는 것은 월등한 능력을 가진 존재가 자신을 잡고 있다는 뜻이었다.

숨을 고른 랜스는 주변을 돌아보았다. 암흑의 힘을 얻으면서 얻게 된 이능으로 자신을 농락하고 있는 적을 찾으려 함이다.

'풀, 나무… 그 이외에는 아무런 냄새도 없다.'

개의 후각을 수십 배 능가하는 능력으로도 적의 존재를 찾을 수 없었다. 누군가 있다면 자신의 후각을 절대 벗어날 수 없을 텐데 평소에 느꼈던 자연의 냄새를 제외하고는 인공적인 냄새는 아무리 찾아봐도 없었다.

"크르르!"

등에 소름이 돋는 것과 동시에 자신도 모르게 으르렁거렸다. 암흑의 힘을 얻은 후 처음 느껴보는 두려움 때문이다.

"개새끼가 으르렁거리는 것을 보니 이제 좀 두려운가 보군."

랜스의 고개가 빠르게 돌아갔다.

팟!

고개를 돌리는 것과 동시에 신형이 날았다.

쐐액!

턱!!

숨통을 끊으려는 듯 번득이는 날카로운 발톱이 허공을 가르고 연이어 날카로운 송곳니가 공간을 물었다.

걸리는 것이 아무것도 없었다.

자신의 등 뒤에서 들리는 목소리를 향해 빠른 속도로 선제 공격을 했지만 소리가 들려온 곳에는 허공뿐이었다.

"잘 보고 물어야지, 그렇게 허탕만 치면 사냥개로도 못 쓴다."

조소하는 듯한 목소리에 랜스의 고개가 뒤로 돌아갔다. 목소리의 주인공이 아무런 기척도 없이 어느새 뒤로 돌아가고 있었던 것이다.

덩치는 그렇지 않았지만 무척이나 어려 보이는 얼굴이다.

상당한 능력을 소유한 것으로 보였는데 랜스로서는 의외였다. 자신을 농락한 자가 이토록 어릴 줄은 예상 못했던 것이다.

나이가 어림에도 태연하게 자신을 응시하는 것을 보면 능력이 있다는 소리였다.

일단 상대에 대해 모르는 이상 섣불리 덤빌 생각은 일찌감치 포기했다.

조심스럽게 상대를 관찰했다. 묘하게도 틈이 없었다.

귀기가 어린 그의 눈동자가 활활 타오르기 시작했다. 오랜만에 상대를 만났다는 기쁨 때문이었다.

"웬 놈이냐?"

천천히 신형을 돌리며 랜스가 물었다.

"재미있군. 개새끼가 사람의 소리를 내다니 말이야."

"갈기갈기 찢어 육시를 낼 놈이로구나."

"후후후, 네가 랜스란 놈이냐?"

"……?"

자신을 알고 있다는 사실에 랜스는 의혹에 사로잡혔다.

한 번도 본 적이 없는 상대가 자신을 알고 있다는 것이 타오르던 그의 투기를 싸늘하게 식혔다.

"인간이기를 저버린 놈이 머리를 굴리기는! 개는 그저 개처럼 주인의 명령을 따라야 하지 않나?"

"크르르!"

랜스의 입에서 듣기에도 섬뜩한 소리가 흘러나왔다. 자신을 조롱하는 것에 분노가 치밀어 오른 탓이다. 분노로 인해 줄기줄기 살기를 뿜어냈다.

'놈은 마스터를 알고 있다. 그렇다면 반드시 죽여야 한다. 물건을 회수하지 못한다고 해도 놈만은 반드시! 반드시 죽여야 한다.'

살벌한 살기와는 달리 랜스의 생각은 차가웠다.

상대가 자신의 마스터에 대해 알고 있는 것이 분명했던 탓이다. 마스터의 정체는 아직 드러나서는 안 되었다.

"이제 주인을 위해 이빨을 드러내겠다는 것인가? 좋아, 한 번 해봐라!"

상대에게서 살기에 가까운 투기가 흘러나오기 시작했다. 그것은 랜스로서도 처음 접해보는 기운이었다.

*   *   *

늑대새끼인지 개새끼인지 모르겠지만 놈의 살기에 호령무를 펼칠 준비를 했다.

입령의 초기 단계이지만 이미 전사 열 명의 영혼을 완전히 흡수한 뒤라 충분히 상대할 자신이 있기 때문이다.

상대와 마주한 순간 호령무의 투기는 이제 감출 대상이 아니다. 호령이 가지는 위대함을 몸소 보여주어야 한다.

감히 범접할 수 없는 절대의 위엄!

산야와 밀림을 지배하는 최강의 전사인 호령의 위엄을 말이다.

어!!

저 새끼, 왜 저래?

놈이 갑자기 기세를 죽인다. 서둘러 꼬리를 마는 이유를 모르겠다. 10센티미터는 넘게 자라난 거무튀튀한 발톱이 쑥 들어가고, 입술 밖으로 튀어나온 뾰족한 송곳니는 어느 사이인가 사라져 버렸다.

그뿐만이 아니다 줄기줄기 내뿜어대던 기운도 눈에 띄게 줄었다.

뭔가 감추고 있는 것이 분명하다.

개새끼가 음흉하기는!

그렇다면 절대 덤비지 못하도록 손을 좀 봐야겠다. 감히 흉계를 꾸미다니 말이다.

오늘이 마침 복날이고 하니 한번 잡아야겠다.

비록 먹지는 못하겠지만 말이다.

＊　　　　＊　　　　＊

'컥!'

투기를 마주한 순간, 숨이 턱 막힌다.

소리조차 흘러나오지 않는다. 목을 조르는 듯한 강렬한 투기가 어느새 입을 막아버렸다.

랜스는 두려워 겁이 났다.

도대체 압박해 오고 있는 기운의 정체를 모르니 마땅히 대응할 방법도 없었다. 어느 정도 능력이 있다고 생각했는데 이건 정말이지 너무나 터무니없을 정도로 나약한 모습이었다.

'전신을 오그라들게 하는 기운이라니……'

랜스는 이제 자신의 전신을 옥죄는 기운에 당혹스러웠다. 슬금슬금 피어오르는 공포심과 더불어 나약한 자신에 대한 분노마저 일었다.

암흑의 기운을 이어받아 인간의 한계를 벗어난 자신이었다. 늑대인간이라면 업으로 지니고 다니는 전설처럼 전해오는 달의 제약도 벗어난 후였다.

그런데 잔뜩 끌어올렸던 살기는 어느새 꼬리를 감추고 자신도 모르게 두영 앞에서 작아지고 있었다.

무쇠도 단숨에 잘라 버리는 보검 같은 발톱은 어느새 살 속으로 숨어들고, 자랑스럽게 생각하던 어둠의 이빨은 초라할 지경이었다.

'이대로는 당한다. 내가 저깟 놈에게! 생명력을 갉아먹는 한이 있어도 저놈을 없애야 한다.'

이대로는 죽도 밥도 안 된다는 생각에 랜스는 자신의 마스터로부터 부여 받은 암흑의 기운을 끌어올렸다.

암흑의 기운을 사용하기 위해서는 생명력을 희생해야만 하지만 지금은 이것저것 따질 때가 아니었다.

"카아아앙!"

포효와 함께 아지랑이 같은 기운이 랜스의 몸을 감쌌다.

심연에서 올라온 암흑의 기운이다. 마왕이 세상에서 거두어들여 깊은 암흑 속에서 마력을 더한 어둠의 기운으로 랜스의 생명을 주관하는 본질인 것이다.

아지랑이처럼 번져 가는 암흑의 기운은 랜스를 변화시키고 있었다.

우드득!!

뼈마디가 길어나며 몸집이 커지기 시작했다. 키가 2미터가 훌쩍 넘어버렸고 체구는 거의 두 배에 이르렀다.

급격이 몸집이 커진 탓인지 살이 갈라지며 터져 나갔다. 터져 나간 살 사이로 시뻘건 근육이 보였다.

하지만 그것도 잠시, 터져 나간 살 속에서 음침한 검은색의 기운이 뭉클거리며 솟아났다.

뒤이어 비늘을 이어 붙인 찰갑처럼 흑색의 비늘들이 몸에서 돌아나며 그의 전신을 뒤덮기 시작했다.

눈동자는 찢어지고 하얀 이빨은 날카로운 톱날처럼 삐죽삐죽 솟아나며 검은 광택으로 물들어갔다.

그와 함께 그의 이마가 불룩거리기 시작했다.

팍!

파열음과 함께 암적색의 뿔들이 솟아올랐다. 그렇게 솟아난 뿔은 모두 세 가닥이었다. 피가 말라붙은 듯 거무튀튀한 붉은 빛이 감도는 뿔에서 검은 기운이 넘실거렸다.

변신이 끝난 후, 랜스의 모습은 한 마리 야수였다.

세상에는 존재하지 않는 마계의 마수, 잔혹의 살육자라는 카타라가 바로 랜스의 변화된 모습이었다.

강철을 수십 배 능가하는 질긴 껍질, 다이아몬드라도 단숨에 으스러뜨리고 갈라 버릴 수 있는 강력한 이빨과 발톱으로 무장한 마수가 바로 카타라다.

마왕이 아끼는 애완견이며, 마계의 입구를 지키는 카타라는 붉은 광채가 번뜩이는 눈으로 두영을 노려보았다.

"크르릉!!"

거친 탁음이 카타라의 입에서 흘러나왔다.

인간의 몸을 통해 현실 세계에 현신했지만 마계에서 가지고 있던 힘을 고스란히 간직하고 있었다.

카타라로 변신한 랜스는 이 정도의 힘이라면 충분히 승산이 있다고 생각했다.

'단번에 목줄을 끊어야 한다.'

끓어오르는 암흑의 기운 탓인지 자신을 짓누르던 알 수 없는 기운이 많이 약화되자 자신감을 가지기 시작한 카타라는 두영의 빈틈을 노리기 시작했다.

*   *   *

징그러운 모습으로 변해 버리니 정나미가 떨어진다. 아마도 뭉클거리며 솟아오른 검은 기운과 관련이 있지 싶다.

음습한 기운을 뿌리고 있지만 귀계의 기운은 아니다. 아무래도 마계에서 뛰쳐나온 놈이 분명하다.

현실 세계로 넘어와 인간을 숙주로 삼은 놈치고는 제법 괜찮은 힘을 지니고 있는 것 같다.

기괴한 모습으로 변하기는 했지만 개는 개!

개과 동물이 대부분 그렇듯이 놈이 노리는 부위는 한곳이다. 경동맥이 있는 목덜미다.

뭐, 부수적으로 날카로운 이빨로 심장도 노리겠지만 어찌됐든 최후의 숨통을 끊기 위해 경동맥을 노리는 것이 뻔한 이상 그대로 당해줄 내가 아니다.

주위를 돈다. 어슬렁거리며 도는 것을 보니 도약의 시기를 가늠하는 것 같다.

팟!

뒷발로 지친 힘 때문에 땅이 움푹 꺼졌다. 놈이 도약한 거리는 거의 5미터. 반발력이 그만큼 크다는 이야기다.

날아오며 손을 휘두른다. 날카로운 손톱이 번득이며 심장을 찔러온다.

깡!

놈의 손을 후려쳤다. 날카로운 쇳소리가 울려 퍼진다.

하지만 놈이 노리는 곳은 내 경동맥!

놈의 손톱은 예비 공격에 지나지 않는다. 손톱에 신경을 썼다간 영문도 모르고 놈의 아가리에 목덜미를 내줄 것이다.

퍽!

콰직!

“끼!”

놈의 아가리에 이마를 들이받았다. 턱뼈가 함몰하며 부서져 나갔다. 산산이 부서진 턱 사이로 너덜거리는 송곳니가 보인다.

“크!”

너, 밥은 다 먹었다.

휘이익!

고통스러운 비명으로 나가떨어지면서도 손톱을 휘두른 바람에 옷자락이 갈라졌다. 반격을 예비해 뒤로 물러서지 않았다면 당하고 말았을 것이다.

추가 공격을 대비해 손톱을 휘두르고 뒤로 물러선 놈이 머리를 흔든다. 꽤나 고통스러운 모양이다.

“크으, 크르르!”

신음과 함께 놈의 입 주변에 검은 기운이 어린다. 놈의 턱뼈가 다시 붙고 너덜거리는 이가 제자리를 찾아가고 있다.

정말이지, 놀라운 회복력이다.

퍽!

파파팍!

"카아앙!"

놈의 완전히 회복하기 전에 일격을 가했다.

회복해 가고 있는 턱에 발등으로 한 방!

몸을 회전시키며 연이어 놈의 가슴을 발로 내질렀다.

비틀거리며 물러서며 고통의 비명을 지르는 놈을 따라붙었다. 회복력이 아무리 좋다고 해도 연이어지는 타격을 견딜 수 없을 것이라 생각했기에 놈의 전신을 두들겼다.

뼈가 부서지며 놈의 살이 움푹움푹 들어갔다. 고통스러운 와중에도 놈은 검은 기운으로 회복하려 애를 쓰지만 타격의 간격이 너무 짧은 탓인지 처음과는 달리 원상태로 돌아오는 속도가 느려졌다.

돌아가는 팽이는 계속 두들겨야 한다. 이왕 때린 김에 전신을 작신 패줘야 했다.

퍼퍼퍼퍼퍽!

놈은 자만했다.

내가 가진 호령의 발톱 또한 그리 만만한 것이 아니니 말이다.

사호의 발톱도 강력한 흉기가 되지만 주변의 기운을 모아 내치는 충격력은 내부의 장기를 단숨에 박살 내버리는 힘을 지지고 있다.

아무리 놀라운 회복력을 가지고 있다고 해도 그런 힘으로 연이어 맞으니 놈의 능력이 감소할 수밖에 없는 것이다.

감히 내게 내밀었던 손부터 시작하여 뼈마디 하나하나를 순서대로 부숴버렸다.

"크아앙!!"

고통으로 울부짖으며 달아나려 했다. 움직이는 놈을 패려면 땀을 내야 하기에 특단의 조치를 강구했다.

퍼퍽!

콰지직!

손은 이미 박살 냈기에 두 다리의 뼈를 작신 부러뜨려 버렸다.

퍽!

콰직!

묶어놓은 상태이기에 마음 놓고 놈을 팼다. 바닥을 지탱하고 있는 다리뼈는 물론, 전신의 뼈를 다 부러뜨려 버린 탓에 몸이 모로 눕는다.

더 이상 원상태로 회복되지 않았다. 놈이 가진 검은 기운을 전부 소진해 버린 것 같다.

회복력이 사라진 후, 모세혈관까지 박살난 탓에 시퍼런 멍이 엠보싱처럼 볼록볼록 솟아올라 있었다.

부러진 뼈를 중심으로 처져 나간 모세혈관의 피가 근육으로 새어 나와 돋아 오르듯 밖으로 표출된 것이다.

"크아아아!!"

화를 못 이기는지 울부짖고 있지만 그것은 놈의 사정이었다.

아직도 기가 조금밖에 죽지 않은 것 같으니 뜨거운 찜질을 더해줄 수밖에.

퍼퍼퍼퍽! 빠박!! 파파팍!

"크아아악!"

옳거니!

이제야 제대로 된 음악을 연주하는 것 같다.

당연히 그 정도 음률은 나와야지.

퍽퍽! 빠바박!

"끄으으으."

신나게 찜질을 했다. 너무 신이 났는지 정신을 출장 보냈는지도 몰랐다. 괜히 미안해졌지만 알려줬어야지!

뻑!

놈의 이마를 주먹으로 날렸다.

지축에 심어놓은 기운이 흐트러지려 하기에 쓰러진 놈의 다리를 잡고 자리를 떴다.

자칫 사라들 눈에 띄면 골치 아파지기 때문이다.

커다란 나무들이 빼곡히 둘러싸인 숲 속이라면 사람들의 눈을 피할 수 있을 것 같기에 산자락을 따라 올라갔다.

한참을 올라가 밀집되어 있는 나무 틈을 비집고 들어가니 적당한 공터가 나타났다.

그리 크지 않은 공간이지만 놈을 잡아두기에는 적당할 것
같다.

곰들이 쓰다가 버린 동굴 같은 것이 있다면 더욱 괜찮았겠
지만 이 정도도 그리 나쁘지 않은 편이었다.

한 아름이 넘는 나무들로 둘러싸여 있고 나무 사이의 폭이
좁아 결계를 친다면 천연의 감옥이 될 터였다.

놈을 공터 중앙에 끌어다 놓았다.

다리를 잡고 끌고 온 탓에 머리가 엉망이다. 거무죽죽한 피
가 머리에 엉겨 있다. 바위에 부딪치고 흙에 쓸려 뒷머리가 다
까진 탓이다.

물론 치료할 생각은 없다. 회복력이 장난이 아닌 놈이니 깨
어나면 괜찮을 테니까 말이다.

놈을 중앙에 던져 놓고 나무들에게 결계의 인을 새겼다.

땅의 중심축에다가 기운을 심는 것과는 달리 나무에 직접
인장을 새기고 기운을 흘려 넣었다. 생명체인 나무의 생기와
결합한 기운이 인장을 통해 구성한 탓에 반영구적인 결계가
완성되었다. 쓰러진 놈의 실력 정도로는 절대 뚫지 못할 감옥
이 만들어진 것이다.

결계를 완성하고 놈에게 갔다. 어째서 이런 일을 벌인 것인
지 알아내야 하기 때문이다.

"마계의 기운을 가진 놈이니 정반대의 기운을 흘려 넣으면
깨어나겠지."

놈의 손목을 잡고 선기를 흘려 넣었다. 마기와는 극성이 되

는 기운이다.

놈의 몸이 꿈틀거린다. 하긴 내게 맞는 것보다 더 고통스러울 테니까.

쩝! 너무 고통스러웠나?

몸을 바르르 떤다. 완전히 진동 모드다.

"정신을 차렸으면 이제 그만 눈을 떠라!"

선기가 주입되고 나면 제일 먼저 정신에 영향을 미친다.

그런데도 정신을 잃은 척하는 놈의 허리에 애증의 발길을 날렸다. 물론 사랑의 발길은 아니다.

퍽!

"컥!"

"헛수작하지 않는 것이 좋아."

발길질로 반격의 기회를 노리는 놈의 허리 근육 일부를 끊어놓았다.

허리는 남자의 생명!

아니지. 모든 움직임이 시작되는 곳이다.

고통을 참으며 정신을 잃은 척하는 놈에게 기회를 박탈한 셈이다.

*　　　*　　　*

근육의 결 하나하나가 모두 끊어져 버렸다.

단 한 번의 발길질로 강철로 만든 와이어보다 질기고 단단한 근육들이 끊어져 나간 고통은 이루 말할 수 없었다.

섣불리 덤벼서는 안 되는 상대임을 너무 늦게 알아버렸다.

그것은 참혹한 결과로 나타났다. 조각조각 부서져 버린 뼈와 완전히 끊어져 버린 근육은 다시는 재생되지 않았다.

기이한 기운이 상처 부위에 머물러 마계의 기운을 차단하는 역할을 하니 회복될 리가 없었다.

랜스는 두영의 무서움을 절실히 실감했다.

이런 종류의 능력은 자신이 모시고 있는 마스터도 불가능한 일이었던 것이다.

"아까 그놈은 누구지? 난 한 번 이상 말하지 않으니까 자세하게 설명해야 할 것이다. 참고로 네놈의 턱은 회복시켜 주겠지만 혀를 깨물어 자진할 수는 없으니까 다른 생각은 하지 않는 것은 좋을 것이다. 어때, 말할 생각이 드나?"

그토록 처절하게 패놓고 이렇듯 사람 좋은 미소라니, 랜스는 소름이 끼쳤다.

미소 속에 감추어진 눈동자 속에는 너무도 차가운 설풍이 불고 있었던 것이다.

그렇지만 마스터에 대해서는 말할 수 없었다. 어둠으로부터 계약한 자신의 영혼이 거부하는 까닭이다.

"후후후, 제법 여문 놈이로군. 그럼 할 수 없지. 네놈의 입을 닫고 있는 이상, 좀 더 맞는 수밖에."

두영의 손이 랜스의 턱에 닿았다.

어느새 부서진 턱뼈가 이어져 있었고, 여기저기 찢겨 피를 흘리던 혀가 본래의 모습으로 회복되었다.

그렇지만 랜스가 자랑하던 이빨은 그대로였다.

지혈이 된 듯 피가 흐르지는 않았지만 송곳니는 아예 사용할 수 없을 정도로 망가져 있었다.

"이렇게 너덜거리면 말하는 데 불편하지 않나?"

랜스는 필사적으로 고개를 가로저었다.

"어허! 이거 왜 이러나? 버티면 너만 손해다. 불편한 것은 그때그때 제거해야 편한 법이니 아프더라도 조금만 참아라."

"우읍!!"

입을 강제로 벌리고 자신의 송곳니를 뽑으려 하자 랜스가 고개를 흔들며 버텼다.

우드득!

버티는 것도 잠시, 두영은 너덜거리는 랜스의 송곳니를 가차없이 모두 뽑아버렸다.

"크아아악!"

처절한 비명이 랜스의 입에서 튀어나왔다.

송곳니가 뽑히자 랜스의 기운이 많이 약화되었는지 랜스의 몸이 원상태로 돌아가기 시작했다.

*　　　*　　　*

"후후후, 이제야 사람 같아 보이는군."

괴물의 모습을 벗고 양손으로 입을 감싸 쥐고 버둥거리는 모습이 이제야 인간 같아 보인다.

암흑의 근원은 없애지 못했지만 권위의 상징인 송곳니를 없앰으로써 일시적이나마 사람으로 돌아온 때문이다.

이제부터 놈을 부리는 마스터의 정체를 알아낼 차례다. 암흑의 근원을 심어놓은 마스터와의 사슬이 약해진 지금이 가장 좋은 시기인 것이다.

놈과의 사슬을 완전히 끊어버리면 뒹굴고 있는 저놈의 생명력도 사라지기에 임시로 취한 조치다.

삼묘의 영혼은 모두 세 가지 계열을 가진다.

뒹굴고 있는 놈에게 조금 전에 주입한 기운도 그중 한 계열이다.

중급 정도의 술법이지만 본체도 아니고, 종속의 지배를 받아 주인이 있는 자 정도면 충분히 제압할 수 있는 힘이다.

하지만 지금은 좀 더 높은 힘을 쓸 시간이다. 아직 알아내야 할 것이 많기 때문이다.

"금주(擒呪)! 박(縛)!

일단 놈의 몸을 제압해야 했기에 금주를 펼쳤다.

금주는 혈도를 점해 전신을 제압하는 중국 쪽 아이들이 사용한다는 혈기법(血氣法)과는 조금 다른 방법이다.

삼묘법 중 백선기(白鮮氣)를 이용해 대상의 자율신경계를 내가 원하는 대로 통제하는 방법을 쓴 것이다.

지금 내가 쓰기에는 조금 무리가 있기는 하지만 놈의 사슬을 끊지 않고 알아내야 하기에 어쩔 수 없이 쓸 수밖에 없다.

고통스러워 전신을 떨던 놈의 움직임이 멈췄다.

"일어나 내 앞에 무릎을 꿇어라."

작신 분질러진 뼈마디가 고통스러울 텐데도 놈이 일어나 무릎을 꿇는다. 자신의 의지와는 달리 움직이는 몸 때문인지 눈을 데굴거린다.

퍼퍽!

꼴 보기 싫어 팬더를 만들어줬다. 기존에 맞은 자국 때문에 그리 선명하지는 않지만 기분은 좀 풀렸다.

고통이 심할 텐데도 비명을 지르진 않는다. 자율신경계를 모두 내가 장악하고 있으니 지를 수 없을 터였다.

놈의 머리에 손을 얹었다. 내가 무엇을 할지 몰라 긴장한 기색이 역력하다.

"무량겁(無量劫)!!"

흑요기(黑撓氣)를 통해 놈의 의식에 환상을 심었다.

흑요기는 어둠을 상징하는 혼돈의 기운이다. 무량겁은 존재가 가지는 인연을 보여주는 기술이다. 놈은 지금 자신이 지나쳐 온 무수한 인연의 사슬을 순간에 느끼는 중이다.

붉은 눈동자가 사라지고 하얀 백태만이 보인다. 인연의 겁이 보여주는 정신적 충격을 견딜 수 없는 까닭이다.

"차혼(借魂)!!"

마계의 기운과 연계된 놈의 영혼을 차단시키고, 놈의 영혼이 겪은 수많은 인연 중 가장 강렬한 영향을 끼친 영혼의 생애를 바꿔쳤다.

차혼은 놈의 영혼에 걸린 암흑의 사슬을 속이는 기술이다. 본질은 같지만 살아온 생애가 다른 영혼으로 교체해 사슬의 끈을 유지하는 것이다.

랜스지만 랜스가 아닌 영혼이 암흑의 사슬에 묶였다. 잠시지만 랜스는 이제 암흑의 사슬로부터 자유로운 몸이다.

"마스터에 대해 말하라. 그러면 고통에서 해방시켜 줄 것이다."

"마, 마스터는……."

암흑의 사슬을 베푼 자에 대해 불기 시작했다.

육체에 가해졌던 고통보다 무량겁이 가져오는 고통이 더 큰 까닭이다.

영혼을 흔드는 고통은 인간의 의지로는 감당할 수 없는 것이다.

랜스의 이야기를 들으며 뭔가 심상치 않은 일이 일어나고 있다는 것을 느낄 수 있었다.

랜스가 설명하는 12사도의 힘이 단순히 곰의 힘만을 의미하지 않는다는 것을 알았던 것이다.

의식의 과정과 마스터에 대해 자세하게 물었다. 마스터란 놈이 무엇을 노리는 것인지 정확하게 알아야 했기 때문이다.

하지만 생각보다 랜스는 많은 것을 알고 있지 않았다.

마스터의 정체는 물론, 심지어는 그의 얼굴도 정확하게 기억하고 있는 것이 없었다.

놈들이 12사도라는 것을 만들어 무엇을 하려는지 알아내야
할 필요성을 느꼈다.
　랜스와 같이 암흑의 사슬로 엮어버린 자들이라면 앞으로 무
슨 일이 일어날지 아무런 장담도 할 수 없었던 것이다.

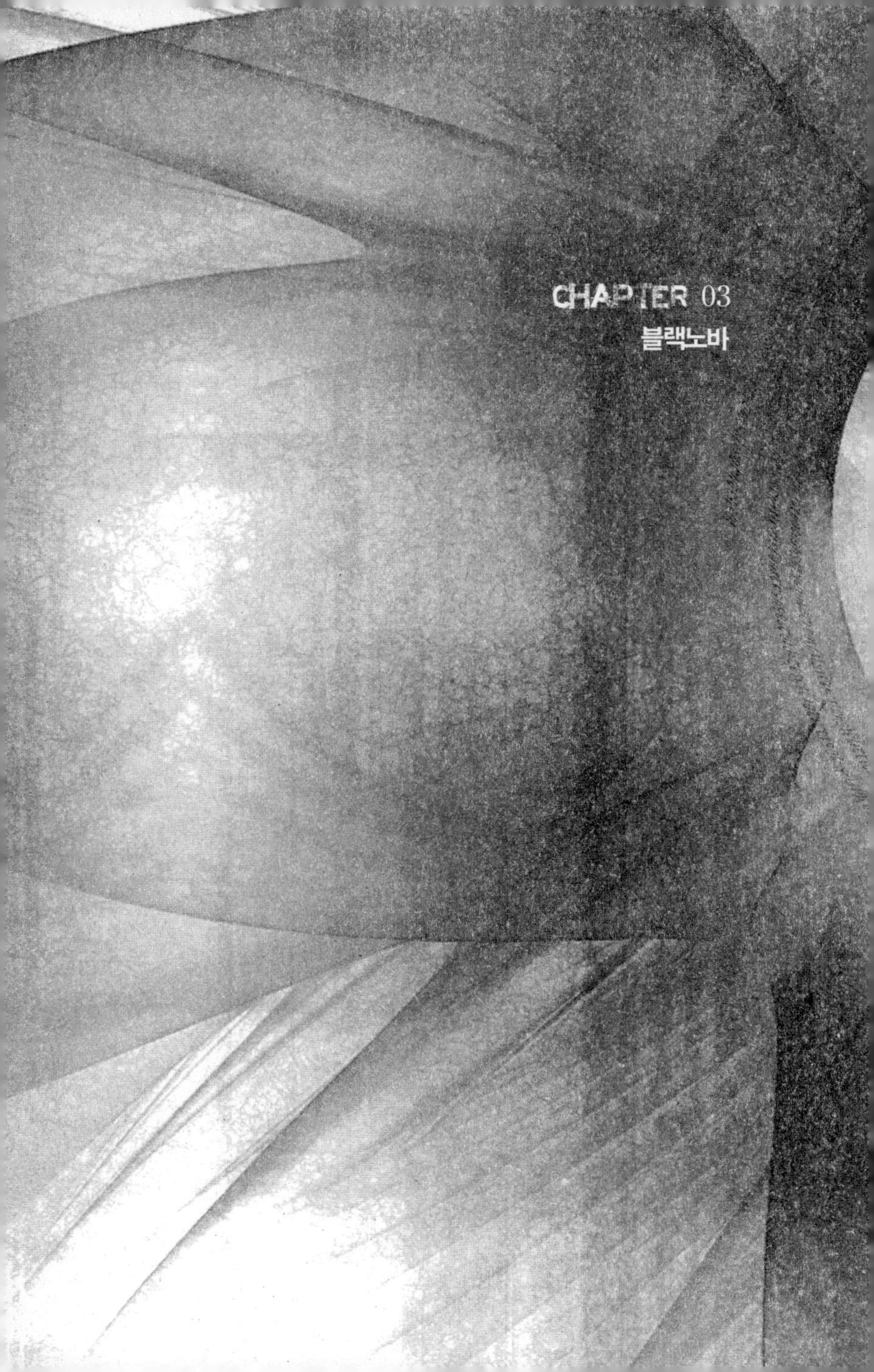
CHAPTER 03
블랙노바

TIME SLICE 타임 슬라이스

　몇 년 전 공원을 순찰 중이던 랜스는 의식을 치르고 있는 마스터와 우연치 않게 맞닥뜨렸다.

　밀렵꾼으로 생각하고 마스터를 체포하려 했으나 마스터가 가진 암흑의 기운에 사로잡혀 버린 것이다.

　마스터의 의지에 사로잡힌 랜스는 자신의 직분을 이용해 그를 도왔다.

　곰의 피와 힘을 통해 마계의 기운을 증가시켜 인간을 초인으로 만드는 일을 해온 것이다.

　그렇게 지금까지 곰의 기운을 이어받은 이는 모두 열한 명이었다. 원래는 열두 명을 채워 마스터의 사도로 만들려 했지만 얼마 전, 의식을 진행하는 중 발각되는 바람에 목표한 인원을 채우지 못했다.

열한 번째 의식을 치르는 과정에서 철현에게 발각되어 버렸던 것이다.

랜스의 경우 의식이 진행되던 초기라 마스터가 의식을 사로잡아 처리할 수 있었지만 철현의 경우는 그럴 수가 없었다. 의식이 거의 끝나갈 무렵이라 가지고 있는 힘을 모두 소모한 탓에 자리를 피할 수밖에 없었던 것이다.

이 과정에서 문제가 생겨 버렸다. 마지막 한 명만 채우면 모든 일이 끝나는데 의식을 진행할 수 없게 되어버린 것이다.

의식을 집행하는 데 가장 중요한 흑정(黑精), 일명 블랙노바라고 하는 진혈의 정(精)을 잃어버린 것이다.

블랙노바는 의식이 끝난 후 마스터가 반드시 회수해야 하는 것이었다. 마스터가 가진 힘의 원천인 까닭이다.

그러나 의식을 제대로 끝내지 못해 마스터는 내상에 가까운 타격을 받았고, 블랙노바를 통해 어둠의 기운을 흡수해 잃어버린 힘을 회복해야 함에도 그러지 못했던 것이다.

그것은 그를 따르는 열한 명의 사도도 마찬가지였다.

마스터는 어느 정도 몸이 회복하기를 기다렸다가 얼마 전부터 움직이기 시작했다. 완전히 힘을 회복한 것은 아니지만 블랙노바를 회수해 12사도를 완성하고 자신의 힘도 회복하기 위해서였다.

랜스는 마스터가 힘을 회복하는 사이 명령대로 블랙노바를 찾아왔다.

하지만 블랙노바의 행방은 묘연했다.

그러다가 얼마 전 간신히 블랙노바가 어디 있는지 위치를 파악했다. 랜스가 찾았던 블랙노바는 지금 철현이 가지고 있었던 것이다.

블랙노바는 육각형으로 생긴 검은색의 돌이다.

광택은 없지만 특이한 모양이라 돌을 수집하는 취미를 가지고 있는 철현이 사건 현장 근처에 떨어진 것을 주워 보관하고 있었던 것이다.

*   *   *

"그러니까, 그 블랙노바라는 것을 회수하기 위해 이모부와 가족들을 모두 죽이려 했다는 말이지."

"그렇습니다."

"그냥 몰래 회수해도 될 텐데 어째서 죽이려 했던 거지? 잘못하면 일이 커질 수도 있을 텐데 말이야."

놈들의 능력이라면 이모부 모르게 블랙노바라는 것을 회수할 수도 있었다. 세간에 알려지는 것보다 그편이 훨씬 나았다. 그런데 굳이 죽이려는 이유가 궁금했다.

"제 복수심도 있었지만 가족 중 누군가가 블랙노바에 반응을 보였습니다."

"반응을 보였다는 말이지?"

"그렇습니다. 블랙노바는 마스터가 가지는 힘의 원천입니다. 반응의 정도가 마스터를 넘어서지 않는다면 문제가 없겠지만, 문제는 싱크로율이 마스터를 훨씬 초과한다는 것이었습니다. 때문에 누가 반응을 보이는지 모르는 이상 모두 죽일 수밖에 없었던 겁니다."

"재미있군."

랜스의 머리에 손을 얹어 무량겁을 해제하고 금주를 풀었다. 두 가지 금제를 풀면서 나에 대한 기억을 지우고 몇 가지는 조작을 했다.

나에 대해 자세히 알려지는 것이 그리 좋지 않아 미지의 인물을 창조해 랜스의 기억에 심었다. 블랙노바를 미지의 인물이 가지고 있다고 인식하게 만든 것이다.

"좋아, 넌 이대로 그 마스터란 자에게로 가서 블랙노바는 내가 탈취해 갔다고 말해라. 그 후 일이 있으면 내가 널 찾을 것이다. 내가 찾기 전까지는 마스터란 자의 정체와 그가 어떤 목적을 가지고 이런 일을 벌이는지 알아내도록 해라. 만약 중요한 일이 생긴다면 나의 모습을 머릿속으로 그리며 생각해라. 그러면 내가 널 찾을 것이다."

"알겠습니다."

털썩!

금주를 해제한 탓인지 대답과 동시에 랜스가 바닥에 쓰러져 버렸다. 너무 많이 맞아 스스로 움직일 수가 없었던 것이다.

"귀찮군. 하지만 놈에게 말을 전하려면 조금 회복시켜 줘야 할 것 같구나."

놈의 몸에 스며들었던 선기를 모두 회수했다.

암흑의 힘이 풀려나고 재생력이 다시 돌아오자, 터지고 부서진 상처들이 빠르게 회복되기 시작했다.

몸이 회복된 랜스는 자리에서 일어나자마자 곧바로 떠났다.

마스터란 자가 있는 곳이 어디인지는 모르지만 랜스를 만난다면 곧 밝혀질 일이었기에 곧장 집으로 들어갔다.

위험한 물건일지도 모르는 블랙노바를 찾기 위해서다.

이모부는 블랙노바가 무엇인지 모르고 가져왔을 것이 틀림없다. 평소 광물을 수집하는 것이 취미라는 것을 알고 있기에 장식장이 있는 곳으로 갔다.

장식장 안에 세계 여러 나라에서 수집한 자수정 원석을 비롯해 바다 빛깔의 아쿠아마린 등 희귀 광물들이 자태를 뽐내고 있었다.

"저것인가 보군."

보랏빛 자수정원석 옆에 조그마한 검은색 광물이 눈에 띄었다.

광택은 나지 않지만 깊은 심연의 어두움보다 더 깊은 어두움을 지닌 검은색의 광물이었다. 검은 신성이라는 블랙노바다.

암흑의 기운의 원천이 되는 물건이라는데, 이모 집에 들어올 때 어째서 저것을 알아보지 못했는지 의문이 들었다.

장식장을 열고 블랙노바를 꺼내 들었다.

"모르겠군. 모든 광물은 제각기 고유의 파장을 가지고 있는

데 아무것도 느껴지지 않다니……."

아무런 기운을 흘리지 않기에 이상한 생각이 들었다. 지구 상에 존재하지 않는 광물 같았다.

"자세히 조사할 필요가 있으니 우선 누가 이것과 동화하고 있는지 알아봐야겠다."

이모 식구 중 누군가가 마스터란 자보다 동화율이 높다고 했으니 뭔가 반응이 있을 것이 분명했다.

블랙노바가 반응하는 것을 살펴보면 정확하게 어떤 물건인지 알 수 있을 것이기에 가족들의 기운을 증폭시켜 보기로 했다.

우선 이모 부부가 잠들어 있는 방에 들어가 몇 가지 조치를 취했다. 만약의 사태를 대비해 암흑의 기운과 상반되는 결계를 펼쳐 놓은 것이다.

블랙노바가 어떤 것인지는 모르지만 암흑의 기운이 나타난다면 내가 차단시킬 수 있을 것이다.

그리고 두 분은 잠재력이 활성화되어 많은 능력을 얻을 것이기에 그다지 나쁜 일은 아니어서 이렇게 시도할 수 있었던 것이다.

"화승(和乘)! 개(開)!"

현재의 능력과의 괴리를 생각해 조화의 술을 사용해 잠재력을 활성화시켰다.

별일만 없다면 이모와 이모부는 자신이 하는 일을 보다 수월하게 할 수 있을 것이고, 감춰져 있던 자신의 능력을 아시게 될 것이다.

잠재력을 활성화시킨 후 블랙노바의 반응을 기다렸다.

"두 분은 아닌 것 같구나. 유천이나 성혜가 그런 것인가?"

블랙노바에서는 아무런 반응이 없었다. 아마도 동생들 중에 하나가 블랙노바와 동화율이 높은 것 같다.

이모 부부의 방에서 나와 동생들 방으로 갔다.

우선 유천이의 방으로 들어가 이모 부부와 똑같은 조치를 취하고 잠재력을 활성화시켰다. 유천이도 방응이 없었다. 남은 것은 성혜뿐이었다.

성혜의 방으로 가 이번에는 조금 더 세심한 조치를 취했다. 몇 가지 결계를 더하고 잠재력도 조심스럽게 활성화시켰다.

랜스란 놈이 말한 대로였다. 성혜의 잠재력을 활성화시키자 반응이 온 것이다.

블랙노바에서 희미한 푸른빛이 스며 나오기 시작했다.

블랙노바가 변화하는 모습을 살펴보며 놀라지 않을 수 없었다. 예상과는 달리 암흑의 기운은 아니었던 것이다.

"어떻게 이게 여기 있는 거지?"

절대 있을 수 없는 것이 눈앞에 나타났다.

에너지 변환장치의 초기 버전이라고 할 수 있는 것이 블랙노바라니 말이다.

블랙노바 같은 장치는 예전 삶에서 두어 번 본 적이 있는 것이다. 행성에너지를 흡수하여 사용 가능한 특정 에너지로 바꾸어주는 장치인 에너지트랜스와 같았던 것이다.

"그러면 성혜가 싸이킥포메이션이라는 소린가?"

나는 성혜가 특별한 능력을 타고났음을 알 수 있었다. 정신력을 이용해 자신이 원하는 것을 특정한 형태로 정형화할 수 있는 능력을 타고난 것이다.

내가 전에 살던 곳에서는 성혜처럼 에너지트랜스를 이용해 정신력으로 에너지 변환을 가능케 하는 능력을 소유한 이들을 싸이킥포메이션이라고 부르며 특별한 취급을 했다.

항상 에너지 고갈 문제로 힘겨워하던 지구연방에게 핵융합 에너지를 넘어서는 차원이 다른 막대한 에너지를 인류에게 제공했기 때문이다.

하지만 에너지트랜스는 얼마 쓰이지 못했다. 엄청난 성능에도 불구하고 비인간적으로 사용될 수밖에 없었기 때문이다.

에너지트랜스를 쓰게 되면 싸이킥포메이션 능력을 가진 능력자들의 정신력도 같이 소모되어 버린다.

정신과 관련한 다른 능력들은 대부분 사용하고 나면 회복되는 것에 반해 싸이킥포메이션은 그렇지를 못했다.

엄청난 능력의 부작용으로 인한 것인지 계속 사용하면 얼마 지나지 않아 생명력을 모두 잃어버리고 미라처럼 고사해 버리는 것이다.

하지만 이런 위험에도 불구하고 에너지의 효용성에 빠져 버린 일부 몰지각한 기업들이 에너지트랜스를 이용해 그들을 쓰다 버리는 인간 배터리로 만들어 버리는 사건이 발생했었다.

싸이킥포메이션이 가능한 능력자들을 구한다는 것은 하늘

의 별을 따는 것만큼이나 극히 어려운 일이었기에 그들을 강제로 구속하고 배터리처럼 행성에너지 변환 작업에 쓰다가 버리는 일이 발생했던 것이다.

이런 일들이 수사기관에 적발되고 난 뒤, 에너지트랜스를 사용하는 일은 극히 제한되었다.

싸이킥포메이션들은 국가에서 특별 관리 대상으로 지정되어 관리되었고, 에너지트랜스의 사용에도 엄격한 지침을 두었다.

하지만 이익이 따르면 무슨 짓이라도 서슴없이 하는 자들이 있게 마련이다.

에너지 거래는 막대한 부를 축적할 수 있는 일이었기에 기업들과 결탁한 몇몇 조직이 외진 행성에 비밀리에 에너지 생산 기지를 만들었던 것이다.

그런데 진짜 문제는 그곳에서 생겨 버렸다.

비밀 에너지 기지가 설치된 행성들이 소멸되어 버린 것이다.

갑작스러운 행성들의 변화에 지구연방에서는 조사를 시작했고, 장기간의 조사로 행성 소멸의 원인을 밝혀냈다.

에너지트랜스를 이용해 행성에너지를 전환시키는 싸이킥포메이션들이 일으킨 정신이상이 원인이었다.

조직들은 임계점을 넘어서까지 싸이킥포메이션들을 이용했고, 그들이 정신이상을 일으켜 버린 탓에 에너지 변환에 과부하가 걸린 것이다.

에너지 과부하는 행성에너지의 교란을 불러와 소멸해 버렸던 것이다.

이후, 지구연방에서는 에너지트랜스의 사용을 전면 금지했다. 인류가 개발한 그 어떤 무기보다도 큰 피해를 입을 수 있다는 생각에서였다.

그런데 초기 버전의 에너지트랜스와 그것을 이용해 행성에너지를 변환시킬 수 있는 싸이킥포메이션이라니, 생각해 볼 것이 많은 문제였다.

블랙노바만 없다면 성혜에게는 그리 큰 문제가 아니었기에 내가 가지고 있기로 했다.

블랙노바를 원하는 자들이 있어 위험하기도 하고, 놈들을 유인하려면 그러는 편이 좋았다.

"혹시 놈들이 성혜를 노릴 수 있으니까 당분간 능력을 봉인해 놓는 것이 좋겠다."

성혜에게 싸이킥포메이션 능력을 다른 방면으로 활성화시킬 수도 있지만, 아직은 평범한 삶이 좋을 것 같아 조치를 취하기로 했다. 어른이 될 때까지 싸이킥포메이션을 봉인해 놓기로 한 것이다.

싸이킥포메이션의 봉인은 삼묘법으로는 불가능하다. 정신적인 면보다 육체적인 면이 더 크기 때문이다.

거의 대부분의 정신능력자들이 뇌를 활성화해 능력을 발휘하지만 싸이킥포메이션은 뇌뿐만 아니라 전신을 활용한다.

태어날 때부터 육체 자체가 특별한 것이다.

삼묘의 능력으로는 성혜가 가진 능력을 일부밖에 봉인하지 못한다.

그래서 영혼의 대지에서 되찾은 능력 중 일부를 사용하기로 했다. 생체융합파워슈트의 기능을 일부 변환하여 성혜의 신체를 변화시키고자 하는 것이다.

내 몸을 변환시키는 것이야 막대한 에너지가 필요하기에 지금은 불가능한 일이지만 성혜 정도면 성년이 될 때까지는 그리 어려운 일이 아니었다.

성혜의 피부 중 일부를 정신동력을 사용해 분자 형태의 생체융합체를 만들어냈다. 간단한 피부 접촉만으로 가능한 일이다.

그리고 만들어낸 생체융합체를 성혜의 척추 쪽 피부를 통해 척수로 주입시켰다. 일종의 텔레포트로 삼묘법 중 전이를 사용했다.

척수로 들어간 생체융합체는 척수 속에 들어가 자리를 잡고 성혜의 체질을 변화시킬 것이다. 두 달여간 진행되는 일이라 아무리 가까운 사람이라도 성혜의 변화를 알아차리지 못할 것이다.

그렇게 시간이 흘러 체질 자체가 변화하면 성혜가 가진 능력은 성인이 될 때까지 봉인될 것이다.

"나도 이렇게 간단하게 변할 수 있다면 좋겠지만 아직은 요원한 일이니 걱정이다."

성혜를 변화시키고 난 후 걱정이 들었다. 성혜도 특별하지만 내 체질은 더욱 특별하기 때문이다.

성혜는 간단한 정신동력으로 만들어낸 생체융합체로도 변화가 가능하지만 나는 불가능하다. 세포 하나하나가 개별적인 개체를 가지고 있어서다.

아직은 육체가 불완전하기에 잠들어 있지만 육체를 완성하고 생체융합반응을 시도하려면 성혜에게 사용한 것과는 비교도 되지 않을 만큼 엄청난 에너지가 필요하기 때문이다.

어차피 시간을 두고 진행하기로 한 일이라 마음을 쓰지 않고 있었지만 성혜의 몸이 완성되어 가는 것을 보면서 조금은 기분이 씁쓸했다.

"성혜는 이제 안심할 수 있으니 안젤라나 찾아봐야겠다. 특별한 사연을 지니고 있는 것 같으니까."

성혜의 방을 나와 집을 나섰다. 안젤라를 찾기 위해서다. 떠나기 전에 주변에 결계를 쳤다. 마스터란 작자가 직접 나선다고 해도 깨뜨릴 수 없을 만큼 강력한 결계다. 선기를 이용한 것이라 접근하지도 못할 것이다.

안젤라의 기척을 찾기 시작했다. 안젤라가 사라졌던 방향을 향해 기감을 펼쳤다.

"풍환(風環) 감천회(感天懷)!!"

흘러가는 바람에 실린 기운이 사방으로 퍼져 나간다. 바람이 돌아오면 머지않아 안젤라의 위치를 찾아낼 수 있을 것이다.

얼마 전 같았으면 이런 능력은 불가능했을 것이다.

호령무의 입령을 수련하면서 전사의 영혼을 흡수한 까닭에 이제야 펼칠 수 있게 된 것이다.

그동안 어쩔 수 없이 쓰지 않았지만 오늘은 마음껏 삼묘법이 전해준 능력을 써보기로 한 것이다.

바람이 전하는 소리는 금방 찾아왔다. 이모 집에서 40킬로미터 떨어진 산 중턱에서 안젤라의 기척을 발견한 것이다.

"가볼까? 어느 정도 견딜 수 있을 테니 늦지는 않을 것이다."

팍!

땅을 힘껏 박찼다.

지나다니는 차량으로 인해 굳게 다져진 흙이 움푹 파졌다. 추진력을 얻기 위한 반발을 대지가 고스란히 받은 것이다.

*   *   *

악마의식이 행해진 흔적을 찾아 산야를 헤맸던 안젤라는 마침내 곰들을 공포로 몰아넣은 자들을 찾을 수 있었다.

악마의식이 제일 먼저 행해진 곳 근처였다.

다른 곳과는 달리 근처에 어떤 생명체도 접근하기를 꺼려하는 것을 느끼고 주변을 수색한 결과, 동굴에 은신해 있다 나오던 자들을 발견한 것이다.

"네놈들이로구나! 아이들을 죽인 놈들이!"

평소와는 달리 안젤라의 음성에는 노기가 깃들어 있었다. 자연을 사랑하는 일족의 특성상 그녀의 분노는 당연한 것이었다.

"이거 곤란하게 됐군. 못 찾을 줄 알았는데 말이야. 하이 엘프인가?"

마스터는 안젤라의 능력을 너무 무시했던 자신의 실책을 탓했다.

엘프 일족 중 전사나 수색꾼이라고 생각했는데 자신들을 보고 뿜어내는 기운을 보니 안젤라는 뜻밖에도 하이 엘프였던 것이다.

"네놈은 누구냐?"

아이들을 그렇게 만든 것이 고대의 악마의식에서 비롯됐다고 생각하고 있었기에 안젤라는 마스터의 정체를 파악하기 위해 물었다.

"후후후, 내 정체가 궁금한가? 하지만 어쩌지? 말해줄 수 없는 사정이 있어서 말이야."

마스터는 느글거리는 말투로 대꾸했다.

"네놈 정체가 무엇이든지 상관은 없다. 오늘 네놈들은 아이들을 아프게 한 대가를 치를 것이다."

"하하하, 너 혼자서 말이냐?"

"하이 엘프를 무시하지 마라. 네까짓 놈들은 나 혼자서도 충분하다."

수자로는 12대 1이었지만 안젤라는 상관하지 않았다. 숲의 일족 중 빛나는 자들이라 불리는 하이 엘프가 자신이었기 때문이다.

그녀는 자신의 능력을 믿고 있었다.

"굳이 찾아다니지 않아도 되니 다행이로군. 나중 일이지만 어차피 하이 엘프의 피가 필요했으니 오늘 네년의 피를 얻어야겠다."

자신이 하이 엘프라는 것을 알면서도 상관하지 않는 마스터를 보며 안젤라는 인상을 찌푸렸다. 자신의 피가 필요하다는 그의 말 때문이었다.

'하이 엘프의 피가 필요하다는 것은 정화의 의식이 필요하다는 뜻인데, 저들은 악마의식을 거친 자들이 아니라는 말인가?'

하이 엘프는 순결한 힘을 간직하고 있다. 그 피의 순수성은 세상에 존재하는 그 어떤 마기라도 정화할 수 있는 능력을 지녔다.

하지만 악마의 의식을 치른 이들은 달랐다. 하이 엘프의 피를 접하는 순간 그대로 소멸되어 버리기 때문이다.

수하들을 집단 자살로 몰아넣으려는 의도가 아닌 이상 필요할 리가 없기에 마스터를 바라보는 안젤라의 얼굴이 굳어질 수밖에 없었다.

챙!

안젤라는 자신의 검을 뽑아 들었다. 일족의 보물이자 자신의 애병인 스펜들러를 꺼내 들었다. 그녀가 들고 있던 녹색의 막대가 바로 검을 보관하고 있는 검집이었던 것이다.

그녀가 가진 스플렌더는 광휘라 이름 붙여진 빛의 검으로 엘프들의 보물이었다.

스플렌더의 소유자는 엘프와 자연을 보호하는 수호검주로서 몇 가지 의무를 지게 되는데, 그중 한 가지가 세상을 암흑으로 물들이는 자들에 대한 처단이었다.

안젤라가 밴프 국립공원으로 온 것 또한 제보된 내용이 어쩌면 악마와 관련이 있다는 느낌이 들었기에 찾아온 것이었다.

안젤라가 꺼낸 든 스플렌더에서 녹색의 빛이 환하게 비치기 시작했다. 자연의 생명력을 간직한 광휘였다.

마스터를 비롯한 그의 사도들이 몸을 흠칫 떨며 빛의 영향을 받는지 뒤로 물러났다.

"으드득! 네년이 바로 엘프의 수호검주로구나."

마스터가 이를 갈며 안젤라를 노려보았다. 그의 눈에 분노의 광망이 넘실거렸다. 그것은 원한의 눈빛이었다.

'저자가 스승님과 원한이 있는 자란 말인가?

수호검주로서의 직위를 물려받은 지 얼마 지나지 않은 안젤라였다. 자신에게 원한을 보이는 마스터를 바라보며 안젤라는 의혹이 들었다. 어쩌면 자신의 스승과 눈앞에 보이는 자가 연관이 있을지도 모른다는 생각 때문이었다.

하지만 그런 그녀의 생각은 이어지지 못했다. 마스터가 자신들의 사도들에게 명령을 내렸기 때문이다.

"저년을 사로잡고 사지를 찢어 피를 받을 것이니 암흑성령
을 부활시켜라!"

싸늘한 마스터의 명령에 검은 로브를 둘러쓴 열한 명의 사
도가 앞으로 나서 안젤라와 마주 섰다.

아무런 특색도 느껴지지 않는 기운이었지만 힘의 크기는 어
느 정도 느낄 수 있었기에 안젤라는 긴장했다.

섣불리 공격할 수가 없었다. 보이지 않는 기운이 점차 그녀
의 주위를 둘러싸고 있었던 것이다.

거미줄처럼 둘러쳐진 기운이 조금씩 그 실체를 드러내 보이
기 시작했다.

희미한 윤곽을 드러낸 검은 실들이 안젤라를 중심으로 사방
에 가득했다.

카강!!

스플렌더를 휘둘러 검은 실들을 쳐냈지만 잘라지는 것은 일
부분이었다. 오히려 더욱 많이 실이 생겨나 잘라진 부분을 메
웠다.

'암흑의 기운을 이용한 결계인가?

결계라면 그리 모르지는 않았다.

수호검주로서 세상의 모든 종족이 사용하는 결계에 대해 공
부하는 것은 당연한 일이었던 것이다.

하지만 지금 자신을 에워싸고 있는 결계는 처음 보는 것이
었다. 자신이 배웠던 그 어느 곳에서도 이런 결계에 대해 설명
하고 있지 않았다.

당황스러웠지만 안젤라가 수호검주로 뽑힌 것은 우연이 아니었다. 그녀는 본신의 힘을 조금만 끌어내기로 했다.

그녀의 몸이 점차 회전하기 시작했다. 그와 함께 스플렌더에서 흘러나온 녹색의 빛이 그녀의 몸을 감싸기 시작했다.

녹색 바람의 춤!

수호검주로 선택된 후 처음으로 익히기 시작한 것이고, 지금까지 가장 공들여 수련한 그녀의 검법이 펼쳐졌다.

번쩍!

사가강!

녹색의 광휘가 점차 번져 나가기 시작했다.

서걱!

안젤라의 주변을 감싸고 있던 검은색의 실이 잘라져 나가기 시작했다.

조금 전과는 달리 그녀가 잘라낸 암흑의 실들은 다시 생성되지 못했다. 스플렌더가 본격적으로 뽑어내는 생명의 힘으로 인해 벌어진 일이었다.

회전하며 암흑의 실들을 잘라내자 공간이 생겼다. 어느새 회전을 멈춘 안젤라는 스플렌더를 두 손으로 잡고는 마스터와 그 일행이 있는 곳을 바라보았다.

"그린 에로우!"

그녀의 영창이 끝나자마자 녹색의 화살들이 허공에 생겨났다. 어른 팔뚝만 한 두께의 화살은 어찌 보면 작은 단창으로 보일 정도였다.

“파운드 스트라이크! 액션!!”

안젤라는 커다란 외침과 함께 스플렌더를 휘둘렀다. 사도들의 수와 동일하게 만들어진 녹색의 화살들이 허공을 날았다.

츄르르르!

녹색의 화살은 자체적으로 회전을 하며 열한 명의 사도를 향해 무척이나 빠른 속도로 전진하고 있었다.

화살들의 회전에 걸린 암흑의 실들이 휘감기는 모습은 마치 회오리치는 검은 바람을 연상케 했다.

휘감긴 실들은 암흑의 화살에 감겨져 사라져 갔다. 화살 속으로 빨려들어 가고 있었던 것이다.

암흑의 실들은 마계로부터 직접 마기를 받는 촉매제들이다. 암흑성령을 부활시키기 위한 준비물들로 세상에 이것들을 자를 수 있는 것은 드물었다. 물질이 아니기 때문이었다.

그런데 지금 검을 이용해 암흑의 실들을 자르는 것도 그렇고, 마법을 사용해 암흑의 실들을 거두어들이는 모습을 보며 경악하지 않을 수 없었다.

“시, 신검이라니!!”

그의 놀람은 당연했다.

안젤라가 휘두르고 있는 검이 이제는 결코 세상에 나올 수 없는 신검이었기 때문이다.

안젤라를 감싸고 있던 암흑의 실들은 어느새 단창 같은 녹색의 화살로 인해 모두 사라지고 없었다.

신검 스플렌더의 진정한 힘 중 일부에 의해 이제는 모두 소멸하고 만 것이다.

그의 놀람도 잠시, 암흑의 실에 의해 저지당했던 녹색의 화살들이 속도를 내기 시작했다. 암흑의 실들이 빨려들고 저항력이 사라지자 녹색 화살들의 움직임이 달라졌던 것이다.

거의 빛살과 같이 빠른 속도로 자신과 사도들을 향해 날아왔다.

당황할 수밖에 없었다. 다급히 자신이 가진 최고의 방어 기술을 펼쳐야 했다.

"앱솔루트 배리어!!"

콰콰쾅!!

녹색의 화살들이 그의 사도들을 강타했다.

생명력이 결집된 힘이 마기와 만나 거대한 폭발을 일으킨 것이다.

마스터인 그는 자신을 향해 오는 녹색의 화살을 막기 위해 배리어를 쳤기에 무사할 수 있었지만 사도들은 그렇지를 못했다.

사도들은 이곳저곳으로 날아가 널브러졌다. 나뒹굴고 있는 사도들은 다들 끔찍한 상처를 입었다.

한쪽 팔이 날아간 것은 그나마 양호한 일이었다. 상체 중 일부가 날아가거나 반대로 하체가 날아가기도 했다. 모두가 죽어도 이상할 것이 없는, 신체 중 상당 부분을 잃고 쓰러져 있었다.

“어떻게 네년이 신검을 소유하고 있다는 말이냐?”

배리어로 그린에로우를 막아낸 마스터가 안젤라를 향해 물었다. 그의 눈에는 의혹과 경악이 가득했다.

“스플렌더를 아는 모양이로군.”

“맹약에 의해 나올 수 없는 신검을 소유하다니, 도대체 네년의 정체가 뭐냐는 말이다.”

“그것까지 내가 알려줄 필요가 있을까?”

“이이이!”

안젤라의 말이 맞는 이야기였다. 자신에게 이야기해 줄 필요가 없는 것이다.

‘어떻게 신검의 봉인을 풀 수 있었지? 그건 절대 불가능한 일인데…….’

세계에 존재하는 신검들은 천년전쟁 당시 모두 봉인되었다.

당시 봉인된 검은 모두 일곱 자루!

일명 칠대신검이라 불리는 일곱 자루 검은 그렇게 세상에서 사라졌다. 지금은 맹약자들 사이에서도 거의 잊혀졌지만 마스터는 칠대신검이 봉인된 과정을 누구보다 잘 알고 있었다.

자신이 의도하고 있는 일에 필요하기에 칠대신검에 대해 조사를 했다.

봉인될 당시 검의 주인들은 앞으로 맹약자를 두지 않기로 맹세를 했다.

그리고 각자의 검이 아닌 상대의 검을 봉인했다.

검과 상극이 되는 자가 나서고, 그를 주축으로 힘을 모아 모두 봉인을 했다.

각자 가지고 있는 힘과 상극인 상대의 힘을 봉인한 탓에 검의 봉인이 해제될 리는 없었다.

그것은 검의 주인인 맹약자라 해도 마찬가지였다.

맹약자에 의해 봉인이 해제되지 않도록 봉인에 참여했던 신검의 주인인 일곱 사람의 힘이 그것을 뒷받침하기 때문이었다.

'어쩔 수 없다. 사도들이 완성되지 않은 이상 위험하기는 하지만 그것을 쓸 수밖에……'

마지막 사도가 완성되지 않아 불완전한 감이 없지는 않지만 신검의 주인을 제압하기 위해서 마스터는 결심을 하지 않을 수 없었다.

자신이 원해 마지않던 힘을 꺼내야 할 때였다.

"사도들은 영혼의 제를 올려라! 그리고 맞이하라! 암흑의 성령으로 깨어난 그대들의 주인을!"

마스터는 사도들에게 최후의 명령을 내렸다. 육신을 제물로 바쳐 암흑의 성령을 소환하고자 한 것이다.

말이 끝나기가 무섭게 사방에 널브러져 있던 사도들의 몸이 조금씩 녹아내리기 시작했다. 안젤라의 공격을 받고 떨어져 나간 신체 조각들도 녹아내리고 있었다.

마스터의 명령대로 사도들은 자신들의 몸을 제물로 바치고 있는 것이었다.

그동안 마스터가 심혈을 기울여 사도들을 양성한 것은 다른 목적이 있어서였다.

하지만 이제는 안젤라가 우선이었다.

봉인되었던 신검의 주인이 나타난 이상 어떻게 해서든지 사로잡아야 했다.

'저들을 제물로 삼은 것인가?'

사도들이 변화하는 모습을 지켜보며 안젤라는 이상한 사실을 알 수 있었다. 제물을 바치는 보통의 악마의식과는 달라 보였던 것이다.

안젤라는 스플렌더를 고쳐 잡고 마스터와 이제는 거의 다 녹아버린 사도들을 노려보았다.

녹아내린 사도들이 한곳으로 모이고 있었다. 그와 함께 땅속에서 거무튀튀한 기운이 솟아오르기 시작했다.

마계의 문이 열리고 마기가 세상으로 나오기 시작한 것이다.

한군데 모인 액체가 허공으로 치솟기 시작했다. 형체를 만드는 듯 액체는 허공으로 오르며 기이한 모양으로 변하기 시작했다.

'뭐야! 저건?'

일본 만화영화에서 나올 법한 괴물체였다.

우툴두툴한 형상에 뒤뚱거리는 모습이 익히 알고 있는 마계의 괴물일 것이라고 짐작하고 있던 안젤라는 실소를 금할 수 없었다. 안젤라가 생각한 마수 정도는 이곳 현실세계에서 그다지 큰 힘을 쓰지 못했기 때문이다.

그렇지만 그녀의 실소는 얼마 가지 않았다. 괴물체가 보여주는 위압감 때문이었다. 안젤라가 본 것은 모습은 비슷하지만 그녀가 알고 있던 마수와는 전혀 다른 존재였다.

3미터가 넘어가는 커다란 키에 육중한 무게감이 느껴지는 뿔 같은 돌기들이 괴물체의 몸에 붙어 있었다.

거기다가 붉은 광채를 흘리는 눈은 서늘한 기운이 가득했다.

'저런 괴물이라니!! 아무래도 조심해야겠구나.'

오랜 세월 엘프의 수호자로 별의별 일을 다 겪은 그녀로서도 처음 보는 괴물체에 대해 불안감을 느낄 수밖에 없었다.

괴물체가 암흑의 기운을 받아 이제 형상을 갖춘 듯 안젤라를 노려보았다.

슈캉!

기척을 느낄 사이도 없이 괴물체에서 뭔가가 발사됐다. 검푸른 광채를 가진 어린아이 주먹만 한 작은 구체였다.

어깨에 달린 뿔 같은 것에서 발사된 검은 구체는 유성이 꼬리를 끌며 날아가듯 속도로 인해 유선형으로 변한 괴물체가 강렬한 속도로 안젤라를 덮쳤다.

쾅!!

스플렌더를 휘둘러 검은 구체를 막았지만 가녀린 안제라의 충격파를 감당할 수 없는 듯 뒤로 날았다.

슈슈슈!

괴물체는 연이어 검은 구체를 쏟아냈다. 뿔의 끝에서 쏟아져 나오는 모습이 마치 기관포를 쏘는 듯한 모습이었다.

파팟!!

안젤라는 신형을 안정시키기도 전에 연이어 날아오는 검은 구체를 피하기 위해 날렵하게 몸을 움직였다.

쾅! 콰쾅!!

검은 구체가 안젤라가 서 있던 땅에 처박히며 폭발했다. 검붉은 흙이 사방으로 비산했다.

슈슝! 슈슈슝!

공격을 벗어났다는 것을 알고 있는 듯 검은 괴물체는 안젤라의 동선을 따라 발사를 멈추지 않았다.

쾅! 콰쾅!!

우지지지직!!

땅이 뒤집히고, 나무들이 연이어 넘어졌다. 안젤라가 있던 근방이 폐허로 변해 버렸다.

'맞받아칠 수도 없고, 가까이 다가가기도 힘들고 곤란하게 됐구나.'

스플렌더의 힘을 이용해 튕겨냈는데도 불구하고 처음 맞받아쳤을 때 큰 타격을 입었다. 완전히 튕겨내지 못하고 폭발의 여파에 휩쓸렸기 때문이다.

쉴 틈 없이 이어지는 강력한 공격에 감히 맞받아치지 못하고 신형을 피하며 공격할 기회를 잡으려고 했으나 그것도 쉽지가 않았다.

가슴 부위에 있는 작은 돌기들이 심상치 않은 기운을 풍기고 있었기 때문이다.

자신이 파고들면 어깨에 달린 것과 마찬가지로 작은 돌기들에서 무엇인가 쏟아질 것이라는 느낌 때문이었다.

'칫, 스플렌더의 힘을 전부 끌어낼 수 있으면 저놈을 박살낼 수 있을 텐데…….'

자신의 힘을 전부 사용하지 못하고 이대로 끌려 다니는 것이 아닌가 하는 생각에 안젤라는 울화가 치밀었다.

그만큼 괴물체의 공격을 피한다는 것이 어려웠던 것이다.

'일단 놈의 공격이 주춤해질 때까지 기다려야겠다. 놈도 지칠 날이 올 테니까.'

안젤라는 좀 더 기다려 봐야겠다는 생각이 들었다.

땅 위로 솟아올라 와 괴물체를 감싸고 있던 검은 기운 때문이다. 처음과는 달리 땅에서 올라오는 검은 기운이 점차 흐려져 가고 있었던 것이다.

점차 바래지는 기운으로 볼 때 얼마 안 있으면 지칠 것이고, 그때가 자신의 기회라고 생각한 것이다.

하지만 그것은 그녀의 잘못된 생각이었다.

처음부터 괴물체의 다리에 붙듯 떨어지지 않고 땅속에서 계속에서 올라오고 있던 검은 기운이다.

검은 기운은 괴물체가 아직 본래의 모습을 완성하지 못했기에 계속해서 흘러들어 오고 있었던 것이다.

괴물체는 힘이 떨어져 기운이 흐려지고 있는 것이 아니라 이제야 진실한 모습을 드러낼 순간이었기에 검은 기운이 흐려지고 있었던 것이다.

"크하하하! 이로써 암흑의 성령은 완성되었다! 암흑의 기사여, 저년을 제물 삼아 화려하게 부활하라!!"

땅속에서 흘러나온 검은 기운이 완전히 사라지자 마스터가 광소를 흘리며 미친 듯이 부르짖었다.

그토록 염원하던 것이 완성된 이상, 이제 세상에 처음으로 깨어난 암흑의 기사가 안젤라를 제거하리라 믿어 의심치 않고 있었다.

마스터는 지금 사도들이 완성되지 않아 자신의 힘까지 불어넣은 상황이었다. 그가 이토록 무리를 하는 것은 안젤라가 가지고 있는 스플렌더를 얻기 위해서였다.

이로 인해 몇 년간 숨어서 자신의 힘을 회복해야 하지만 신검을 얻는 것은 그만한 가치가 있었던 것이다.

안젤라는 마스터의 광소를 듣고 나서야 자신이 뭔가 잘못 생각하고 있었음을 깨달을 수 있었다.

생각해 보면 자신에게 공격을 퍼붓던 괴물체가 지금까지 최선을 다하지 않고 있었다.

마스터의 말처럼 괴물체는 아직 완전히 완성되지 못했기에 자신이 다가오지 못하도록 원거리 공격만 퍼붓고 있었을지도 모른다는 생각이 든 것이다.

그녀의 생각을 증명이라도 하듯 괴물체는 다시금 변하고 있었다. 우툴두툴한 뿔들이 빠르게 안으로 들어가고, 뿔이 들어간 주변에 검은 광택을 흘리고 있었던 것이다.

"칫!!"

전신에 돋아나 있는 뿔이 몸 안으로 빨려들어 간 이후에 나타나고 있는 모습에 안젤라는 자신이 완전히 잘못 생각하고 있었다는 것을 확신할 수 있었다.

"새로운 형태의 스피릿아머라니!! 이제는 어쩔 수 없다. 봉인이 완전히 깨지는 한이 있더라도 저놈을 없애야 한다."

안젤라는 스플렌더를 고쳐 잡았다.

자신이 생각한 대로 지금 나타나고 있는 것이 틀림없다면 한계까지 신검의 힘을 끌어내야 하는 것이다.

"녹색의 기사여! 영원의 힘을 수호하는 이여!! 생명의 찬란한 빛을 나에게 다오!!"

안젤라는 자신의 애검인 스플렌더를 휘두르며 오래된 약속의 언어를 부르짖었다.

번쩍!!

지금까지 나타난 것보다 더 짙은 녹색의 광휘가 스플렌더에서 뻗어 나와 그녀의 몸을 감쌌다.

그녀의 몸을 감싼 후 하늘로 솟아오르는 녹색의 광휘 사이로 기이한 문양들이 소용돌이쳤다.

숲의 종족인 엘프들 사이에서도 오래전 사라진 마법의 언어가 빛 사이로 춤을 추고 있었다.

마법의 언어가 춤을 출수록 녹색의 빛은 농도가 짙어졌다. 마치 기둥처럼 땅 위에 우뚝 선 모습이다.

번쩍!

이제는 녹색의 기둥으로 변해 버린 빛줄기가 파장을 일으키며 옆으로 퍼져 나갔다.

빛줄기가 사라지자 안젤라는 온데간데없이 사라지고 새로운 형체의 모습이 나타났다.

기갑생명체 스플렌더의 본래 모습이 천여 년 만에 세상에 드러난 것이다.

엘프의 전설이자 신검의 본래 모습인 녹색의 기사가 스플렌더는 성스러워 보였다.

전신이 녹색의 광택을 흘리는 기이한 금속으로 둘러싸여 무한한 생명력을 뿌리고 있었던 것이다.

주변의 나무들이 스플렌더에서 흘러나온 빛을 받아 조금씩 성장을 더해가고 있었고, 공격을 받아 땅거죽이 뒤집힌 곳에서는 어느새 새싹이 돋고 있었다.

거대한 녹색의 검을 한 손에 쥐고 마스터와 암흑의 기사를 노려보고 있는 스플렌더의 모습은 마치 천계를 지키는 천장의 모습을 방불케 했다.

고대로부터 전해지는 신검들의 본모습을 알고 있는 이들이라면 스플렌더의 본모습을 본 이상 두려워해야 정상이었다.

천지를 뒤흔드는 스플렌드의 파괴력은 적으로 선 자들의 모든 것을 소멸시켜 버리기 때문이다.

하지만 암흑의 기사와 대등한 덩치를 가진 녹색의 기사 스플렌더가 모습을 보였음에도 마스터의 눈에는 두려움이라고는 찾아볼 수 없었다.

오히려 잘됐다는 듯 희색이 만연했다.

"하하하, 봉인을 푼 것이 사실인 모양이로구나. 하지만 암흑의 성령을 받은 다크나이트는 네년의 스피릿아머인 스플렌더를 상회하는 힘을 지녔다. 오늘 네년은 이곳에서 종말을 맞이할 것이다."

스플렌더가 봉인을 풀고 본모습을 드러냈음에도 마스터의 자신감은 깎이지 않았다.

오히려 잘됐다는 듯 소리를 질러댔다.

"미친 소리!! 저놈이 다크나이트란 말이지! 네놈이 얼마나 허황된 생각을 가지고 있는지 스플렌더가 곧 알려줄 것이다."

스플렌더 안에 동화된 안젤라의 목소리가 거칠었다.

고대를 지배하던 결전병기 중 하나인 스플렌더의 힘을 알지 못하고 미친 소리를 한다고 생각한 것이다.

콰지직!!

휘이익!

바위를 부수며 날아오른 스플렌더가 검을 휘둘렀다.

다크나이트도 이에 질세라 손을 들어 스플렌더의 검을 막았다.

쾅!!

굉음이 장내를 울렸다. 다크나이트의 손에 어느새 칠흑의 검이 들려 있었고 마법 문양이 선명한 스플렌더의 검격을 막아낸 것이다.

다크나이트의 검에도 안젤라가 타고 있는 스플렌더와 마찬가지로 여러 가지 문양이 새겨져 있었다.

엘프의 마법 문자와 마찬가지로 오래전에 세상에서 사라진 암흑마법의 시원이라는 마계 문자가 검에 새겨져 있었던 것이다.

카르르!!

금속끼리 부딪치는 마찰음이 귀를 아리게 했다.

다크나이트가 자신의 검을 막자 안젤라가 이내 다크나이트의 검을 옆으로 비껴내며 검을 휘둘렀던 것이다.

쾅!!

콰쾅!!

다크나이트의 검격도 만만치 않았다. 가까운 거리에서 교묘하게 날아오는 검격을 하나도 빠지지 않고 쳐내고 있었던 것이다.

"하하하, 잘한다! 다크나이트여!! 반쪽뿐인 스피릿아머에게 네 진정한 힘을 보여주어라!!"

스플렌더의 힘에도 뒤처지지 않는 다크나이트를 보며 신이 난 마스터가 소리를 질렀다.

다크나이트가 진정한 힘을 사용한다면 스플렌더라도 어쩔 수 없을 것이라 판단한 것이다.

마스터의 명령을 받은 다크나이트의 몸에서 검은 기운이 흘러나왔다.

'으으으, 이것은 마계의 기운보다 더한 기운이다. 어떻게 이런 기운이?

검격을 나누고 있는 다크나이트에서 상상할 수 없는 강력한 기운이 흘러나오자 안젤라는 신음을 터뜨렸다.

어쩌면 스플렌더로도 다크나이트를 상대할 수 없을지도 모른다는 불안감이 들었던 것이다.

'일단 물러나자. 이대로는 안 된다.'

점점 더 거세지는 압력에 검을 휘두르기가 어려워진 안젤라는 일단 뒤로 물러난 뒤 대처하기로 했다. 이대로는 위험해질 수도 있다는 판단이 든 것이다.

휘이익!!

쾅!

팟!!

힘을 다해 검을 휘두른 안젤라는 다크나이트가 막아낸 반발력을 이용해 뒤로 날아올랐다.

다크나이트의 몸에서 검은 불꽃이 타오르고 있었다. 전신이 암흑의 불꽃에 휩싸인 모습이다. 불꽃은 다크나이트가 들고 있는 검으로 옮겨지고 있었다.

그와 함께 검에 그려져 있던 마법 문양으로부터 새파란 광채가 흘러나오고 있었다.

"세상에!! 스피릿나이트라니!!"

안젤라는 경악하지 않을 수 없었다.

지금 보이고 있는 모습은 완전한 스피릿나이트였다.

기갑생체병기의 진화형이자, 지금은 봉인되어 볼 수 없는 스플렌더의 본래 모습과 같은 형태인 것이다.

고대의 맹약으로 봉인된 스피릿나이트!

맹약이 깨어지지 않은 이상 그것은 절대로 나타나지 않아야 할 모습이었다.

스팟!

쾅!!

공간을 도약하는 것처럼 한순간에 나타나 검을 휘두르는 다크나이트의 일격을 막아낸 안젤라는 가슴까지 저리는 듯한 통증을 느꼈다.

자신의 스플렌더를 훨씬 상회하는 충격량이었다.

콰앙! 콰콰쾅!!

계속해서 이어지는 연격을 간신히 막아낼 뿐이다. 금약에 의해 묶였다고는 하지만 너무도 큰 차이였다.

'도, 도저히 막을 수가 없어. 도저히!'

수호검주로서 세상을 돌아다니는 동안 처음 느껴보는 감정이었다.

두려움이란 감정이 어느새 안젤라의 마음속으로 스며들고 있었다.

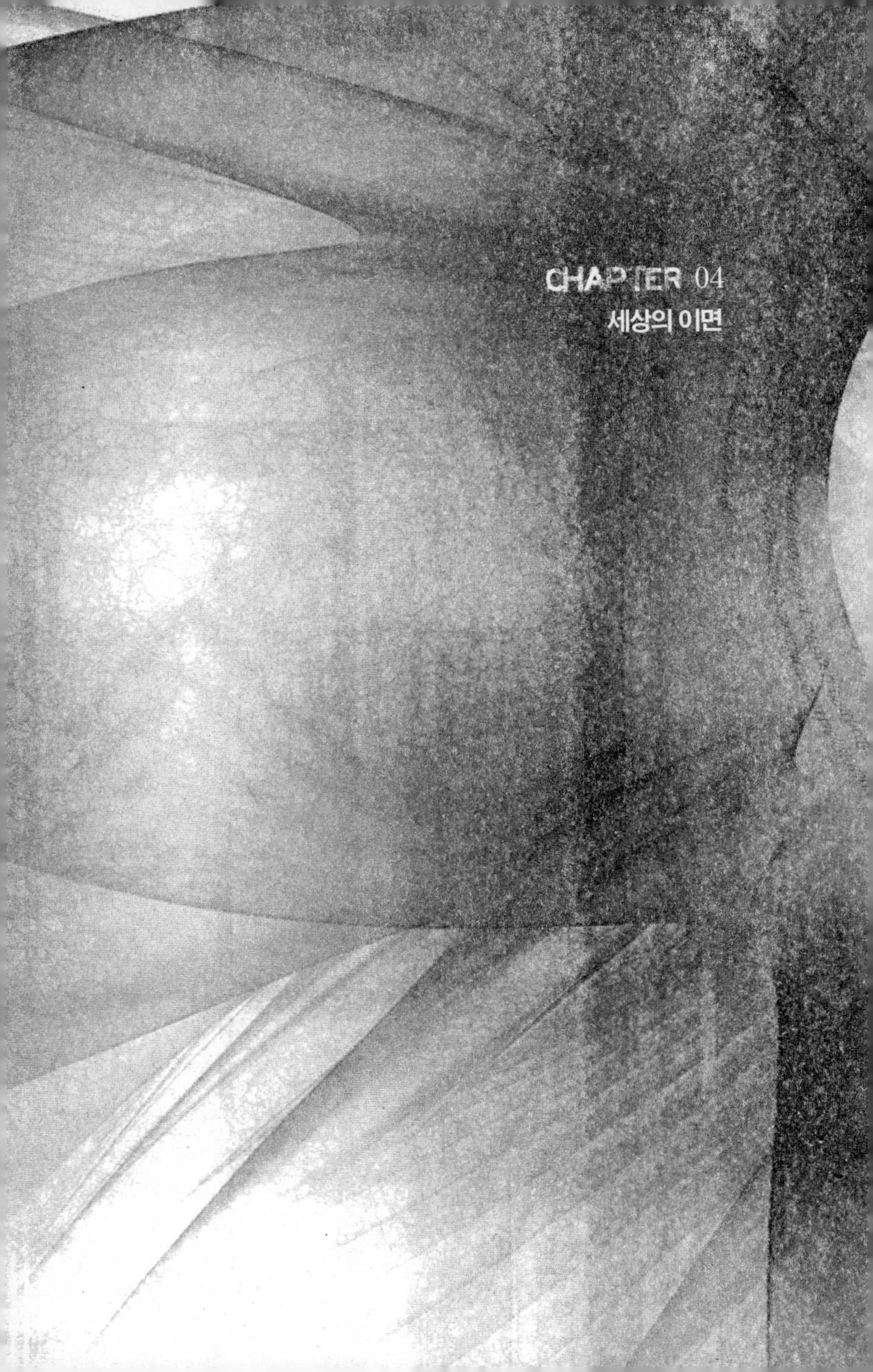

CHAPTER 04
세상의 이면

TIME SLICE
타임 슬라이스

제기랄!!

내가 갈 때까지 견딜 수 있을 것이라 생각했는데 생각을 잘 못한 것 같다. 가지고 있는 힘을 만분지 일도 사용하지 못하다니!

상대하고 있는 놈이 힘을 감추고 있지만 충분히 상대할 수 있을 것이라 판단했는데 안젤라가 가진 힘에는 뭔가 제약이 있는 것 같다.

어찌 되었든 서둘러야 할 것 같다.

처음으로 마음을 설레게 한 안젤라를 다치게 할 수는 없는 노릇이니까 말이다.

속력을 최대한 높였다. 호령무를 최대한 펼친다면 어느 정

도 시간을 맞출 수 있을 것 같다,

파파팟!

산등성이를 타넘고 난 뒤 멀리 보이는 언덕에서 녹색의 빛이 보인다.

흐릿하지만 녹색의 빛을 내는 괴물체로부터 안젤라의 파장이 안정적으로 흘러나오는 것을 봐서는 아직은 무사한 것 같다.

"더 늦으면 안 되겠다."

녹색의 빛을 내는 물체와 마주하고 있는 검은색의 괴물체에서 심상치 않은 기운이 흘러나오고 있었다.

쾅!

땅을 박차고 언덕을 튀어 올라갔다. 빠르게 사라지는 나무들을 뒤로하고 전속력으로 달렸다.

온통 폐허로 변해 버린 장내가 보였다.

서로를 바라보며 대치하고 있는 거대한 두 물체!!

"헉!!"

육상전투부대 중 특수전을 전담하는 특전사의 최종 병기가 이곳에 있다니 말도 안 되는 소리다.

생체기갑병기는 지구연방에서도 일부만이 존재를 알고 있는 최종 병기다.

최고 중의 최고인 특전사만이 가질 수 있는 병기로 보통의 특수병과 전투원들이 가지는 파워슈트는 그 아류라고 할 수 있는 물건이다.

그런데 그것들이 이곳 시간대에 존재하다니 알다가도 모를 일이었다.

어찌 되었든 안젤라를 대피시켜야겠다.

검은색의 생체기갑병기가 궁극의 무기를 사용하면 제약이 있는 것으로 보이는 안젤라는 그대로 박살날 것이 분명하기 때문이다.

이대로 검격이 날아든다면 안젤라의 소멸은 틀림없는 사실이었다.

'환(幻)! 축(軸)! 이동(移動)!'

시간도 늦어 어쩔 수 없이 본심의 힘을 이끌어냈다.

공간축을 이동시켜 안젤라가 타고 있는 것으로 보이는 녹색의 생체기갑병기를 현실 공간으로부터 분리시키는 것이다.

검은색의 생체기갑병기로부터 에너지빔이 쏟아져 나와 안젤라와 부딪치기 바로 직전, 가까스로 공간축을 분리시킬 수 있었다.

쾅! 콰르르!

거대한 폭발음과 함께 산등성이의 일부가 박살나며 산사태를 일으켰다.

폭발의 잔해가 가라앉고 난 후, 비릿하게 웃고 있는 마스터란 놈이 보였다. 안젤라의 생체기갑병기를 제거했다고 좋아하는 표정이라니, 생각 같아서는 가서 한 대 패주고 싶지만 참기로 했다.

상대가 되지 않아 그런 것은 아니다. 마음만 먹으면 싸울 수도 있지만 승패를 장담하기가 힘들다. 지지도, 이기지도 않는다는 이야기다.

그리고 랜스란 놈을 통해 어느 정도 조치를 취해놨으니 지금은 놈과 싸우기보다는 안젤라를 무사히 빼내는 것이 중요했던 것이다.

거대한 동체가 순식간에 사라지니 화가 난 듯 놈이 고래고래 소리를 지른다. 눈이 맛이 간 것을 보니 어지간히 화가 났나 보다.

기이한 주문과 함께 놈의 몸 주변에 검은 기운이 일렁인다. 놈이 주변을 탐색하기 시작한 것 같다. 이럴 때는 조용히 기다리는 것이 상책이다. 시간이 조금 지나면 도망을 갔다고 생각할 테니까 말이다.

검은색 생체기갑병기가 천천히 줄어들기 시작한다. 전투 모드를 해제한 것을 보니 놈이 수색을 포기한 것 같다.

놈이 번득거리는 눈으로 주위를 돌아본 뒤 다시금 알 수 없는 주문을 왼다. 뭔가 다른 수를 쓰는 것이 아닌지 긴장한 채로 지켜봤다.

멀리 보이는 동굴을 무너뜨리는 것을 보니 다행스럽게도 놈이 하는 일은 나와는 상관없는 것 같다.

놈이 자리를 떠났으니 발광하는 안젤라부터 진정시켜야 할 것 같다.

공간축을 이동한 후에 무지막지한 힘으로 자꾸 결계를 건드리고 있어 더 이상 지탱하기가 힘들기 때문이다.

　다크나이트라 불린 스피릿아머의 공격을 받고 이제는 죽었구나 싶었는데 알 수 없는 공간으로 빠져들어 와 있었다.
　결계는 수없이 봐온 자신이지만 도저히 그 연원을 알 수 없는 공간으로 들어온 후, 안젤라는 결계를 찢기 위해 스플렌더의 힘을 사용했다.
　쾅! 콰쾅!!
　공간의 결을 향해 대검을 사정없이 휘둘렀지만 폭발음만이 가득했다.
　"일단 이곳을 벗어나야 할 텐데 놈이 친 결계가 만만치가 않구나."
　만만치 않은 결계였다. 스플렌더가 쥐고 있는 대검을 사정없이 휘둘렀지만 결계는 요지부동이었다. 안간힘을 쓰고 있는 안젤라는 점점 지쳐 갔다.
　"헉! 헉! 도대체 무슨 결계기에 이토록 단단하다는 말인가? 이제는 어떻게 하지?"
　수십 번 휘둘러봐도 아무 소용이 없는 결계를 바라보며 안젤라는 절망감을 느꼈다.
　결계를 구축하고 있는 힘이 자신을 상회하고 있다는 것을 확인한 때문이다.
　"섣불리 놈을 상대하는 것이 아니었다. 봉인조차 걸리지 않은 스피릿아머에 이런 결계를 구축할 수 있는 힘을 가진 자라면 좀 더 신중해야 했다."

아무리 스플렌더가 제 힘을 발휘하지 못한다고는 하지만 안젤라로서는 처음 느껴보는 패배감이었다.

"이대로는 놈에게 당하고 만다. 놈이 나를 가둔 것을 보면 스플렌더를 원하는 것 같은데 죽는 한이 있더라도 절대 놈에게 넘겨줄 수는 없다."

이대로 마스터에게 제압되어 스플렌더를 빼앗기게 된다면 어떤 일이 발생할지 모르기 때문이다.

안젤라는 최후의 선택을 해야만 했다.

"스승님, 죄송합니다. 불민한 제자는 스승님의 뜻을 끝까지 따르지 못할 것 같습니다."

결심을 굳힌 안젤라는 스플렌더 안에서 양손에 차고 있는 팔찌를 바라보았다. 감당할 수 없는 적을 만났을 때 최후의 수단으로 사용하라고 그녀의 스승이 준 팔찌였다.

안젤라는 자신의 생명력을 태워 스플렌더를 영원히 봉인하는 최후의 힘이 간직된 주문을 외우기 시작했다.

"수호의 의지가 머무는 곳에 빛나는 별이여! 내 그 뜻을 이어 스스로 따르나니……."

주문을 외우는 속도가 점차 빨라지기 시작하자 양손에 찬 팔찌에 푸른빛이 넘실거리기 시작했다.

'안젤라!'

"두영?"

머릿속으로 들려오는 갑작스러운 두영의 목소리에 스플렌

더와 융합해 있던 안젤라는 주변을 돌아보았다.

"헛소리를 들었나 보군."

두영이 이 알 수 없는 공간에 있을 까닭이 없었다.

"숲의 일족이 맹세한……."

'안젤라!! 그만둬요!!'

계속 외우던 안젤라가 주문을 멈췄다. 이번에는 좀 더 확실히 들었다. 헛소리를 들은 것이 아니었다.

"두영이야?"

'응, 나예요! 그렇게 무지막지하게 하면 내가 곤란해진다고요. 안젤라와 상대하던 놈이 사라졌으니 그만 힘을 거둬줘요.'

"알았어."

정신을 현혹시키는 마법은 아닌 것 같아 보였다. 정신 마법이 작용했다면 자신이 외우는 주문이 발동하려 하지 않을 것이기 때문이다.

"스플렌더! 역소환!

안젤라는 뇌리로 들려온 두영의 목소리를 믿기로 하고는 스플렌더의 힘을 회수했다. 거대한 몸의 스플렌더에서 녹색빛이 흘러나오고 연약해 보이는 안젤라가 모습을 드러냈다.

'됐어요. 이제 결계를 해제할 테니까 가만히 있어요.'

"알았어, 두영!"

아무것도 없는 공간에 점차 윤곽이 드러나기 시작했다. 조금 전 다크나이트와 싸웠던 곳의 형상이 뚜렷해져 가고 있었다.

산사태가 나버린 폐허에 두영이 걱정스러운 눈으로 자신을 바라보고 있었다.

눈물이 그렁한 눈을 보니 마음이 짠하다. 결계에 갇혀 있으면서 마음고생을 한 모양이다.

"어떻게 된 일이에요, 안젤라?"

안젤라와 마스터란 작자가 싸운 이유가 궁금했기에 일단 물었다.

내 정체에 대해 궁금해할까 봐 선수를 친 면도 없지 않아 있었다.

"어떻게 나를 구한 거지? 분명 이 주변에는……."

내가 먼저 자신의 이야기를 물었는데 선방을 날리다니 만만치 않은 여자다.

"가문 대대로 내려오는 회피술이에요. 어떤 경우라도 목숨만은 보장해 줄 수 있는 가문의 비기지만 어쩔 수 없이 전개한 거예요."

내가 살던 세상의 역사와는 조금 다른 지금은 이 정도면 통할 것 같기에 대충 핑계를 둘러댔다.

"대단한 결계였어, 두영! 그런데 두영의 가문은 대단한 술사의 가문인가 봐?"

"대단한 것은 없고, 그저 잠시만 몸을 피할 동안만 칠 수 있는 결계예요. 안젤라가 조금만 더 검을 휘둘렀으면 부서질 뻔했어요."

"미안해. 난 놈이 날 가둬놓은 줄 알고……."

"됐어요. 부서지지 않았으니까. 그런데 어떻게 된 거예요? 안젤라의 기운을 느껴서 결계를 치기는 했지만 아까 그것들은 뭐고요?"

모르는 척 안젤라에게 물었다. 내가 알고 있는 역사 상식상 생체기갑병기는 절대 존재할 수 없는 것이기 때문이다.

"잠시만 기다려 줄래? 확인할 것이 있어서 말이야."

안젤라는 대답을 뒤로 미뤘다. 아마도 마스터란 놈에 대해 확인할 것이 있는 모양이다.

"알았어요. 기다릴 테니 꼭 이야기해 줘요!"

"그렇게 할게."

안젤라는 말을 마치고 주변을 수색하기 시작했다.

무너진 동굴부터 시작해 마스터가 사라진 방향까지 꼼꼼히 확인을 했다.

아무리 확인을 해도 마스터의 행적을 찾지 못한 듯 안젤라는 고개를 저었다.

"흔적을 아무것도 남기지 않다니 대단한 놈인 것 같군."

"그 자식 흔적을 찾는 거였어요? 동굴을 박살 내고는 그냥 갑자기 사라져 버리던데……."

안젤라가 마스터란 놈의 단서를 찾는 것 같아 내가 본 것을 이야기해 주었다.

"역시, 흔적을 완전히 지웠구나. 동굴에서 흘러나오던 기운도 완전히 사라지고, 이동한 좌표조차 확인할 수 없게 다중 좌표를 쓴 것 같으니…….”

“그놈 잡아야 하는 거였어요?”

“그렇기는 한데, 아마 그놈의 행방을 알았어도 잡지는 못했을 거야.”

말끝을 흐리는 것이 아마도 제약으로 인해 잡지 못했던 것을 분해하는 것 같았다.

“큰일이네요.”

“방법이 있으니까 걱정하지 마.”

“그렇다면 다행이고요. 그런데 어떻게 된 일인지 설명을 좀 해줄래요?”

“후우!”

상황을 이야기해 달라는 말에 안젤라가 한숨을 쉰다.

가슴이 올라왔다 가라앉는 것을 보니 마음이 싱숭생숭하다.

“내 모습, 이상하지 않아?”

급해서 결계를 해제하기는 했지만 지금까지 안젤라의 모습을 정확히 확인하지 못했다.

안젤라의 말에 다시 보니 이상하기는 하다.

얼굴 형태는 거의 변함이 없지만 녹색의 머리칼과 뾰족한 귀가 달라진 것이라면 달라진 모습이다.

“가발 쓰고 그렇게 꾸미니까 더 예쁘네요!”

조금 변해 버린 모습이지만 자연스러운 것이 상당히 멋있어 보이기까지 해서 느낀 그대로 말했다.

“예쁘다니 고맙네. 그런데 사실 이거, 가발 쓴 거 아니야. 원래의 내 모습이지. 이 귀도."

"정말이에요?"

"정말!"

기가 찰 노릇이다.

예전 시간대에서도 가끔 영화나 게임에서만 보던 종족이 내 눈앞에 있다니 말이다.

안젤라가 거짓말할 리가 없으니 엘프라는 거, 이야기 속에 나 나오는 환상의 종족이 아니었던 것 같다.

"보다시피 난 엘프야. 세상의 역사에서는 사라진 종족이지. 우리 종족은 오래전부터 세상에 나오지 않아서 알고 있는 사람도 드물지."

"엘프라니 놀랍네요. 그런데 안젤라는 세상에 나온 거예요?"

세상에 나오지 않는다고 말했는데 이렇게 나와 있는 안젤라가 이상해서 물었다.

"나는 달라. 수호자로서의 임무가 있거든."

"수호자요?"

"사정이 있어서 자세히 이야기해 줄 수는 없지만, 그런 것이 있어. 미안해."

말하는 뉘앙스를 보니 피치 못할 사정이 있는 것 같아 보였다.

"비밀이라면 말하지 않아도 돼요. 그런데 엘프라는 것을 밝혀도 되는 거예요?"

"수호자가 뭔지 알려줄 수는 없지만, 내가 엘프라는 사실을 이야기한 것은 네가 술자 가문 출신인 것 같아서야. 술자 가문도 세상의 이면에 숨어 지내는 사람들이니까."

무슨 말인지 알아들을 것 같다.

세상의 이면에 존재하는 자들에 대한 이야기였으니 말이다.

스승님의 말이나 역사를 공부하며 제일 황당했던 것이 바로 이것이다. 본래의 역사를 따라 흐르는 이면의 존재들에 대한 이야기 말이다.

세상은 크게 두 가지 부류로 나눈다. 일반적인 역사를 살아가는 이들과 이면의 세계를 살아가는 이들로 말이다.

보통 사람들이 평범한 삶을 살아간다면 이면의 세계는 조금 다른 삶을 산다. 무예와 마법, 그리고 온갖 이술로 세상을 막후에서 조종하는 이들이 판을 치는 것이 바로 이면 세계다.

조금 다르기는 하지만 지금 시대의 역사를 공부하면서 솔직히 내가 살던 시간대에서도 이면 세계가 존재할지도 모른다는 생각을 했었다.

어찌 보면 가공할 화력과 무력을 갖춘 유실물 회수업자나, 특전대원들 같은 경우가 이면 세계의 사람들이라고 할 수 있다. 일반인들에게는 철저히 비밀로 가려져 그들의 세계를 알지 못하니까 말이다.

"그렇기는 하네요. 내 비밀을 아는 이상, 나도 안젤라의 비밀을 지킬 테니까 말이에요."

사실이 아니지만 안젤라의 말에 수긍을 해주었다. 그 편이 나로서도 편하기 때문이다.

"사실 처음부터 의심은 했었어. 두영 정도의 능력을 가진 천재는 이면 세계에서도 흔치 않으니까 말이야. 오늘 도움 준 것, 고마워. 잘못했으면 결혼도 못해보고 죽을 뻔했으니까 말이야. 호호호!"

"뭘, 그런 것 가지고. 당연히 도와야 하는 일인 걸요. 그나저나 그 자식, 도망을 친 것 같기는 하지만 다시 나타나지 않을까요?"

사라진 마스터에 대해 어떻게 할 것인지 안젤라의 의향을 알기 위해 운을 띄웠다.

"그렇지는 않을 거야. 자신이 있던 은신처를 저토록 철저히 파괴한 것을 보면 완전히 떠난 것 같아. 하지만 놈의 목적을 알아냈어야 하는데……."

"놈의 목적이 뭔 것 같아요?"

"아무래도 이곳에서 있었던 악마의식은 스피릿아머를 완성하는 것이 목적이었던 것 같아."

"아까 그게 스피릿아머예요?"

처음 봤을 때부터 궁금했던 것이기에 말이 나옴 김에 궁금증을 드러냈다.

"스피릿아머를 아직 모르나 보네?"

"예. 처음에 얼마나 놀랐는지, 그런 것은 처음 봤어요. 그토록 강렬한 힘이라니 말이에요."

"잘 모른다니 설명을 해줄게. 두영도 그자와 부딪쳤으니 만일을 위해서 스피릿아머에 대해 알아두는 것이 좋을 것 같아 보이니까 말이야."

"고마워요, 안젤라!"

안젤라는 스피릿아머에 대해 설명을 해주었다.

스피릿아머!

일명 정신을 가진 마법 갑옷이 바로 스피릿아머다.

봉인을 풀고 발동시키면 스피릿아머의 주인과 융합하여 거대 기체가 만들어지게 되는데 가공할 파괴력을 가진다고 했다.

마법과 연금술의 집합체인 스피릿아머는 고대로부터 내려오는 물건으로 그 연원이 어디서부터인지 안젤라도 확실히 알고 있지 않다고 한다.

다만 고대를 지배했던 일곱 세력이 처절한 전쟁을 시작한 후 얼마 지나지 않아 나타나기 시작했는데, 스피릿아머가 나타나면 전장의 판도가 바뀔 만큼 가공할 위력을 발휘한다고 한다.

"그러니까 주인을 스스로 택한다는 건가요?"

"그래. 지금까지 나타난 스피릿아머는 모두 일곱 개야. 고대 일곱 종족이 각기 하나씩 가지고 있었지. 세상 사람들에게는 칠대신검이라고 알려 있는 것이 바로 스피릿아머야. 평상시에는 검의 형태로 있다가 주인이 소환하면 본래의 형태로 변하지."

"칠대신검이라……."

"그런데 아까 그자는 내가 알고 있는 스피릿아머와는 전혀 다른 종류의 것을 가지고 있었어. 거기다가 무슨 방법을 썼는지 몰라도 스피릿아머를 만들어낸 것 같아 보여. 어쩌면 이면

세계에 피바람이 불지도 몰라. 다른 것들과는 달리 아까 그것
은 맹약에서 제외된 것 같았으니까 말이야."

"맹약에서 제외되다니 무슨 말이에요?"

맹약이 무엇인지 몰라도 안젤라가 가진 스피릿아머라는 것
에 제약이 걸린 것과 관련이 있는 것 같아 물었다.

"전쟁을 종식시키는 맹약에서 제외됐다는 이야기야."

"전쟁을 종식시키다니, 도대체 모르겠네요."

점점 모를 소리라 흥미를 더했다. 역사서에는 나와 있지 않
는 이야기였기 때문이다.

아마도 이면 세계의 전쟁을 가리키는 것이 아닐까 추측이
됐다.

"세월을 헤아리기도 아마득한 아주 오래전에 전쟁이 일어
났어. 거의 천 년을 지속해 온 전쟁이었지."

"전쟁을 천 년씩이나 했다는 건가요?"

"다른 전쟁이라면 빨리 끝날 수도 있었겠지만 종족 간의 전
쟁이라 그리 오랜 세월 동안 지속됐어. 서로 간에 씨를 말려야
했으니까 말이야."

"지독하군요."

"그래, 지독했지. 일곱 종족이 벌인 천 년의 전쟁 기간 동안
많은 존재들이 소멸됐어. 세상은 암흑으로 물들고 모든 종족
이 거의 멸족의 위기를 맞이해야 했지. 만약 더 진행됐다면 스
피릿아머의 주인들만이 남았을 정도로 말이야. 해서 일곱 종
족의 수장들이 모여 휴전을 하고 스피릿아머를 봉인했어. 각

자 상극인 기운으로 말이야."

"휴전의 맹약으로 스피릿아머를 모두 봉인되었다는 말이군."

"그래. 스피릿아머는 결전 병기니까."

"결전 병기라……."

그럴 수도 있을 것 같다.

행성 간 전투에서 특전사 일개 소대면 적대적인 행성의 모든 것을 소멸시킬 수도 있으니까 말이다.

"그래서 아까 그자의 다크나이트란 스피릿아머에게 상대가 되지 못했던 거야. 맹약에 의해 완전한 힘을 발휘할 수 없도록 봉인이 되어 있는 상태니까 말이야. 원래의 힘을 가지고 있었다면 충분히 상대하고, 잘하면 잡을 수도 있었는데 안타까운 일이야. 그자가 뭘 원하는지 모르는 상태니까."

"골치 아프게 됐군요."

랜스만 붙여놓은 것이 안타까웠다. 자칫 잘못해서 놓친다면 무서운 일이 벌어질 수도 있으니까 말이다.

아무래도 시간이 되는 대로 랜스를 쫓아야 할 것 같다.

"그자가 뭘 노리는지는 모르지만 세계에 위협이 될 존재가 분명해."

"그럼, 이제 어떻게 할 건데요?"

"일단 내가 태어난 고향 숲으로 돌아가려고 해. 이 사실을 장로회의에 알리면 뭔가 방법을 마련할 수 있을 테니까 말이야. 장로회의에서는 아마도 다른 종족에게도 알리게 될 거야.

그자가 어떤 목적으로 다크나이트라는 스피릿아머를 만들었
는지 모르니 협조를 구해야 될 테니까 말이야."

"그 생각은 좋지 않은 것 같은데요."

위험성을 내포하고 있어 안젤라의 생각에 제동을 걸었다.

"왜?"

"만약 다른 자들, 그러니까 다른 종족에서 새로운 스피릿아
머를 만들었다면요."

"아!!"

안젤라도 내가 염려하는 것을 알아차린 모양이다. 만약 스
피릿아머가 다른 종족이 비밀리에 만든 것이라면 다른 종족에
게 알린다는 것이 오히려 역효과를 불러올 수도 있었다.

다른 종족에게 알린다면 아예 종적을 감출 수도 있고, 숨어
서 자신들의 목적을 이루려 할 수도 있을 것 같기 때문이다.

"그렇지만 아무래도 이야기하는 것이 나을 것 같아. 그는 나
에 대해 알고 있었어. 정확히는 숲의 종족에 대해서 말이야.
적의를 가지고 있는 것으로 봐서는 분명 일곱 종족과는 관련
이 없는 자야. 그리고 그자가 가지고 있는 스피릿아머가 보인
힘이라면 봉인된 스피릿아머가 여럿 나서야 할 테니까 반드시
알려 도움을 받아야 할 거야."

제한된 힘을 사용한다면 그래야 할 것 같았다.

목적이 불분명한 자가 일을 저지르기 전에 막는 것이 무엇
보다 중요했으니 말이다.

"그런 생각이라면 도움을 청하는 것도 괜찮을 것 같네요. 그

런데 천 년이나 전쟁을 했다는 일곱 종족은 누구예요?"

이야기를 하면서도 일곱 종족에 대해서 계속 언급을 회피하는 것 같아 단도직입적으로 물었다.

"그건 곤란해. 두영인 나로 인해 엘프가 일곱 종족 중 하나라는 것을 알았지만 그건 어쩔 수 없는 경우고, 아무리 이면 세계를 거니는 술자 가문의 사람이라고 일곱 종족에 대해서는 함부로 알려줄 수 없어. 우리는 그들 사이에서도 사라진 존재니까 말이야. 이면 세계를 걷는 자들 중에 수장 정도는 우리에 대해 어느 정도 알고 있겠지만 그것도 어디까지나 일부분일 뿐이야. 하지만 언젠가는 알게 될 거야."

"그래요?"

"내가 조금 전에 말했지. 술자 가문의 수장 정도라면 일곱 종족에 대해 알 거라고."

"그럼 내가 가문의 수장이 되어야 알게 될 것이라는 말이군요?"

"그래. 그만큼 일곱 종족이 알려지는 것은 비밀에 속하는 일이야. 그리고 이번 일은 술자 가문들에게도 알려지게 될 거야. 일곱 종족은 알게 모르게 술자 가문들과 많은 인연을 맺고 있거든. 그러니 나중에라도 알 수 있을 테니 두영인 거리를 두는 것이 좋아."

위험하니 관심을 갖지 말라는 이야기였다. 이야기가 길어질 수도 있어 순순히 수긍했다.

"알았어요, 무슨 뜻인지."

"알았다니 다행이야. 관심이 많은 것 같은데 사라진 자의 행방을 모르는 이상 그러는 편이 좋을 것 같으니 두영인 나서지 말아줬으면 좋겠어."

"네."

"그럼 이만 돌아가자. 이곳에 있다가는 문제가 커질 수도 있으니까."

날이 밝아오고 있었다. 안젤라의 말대로 이대로 날이 밝으면 곤란해질 수도 있으니 집으로 빨리 돌아가야 할 것 같다.

"그러는 편이 좋겠네요."

"잠시만!"

돌아가야 하는데 안젤라는 할 일이 있는 듯했다.

"생명의 꿈을 꾸는 아이들아! 헐벗고 상처 난 아이들을 돌봐주지 않으련!"

안젤라는 폐허가 되어버린 땅에 손을 대고는 주문 같은 말을 내뱉었다.

안젤라의 손을 타고 녹색의 기운이 빠져나왔다.

정확히는 녹색의 막대로부터 뻗어 나온 빛이 안젤라의 손을 타고 땅으로 흘러들었다.

녹색의 빛으로 물든 땅에서 새싹이 돋아나기 시작했다. 폐허로 변해 버린 산야를 풀이 덮는 것은 그야말로 눈 깜짝할 사이였다.

"이렇게 하면 이곳에서 무슨 일이 벌어졌는지 아무도 모를 거야. 그리고 혹시나 몰라 무너진 저 동굴도 결계로 봉인을 해났고."

"잘하셨어요. 그럼 갈까요?"

"호호호, 그래."

사사삭!

안젤라가 앞서 달리기 시작했다. 떠오르기 시작한 햇살을 받으며 초지 위를 나는 듯이 달리는 모습이 한 폭의 그림 같다.

"무척 빠르군. 날 시험하는 건가?"

최대한 속도를 내는 것이 아마도 내 실력을 가늠해 보고 싶은 모양이다.

"후후, 남자 체면에 질 수야 없지."

다리에 힘을 주고 호령무를 끌어냈다. 호랑이의 발을 가진 전사의 영혼 중 하나와 교감이 끝난 상태라 난 어느새 산야를 달리는 호랑이가 되었다.

안젤라의 숙소가 있는 곳까지는 30여 분 정도밖에는 걸리지 않았다. 숙소까지 오는 동안 안젤라는 어느새 예전의 모습을 회복하고 있었다.

"피곤할 텐데 좀 쉬도록 해."

안젤라가 작별 인사를 하고 자신의 숙소로 돌아갔다. 나야 어차피 아침 운동 차 나갔다 왔다고 하면 그만이니 천천히 이모 집으로 향했다.

'어, 저 자식!'

안젤라와 같이 자원봉사를 하러 온 놈이 숙소 근처에서 어슬렁거리는 것이 보였다. 안젤라가 묵고 있는 곳 근처에서 서성거리며 머리를 길게 빼는 것을 보니 창문 너머를 살피는 것 같다.

'변태 자식이로군. 아침부터 남의 욕실을 살피다니. 혼 좀 내줘야 할 것 같은데…….'

아무래도 버릇을 고쳐 놔야 할 것 같다.

저러다 창문을 넘기라도 하면 안젤라에게 박살이 날 것이 분명하니 사고를 사전에 예방하기 위해서라도 말이다.

"회(廻)! 풍진(風塵)!"

변태 자식 주변에 자그마한 바람을 일으켰다. 먼지가 잔뜩 일어나 놈의 주변을 덮었다.

눈, 코, 입 할 것 없이 먼지가 들어가니 죽을 맛인 것 같다. 눈 물콧물에 먼지를 옴팍 뒤집어쓴 모습이 조금은 불쌍해 보였다.

변태 자식을 혼내주고 집으로 들어갔다. 벌써 일어나셨는지 이모는 아침 준비가 한창이다.

"어디 다녀오는 길이니?"

"예, 아침 운동 좀 했어요."

"열심이구나. 조금 있으면 밥이 다 되니까 씻고 와라!"

"예, 이모."

이모의 권유대로 샤워실로 들어가 뜨거운 물로 샤워를 했다. 그다지 피곤하지는 않지만 밤새 돌아다녔던 탓인지 뜨거운 물이 무척이나 반가웠다.

샤워를 마치고 옷을 갈아입은 후 식당으로 갔다. 식당으로 가니 벌써들 자리에 앉아 나를 기다리고 있었다.

어젯밤 잠재력을 높여준 탓인지 다들 활기차 보였다.

"자! 다들 맛있게 먹자."

이모부의 말에 따라 우리는 식사를 했다.

"이거, 오늘 따라 밥이 더 맛있는걸! 우리 조카 때문인가?"

"그러게요. 머리도 개운한 것 같고."

"나도, 엄마! 오늘 따라 기분이 좋은 것 같아."

이모 부부의 말에 유찬이가 거들었다.

"나도! 가슴이 답답한 것도 없고 머리가 개운해!"

성혜도 유찬이의 말에 덩달아 동조를 했다. 다들 몸이 좋아졌다니 다행이다. 내심 잠재력을 높이면 이상이 있을까 걱정했는데 말이다.

*　　　　*　　　　*

쾅!

"그게 정말이냐?"

스플렌더를 얻지 못하고 제2의 아지트로 돌아온 마스터는 랜스의 보고를 듣고 불같이 화를 냈다. 블랙노바의 분실은 그에게 뼈아픈 손해였기 때문이다.

"그놈이 누구기에 너를 제압하고 블랙노바를 빼앗아 갔다는 말이냐?"

"모르는 자였습니다. 다만……."

“다만!”

“아무래도 그자는 술자의 가문에서 나온 자 같았습니다. 아무리 힘을 써도 그자가 친 결계를 벗어날 수 없었습니다. 놈은 저를 제압하고 난 뒤에 블랙노바는 자신이 가져간다고 마스터께 전하라 했습니다.”

“으음.”

거짓말하는 것 같지는 않았다. 암흑의 기운이 현저하게 줄어들어 있었고, 여기저기 옷이 찢긴 사이로 보이는 핏자국을 보면 당해도 크게 당했음을 알 수 있었던 것이다.

‘엘프에 이어 술자라는 것인가? 더 이상 이곳에 있다가는 곤란할지도 모르겠군. 블랙노바가 아쉽기는 하지만 이미 스피릿아머가 완성되었으니 크게 소용이 되지는 않을 것이다.’

스피릿아머의 초기 활성화를 위한 동력원이었기에 블랙노바의 소용은 거의 끝났다. 중요한 물건이지만 지금은 떠나야 할 때였다.

급한 김에 가동하기는 했지만 다크나이트가 불완전한 이상 스플렌더를 탄 엘프와 술자를 동시에 상대한다는 것은 지금으로서는 불가능한 일이었다.

숨은 자들의 세계라 일컬어지는 이면 세계의 강자들이 있는 이상 일을 더 진행시키기도 어려웠던 것이다.

또한 어느 정도 목표를 달성했기에 더 강한 자들이 와 문제가 커지기 전에 그만 철수하는 것이 여러모로 좋았다.

“이곳을 비워라. 단서가 될 만한 것은 모조리 폐기하고 이곳을 떠난다.”

철수를 지시한 마스터는 비밀 서류가 보관된 금고에서 각종 서류를 꺼내 랜스에게 건네주었다.

“알겠습니다, 마스터!”

랜스는 마스터에게 복명을 하고는 그가 준 자료와 더불어 보관하고 있던 자료들을 모으기 시작했다.

대부분 서류뿐이라 벽난로에 집어넣고 불을 붙이면 끝이 나는 일이었다.

“난 먼저 갈 테니 그곳으로 오너라. 놈들의 눈에 띄면 곤란하니 행적을 완벽히 지우고 잠시 잠수를 탄 뒤에 합류하도록!”

“염려하지 마십시오, 마스터!”

마스터는 랜스에게 명령을 내리고는 이내 아지트를 떠났다.

‘주인님!’

마스터가 떠난 것을 확인한 랜스는 두영을 생각하며 불렀다. 그동안 마스터만 보았던 비밀 서류들이 자신에게 들어왔기에 두영을 찾은 것이다.

‘무슨 일이냐?’

‘확인하셔야 할 것 들이 있어서 연락을 드립니다.’

‘확인?’

‘마스터가 중요한 서류들을 저에게 제거하도록 시켰는데 지금 가지고 있습니다.’

‘알았다. 곧 가도록 하지.’

텔레파시로 전해지는 두영의 말에 랜스는 자신이 가지고 있는 서류들을 정리하기 시작했다.

그리고 30분이 채 지나지 않아 두영이 도착했다.

*　　　*　　　*

랜스의 연락을 받고 곧바로 이동했다. 이모에게는 수련을 한다고 핑계를 댔다.

랜스가 있는 곳은 이모네 집과 그다지 떨어져 있는 곳이 아니었다. 별장으로 된 건물이었는데 목재를 이용해 지은 것이라 상당히 운치있어 보였다.

문을 열고 들어가자 랜스가 서류 뭉치를 들고 서 있었다.

"그것이냐?"

"그렇습니다, 주인님!"

랜스가 서류를 건네주었기에 내용을 살폈다. 상당히 흥미로운 내용들이 안에 들어 있었다.

"재미있군. 이것 이외에는 없는 것이냐?"

혹시나 다른 것이 있을지도 모르기에 랜스에게 물었다.

"그렇습니다. 이것이 전부입니다."

"그자는?"

"조금 전에 떠났습니다. 저도 한동안 다른 곳에 있다가 합류할 예정입니다."

"좋아. 지시대로 따르도록 하고, 지금과 같이 중요한 일이 생기면 연락을 해라. 그리고 이 서류는 연구해 볼 가치가 있는 것들이니 내가 가져가겠다."

"그러시면 안 됩니다. 그 서류에는 금약의 마법이 걸려 있습니다."

"금약의 마법?"

"이곳을 떠나면 마스터에게 곧바로 알려지게 되어 있습니다."

"그럼 외워야겠군. 잠시만 기다려라."

거의 기억하고 있지만 한 번 더 살펴보며 완전히 외웠다. 완전히 외운 후 서류를 랜스에게 돌려주었다.

"마스터의 지시대로 소각하도록 해라. 그리고 난 이만 가겠다. 서류의 내용대로라면 확인해 볼 것이 있으니까 말이다."

"알겠습니다."

공손히 머리를 조아리는 랜스를 두고 별장을 나왔다.

그리고 곧바로 안젤라가 싸웠던 장소로 향했다. 반드시 확인해 볼 것들이 있었기 때문이다.

현장에 도착한 것은 금방이었다. 별장 쪽에서 산 쪽으로 곧장 올라가면 되기에 10분이 되지 않아 도착할 수 있었다.

마스터란 자가 무너뜨린 동굴 입구로 갔다.

"여기에 내가 찾는 것이 있을 것이다."

랜스에게 건네받은 서류대로라면 마스터가 생체기갑병기에 관한 것들을 얻은 것은 무너진 동굴 안이었다.

그곳에서 그는 블랙노바와 여러 가지 물건을 얻을 수 있었고, 오랜 연구 끝에 스피릿아머의 제조 방법에 대해 알게 되었던 것이다.

그가 연구한 스피릿아머 제조 방법을 보고 난 그것이 생체기갑병기를 만드는 제조 공정임을 알 수 있었다.

생체융합 공정이나 그 외에 몇 가지 특이한 공정을 보고 나서 마스터란 자가 얻은 것이 미래에 내가 살던 시간대와 관련이 있음을 추측했기에 동굴을 살펴보기 위해 온 것이다.

무너진 동굴이라 직접 안을 살펴보는 것이 어려워 삼묘족이 남긴 기술 중 하나를 쓰기로 했다.

"신안(神眼)! 투영(透映)!"

기감을 퍼뜨려 암석들을 투영해 안쪽까지 살펴보니 동굴은 완전히 무너져 있었다. 그리고 무너진 암석들을 살펴봐도 안젤라가 살펴본 대로 미래의 것이라는 느낌을 주는 것은 아무것도 없었다.

"내가 잘못 생각했나? 그럴 리가 없는데……."

랜스가 넘겨준 자료를 검토해 보았을 때, 이곳에 생체기갑병기 이외에도 내가 살던 시간대에 있었을 만한 것이 있다는 것을 확신했기에 온 것이다.

그런데 아무것도 없다는 것이 이상했다.

블랙노바와 함께 마스터란 자가 얻은 것들은 생체기갑병기를 완성하기 위한 장비들이었다.

내가 아는 한 생체기갑병기를 만들기 위해서는 많은 장비가 필요했다. 장비들은 항상 예비 부품과 같이 있고, 그것은 특별한 곳에 함께 보관된다는 것이 내가 아는 상식이다.

내가 찾고자 하는 것은 생체기갑병기를 만들기 위한 장비가 아니다. 바로 장비를 조립하고 보관하는 메인타워다.

생체기갑병기를 위한 장비들이 있었다면 혹시나 내가 살던 시간대에서 나처럼 타임 슬라이스를 타고 넘어온 메인타워가 있을지도 모른다는 생각을 가졌던 것이다.

하지만 아무리 살펴봐도 메인타워가 있다는 증거는 찾을 수 없었다. 장비들이 마스터에게 발견되었다면 메인타워 또한 발견되었을 텐데 없던 것이다.

"하긴, 메인타워가 발견되었다면 마스터란 놈이 가만두지는 않았을 테니까."

메인타워는 이중으로 만들어진 아공간에 자리하고 있다가 필요할 때 불러내는 것으로 상당히 중요한 기능을 가지고 있다.

스피릿아머의 집단 전투 시 지휘를 하는 컨트롤타워는 물론, 스스로 재료를 모아 파괴된 스피릿아머를 복구하거나 생산할 수 있는 시스템을 갖추고 있는, 한마디로 전천후로 기지 역할을 하는 것이 바로 메인타워인 것이다.

메인타워를 얻으면 내가 계획하고 있는 것이 상당 기간 단축될 수도 있어 허탈감이 들었다.

"요행을 바라는 것이 잘못이다. 어차피 내 힘으로 얻으려 했던 것인데… 후후후!"

메인타워를 얻기로 한 것은 포기하기로 했다.

어차피 앞으로의 계획은 세워놓았으니 시간은 조금 걸리겠지만 원하는 것을 얻을 수 있을 테니 말이다.

　-코드 넘버 X-000-3879-GG-01 확인 완료!
　"어?"
　메인타워를 포기하고 펼쳐 놓은 기감을 걷으려는 순간 뇌리
에 들려온 낯익은 기계음이 나를 붙잡았다.
　정말로 오랜만에 들어본 소리다.
　미래의 시간대에 내가 가졌던 또 하나의 신분으로 있을 때
간혹 듣던 소리다.
　"하하하하! 있었구나, 있었어!"
　나도 모르게 웃음이 나왔다. 스승님을 제외하고는 예전 시
간대와는 완전히 인연이 끊어졌다고 생각하고 있었는데 왕건
이를 건진 기분이다.
　-레드 코드임을 확인했습니다. 기존 사용자의 코드 넘버를
삭제하고 새로운코드 넘버를 기록하려고 합니다. 승인하시겠
습니까?
　또다시 반가운 목소리다. 기존 사용자의 권한을 폐기하고
나를 새로운 사용자로 등록하겠다고 하니 말이다.
　"승인한다."
　-코드가 등록되었음을 확인합니다. 새로운 사용자께서는
레드코드를 가지고 계신 관계로 듀크의 업그레이드 승인이 필
요합니다.
　"승인한다."

─승인을 접수합니다. 그럼, 지금부터 이중 아공간을 개방합니다. 사용자께서는 탑승을 준비해 주시기 바랍니다.

탑승과 함께 완전한 사용자로 인정되기에 준비를 했다.

첫 번째 인식 과정이라 상당히 힘은 들겠지만 기분은 무척이나 좋다.

우우웅!

산사태가 일어나기 전 전조를 보이듯 산이 울기 시작했다. 메인타워인 듀크의 이중 공간이 지금 내가 서 있는 산과 겹쳐져 있는 것이 틀림없었다.

산 하나를 통째로 이중 아공간으로 삼는 메인타워는 상당히 드문 케이스에 속했다.

적어도 항성 간 전투의 지휘관 급에 해당하는 생체기갑병기를 보관하는 메인타워만이 갖는 특성이었다.

내가 서 있는 주변으로 검은 기류가 퍼지기 시작했다. 이중 아공간을 개방하기 위한 절차다.

검은 기류가 내 몸을 감싸자 아무것도 보이지 않았다. 온통 어두운 공간뿐이었다.

이제 곧 문이 나타날 것이다. 메인타워 듀크로 들어가는 공간결계의 문이 말이다.

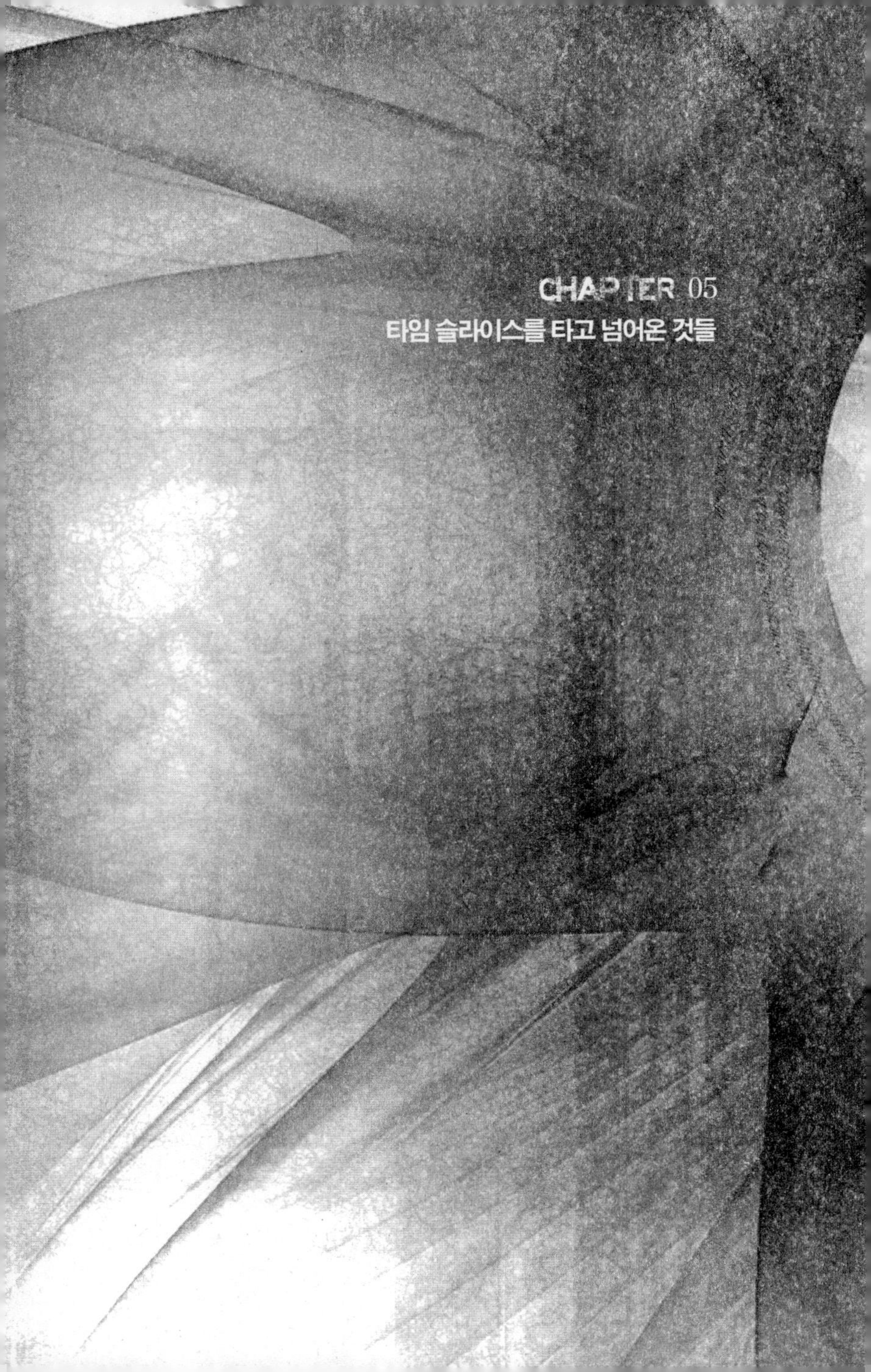
CHAPTER 05
타임 슬라이스를 타고 넘어온 것들

TIME
SLICE 타임 슬라이스

어두운 공간 안에서 눈을 뜨지 못할 정도의 빛이 흘러나왔다. 듀크 안으로 들어가는 문이 열린 것이다.

천천히 안으로 걸어 들어갔다.

오랜만에 들어가는 곳이라 가슴이 설렌다.

안으로 들어서자 낯익은 것들이 눈에 띈다. 생체회복기를 비롯해 중앙통제장치까지 한눈에 들어온다.

—듀크에 오신 것을 환영합니다.

중앙통제장치에서 목소리가 흘러나왔다.

"반갑다."

—저도 반갑습니다. 이제부터 신체 인식 절차를 진행할 예정인데 괜찮으시겠습니까?

정신체에 대한 인식이 끝났으니 곧바로 신체 인식을 하겠다는 소리이다. 마음이 급했기에 거절하지 않기로 했다.

"시작해라!"

―그럼, 포커스포지션으로 이동해 주시기 바랍니다. 신체 인식 과정에서 업그레이드를 같이 진행할 예정이니 고통이 있더라도 참아주시기 바랍니다.

"걱정하지 마라."

대답을 하고 포커스포지션으로 갔다.

중앙통제장치 바로 앞에 있는 좌석으로 메인타워인 듀크가 내 신체를 인식할 수 있는 유일한 장소였다.

자리에 앉자 듀크는 내 신체에 대해서 인식하기 시작했다. 온몸에 싸한 고통이 찾아들었지만 즐겁게 맞이했다.

듀크가 내 신체를 인식하는 절차는 상당 시간 지속되었다. 보통 메인타워가 사용자의 신체를 인식하는 데 필요한 시간이 30분 정도인데 난 두 시간이 넘게 걸리고 있었다.

인식 절차가 잘 안 되는 것 같았다.

―사용자의 신체 인식 절차에 에러가 나고 있습니다.

거의 다섯 시간이 흘렀을 때 듀크가 말을 걸어왔다.

"에러라니?"

―사용자께서는 세포마다 특이한 구조를 형성하고 있습니다. 분석한 바로는 세 종류의 파워슈트와 알 수 없는 두 종류의 특이 성분이 융합된 것으로 확인되고 있습니다.

파워슈트는 어느 정도 짐작이 가지만 두 종류의 특이 성분이라니 모를 일이었다.

"그럼, 신체 인식이 되지 않는다는 것인가?"

―아닙니다. 신체 인식은 할 수 있었지만 사용자의 생체기갑병기를 만드는 데 애로 사항이 있어서 말씀드린 겁니다.

"다행이로군. 생체기갑병기는 따로 생각해 둔 것이 있으니 당장은 필요가 없다. 그런데 생체기갑병기의 재료는 충분한가?"

―충분합니다. 레드코드 상태로는 총 4기, 블랙코드 상태로는 총 20기의 생체기갑병기를 만들 수 있는 재료가 준비되어 있는 상태입니다.

듀크의 보고로 볼 때 이것은 항성 간 전투를 위해서 만들어진 것이 아니었다. 레드코드 1기와 블랙코드 5기가 1개 군단이다. 내가 있던 미래시대에서 1개 군단 정도가 항성 간 전투에 동원되었다. 그런데 총 4개 군단이라니, 듀크가 도대체 어떤 용도로 만들어진 것인지 궁금하지 않을 수 없었다.

"듀크, 네 임무가 뭐였어?"

"제 주된 임무는 마라 제국과의 전쟁이었습니다."

"마라 제국?"

들어보지 못한 이름이다.

"예."

"마라 제국이 도대체 뭐지?"

"최전방에 합류한 후 정보를 건네받고 임무를 수행하라는 지구연방의 명령을 받고 이동하는 도중 시간차원에 휘말려 이곳 시간대로 오게 된 상태라 저도 마라 제국에 대한 자세한 정보는 알고 있지 않습니다."

이곳으로 오기 전 행정부에서 알게 모르게 분주했던 이유가 마라 제국이라는 곳과 전쟁을 하기 위해서였을지도 모른다는 생각이 들었다.

마라 제국이라는 곳은 아마도 지구연방의 군부가 우주 탐사 도중에 발견한 문명을 가진 곳일 가능성이 커 보였다.

"그건 그렇고, 동굴에 생체기갑병기의 부품을 놔두었던 것 같은데 어째서 그런 것이지?"

원칙적으로 생체기갑병기의 부품 및 장비들은 메인타워 내에 보관하게 되어 있었다.

그런데 사람들에게 발견되기 쉽도록 동굴 내에 있었다는 것이 이상해 듀크에게 물었다.

ㅡ그것은 저에게 소속된 생체기갑병기가 아닙니다. 처음부터 이곳에 존재하는 것으로 저 또한 이곳 시간대로 건너와 이곳에서 발생하는 동력신호를 수신하고 정착한 것입니다.

"그러니까 건너오기 전부터 이곳에 있었다는 말이군."

ㅡ그렇습니다. 이곳 시간대로 건너왔을 때 이곳은 벌써 인간에게 발견되어 에너지트랜스가 가동 중이었습니다.

"그럼, 너 말고도 이곳 시간대로 건너온 메인타워가 있다는 말인데……."

ㅡ그런 것 같습니다. 하지만 이곳에 있던 생체기갑병기는 초창기 버전입니다. 제가 만들어진 시기보다 적어도 60년은

앞서 제작된 것입니다. 그리고 측정해 본 결과 적어도 이곳 시간으로 4천여 년 전에 넘어온 것으로 추정됩니다.

"그럼, 넘어온 시간대가 다르다는 소리인데… 조사를 해봐야 할 사항이로군."

─자세한 것은 모르겠지만 사용자께서 가지고 있는 에너지트랜스에 부착되어 있는 블랙박스라면 어떻게 된 일인지 어느 정도 파악할 수 있을 것 같습니다.

에너지 파장을 파악해 블랙노바가 내게 있다는 것을 알아낸 모양이었기에 주머니에서 꺼냈다.

"여기에 블랙박스가 설치되어 있다는 말이야?"

─초창기 버전은 대부분 에너지트랜스와 블랙박스를 같이 설계했습니다. 사용자께서 들고 계신 에너지트랜스에도 블랙박스가 같이 장착되어 있는 것 같습니다.

"좋아, 한번 분석해 봐. 어떻게 된 일인지 알아야겠으니 말이야."

─알겠습니다. 컨트롤박스에 에너지트랜스를 놔주시기 바랍니다.

듀크의 말이 끝남과 동시에 중앙통제장치에서 투명한 크리스털 함이 솟아올랐다.

에너지트랜스를 올려놓자 다시 내려갔고, 듀크가 블랙박스에 담긴 정보를 확인하기 시작했다.

─확인이 끝났습니다. 블랙박스에 기록된 정보로는 사용자께서 가지고 계신 에너지트랜스를 사용한 생체기갑병기는 라

본 행성에서 전투 중 시간여행을 한 것으로 보입니다.

"라본 행성에서?"

라본 행성이라는 말에 나도 자리에서 모르게 일어났다. 나 또한 라본에서 알 수 없는 일을 겪은 일 때문이다.

―그렇습니다. 정체 미상의 괴수들과 싸움 도중에 그들이 뿜어내는 에너지 공격을 받고 시공간 이동을 한 것으로 보입니다. 음성 신호는 잡히지 않는 상태라 화면만 재생해 보겠습니다.

듀크의 말이 끝나고 중앙통제장치의 화면에 거대한 밀림이 나타났다. 내가 가본 적이 있는 라본 행성의 모습이었다.

생체기갑병기의 사용자로 보이는 자가 밀림 위를 날고 있었다. 그렇게 날던 생체기갑병기 앞으로 기이한 모습의 괴수들이 나타났다. 흑색 광택을 지닌 금속형 몸체를 가지고 있는 괴수들이었다.

생체기갑병기는 괴수들을 만나자마자 싸움을 시작했다. 근처의 밀림을 한순간 폐허로 만들어 버릴 만큼 격렬한 전투를 벌였다.

괴수들이 가진 힘은 매우 강력했다. 엄청난 물리력을 가지고 있을 뿐만 아니라 각종 최첨단 무기를 장착하고 있었음에도 생체기갑병기가 계속 밀렸다.

우선 일 대 사로 수적으로도 밀리는 상태였다. 거기다가 괴수들이 사용하는 에너지빔도 생체기갑병기가 가진 무기들과 비교해 뒤떨어지지 않았던 것이다.

생체기갑병기는 괴수들에게 밀리자 어쩔 수 없이 궁극의 무기라고 불리던 플라즈마포를 사용했다.

하지만 괴수들의 상대는 아니었다. 플라즈마포가 도달하려는 마지막 순간, 괴수들이 내뿜는 사색의 에너지 파장이 생체기갑병기를 알 수 없는 공간으로 이동시켜 버린 것이다.

괴수들이 생체기갑병기를 이동시킨 공간은 바로 타임 슬라이스였다.

타임 슬라이스를 타고 이곳 시간대로 넘어오는 동안 생체기갑병기와 융합되어 있던 사용자는 엄청난 압력과 에너지 이상으로 소멸되어 버렸다.

통제 기능을 완전히 잃은 후 이곳 시간대로 넘어온 생체기갑병기는 달 근처에서 본래의 시간대로 돌아왔고, 지구의 중력에 영향을 받아 대기권을 뚫고 들어왔다.

엄청난 속도로 인해 산의 등성이 부분을 강타하며 땅속으로 파고들었고, 시간이 흘러 침식작용으로 인해 파고든 부분이 동굴로 변해 버렸다.

그렇게 오랜 시간이 지난 후, 사용자의 소멸로 해체된 생체기갑병기 장비들을 마스터라 불리는 자가 동굴에서 발견했던 것이다.

"그 괴수들이 타임 슬라이스를 이용한 시간 여행과 관련이 있다는 것인데……."

생체기갑병기를 공격했던 라본 행성의 괴수들이 어떻게 그런 능력을 가질 수 있었는지 정말이지 모를 일이었다.

나도 정신을 잃은 동안 어쩌면 그들로 인해 영향을 받아 이렇게 됐는지도 모른다는 생각이 들었다.

그리고 전쟁을 하는 도중 어느 날 갑자기 나타났다고 하는 것을 보면 안젤라가 사용한 스피릿아머나 칠대신검으로 불리는 나머지 것도 어쩌면 그런 경로를 통해 이 시간대로 넘어온 생체기갑병기일지도 모르는 일이었다.

"듀크, 이곳에 도착한 후 계속해서 이 근처를 감시하고 있었나?"

—감시하고 있었습니다.

"그러면 얼마 전 이곳에서 생체기갑병기들이 싸우는 것을 봤을 텐데."

—특이한 케이스라 기록으로 남겼습니다. 하지만 사용자께서 말씀하신 것에는 약간의 오류가 있습니다.

"약간의 오류라니 무슨 뜻이지?"

—한 기는 불완전한 상태이기는 하지만 이곳에 있던 생체기갑병기가 맞지만, 다른 한 기는 생체기갑병기가 아닙니다. 제가 가지고 있는 자료를 아무리 뒤져 봐도 그런 형태의 생체기갑병기는 만들어지지 않았기 때문입니다.

"네가 만들어진 후에 만들어진 것일 수도 있잖아?"

—그럴 리는 없습니다. 병기의 상태나 성능을 볼 때 제어 시스템 일부가 억제됐다고 하더라도 저와 비교해 성능이 떨어지는 시스템입니다. 그리고 지구연방이 만들어낸 생체기갑병기 시스템과는 구성 요소는 물론, 운용 방법도 전혀 다른

것입니다.

"으음!!"

지구연방에서 만든 것이 아닐 수도 있다는 소리에 머리가 복잡해졌다.

—정보가 많이 부족하기는 하지만 한 가지 가능성을 생각해 볼 수 있습니다.

"뭐지?"

—마라 제국과의 전투를 위해 제가 출동한 것은 그쪽에도 생체기갑병기가 있을 것이라는 것이 제 생각입니다. 그렇다고 가정해 볼 때 사용자께서 얼마 전 보신 생체기갑병기는 마라 제국에서 만들어낸 것일 수도 있습니다.

"그럴 수도 있겠군."

지구연방이 만들어낸 시스템과 다른 방식을 사용하고, 그런 가정을 한다면 듀크의 말대로 그럴 가능성이 다분했다.

"여기서는 생체기갑병기를 스피릿아머로 부르는 것 같았다. 스피릿아머는 스플렌더라는 것과 함께 모두 일곱 기가 있었던 것으로 보이니까 정보를 수집해 봐라!"

—정보 수집 체계를 가동해 보겠습니다.

"좋아!"

듀크 정도의 능력이라면 머지않아 정보를 찾을 수 있을 것이기에 이번 일을 듀크에게 맡기기로 했다.

"혹시 내가 쓸 수 있는 생체기갑병기를 만들 수 있나?"

—만들 수는 있습니다만 지금 상태로는 불가능합니다. 우선

사용자께서 신체 인식을 모두 마친 것이 아니고, 세포 구조도 인간의 구조와는 많이 달라진 상태라 별도의 공정을 통해 만들어야 합니다.

"역시, 그렇군."

스승님과의 오랜 토론으로 이미 예상하고 있는 것이기는 하지만 듀크가 확답을 주니 조금 허무하기는 했다.

나름 많은 기대를 했던 탓이다.

"그럼 어떤 방법이 있지?"

―현재 지구의 기술 수준을 조사해 봐야 할 것 같습니다만, 적어도 10년 안에 필요한 조건을 충족시킬 수 있을 겁니다.

"10년이라……."

내가 예상했던 것보다 빠른 시간이었다.

"좋아, 그렇다면 계획을 한번 세워봐. 나도 그에 맞춰서 준비를 할 테니까."

―알겠습니다.

"그런데 호칭은 언제 변경할 거지?"

코드레드가 사용자로 남아 있으면 메인타워를 이용하는 데 많은 불편이 따르기에 듀크에게 물었다.

―언제든지 말씀하십시오. 적당한 명칭이 있으면 앞으로 레드코드를 바꾸겠습니다.

"내가 결정하면 되는 건가?"

―그렇습니다.

"그럼, 폼 좀 나게 주군으로 하자고!"

—코드레드 사용자의 명칭을 원하시는 대로 지금부터 주군으로 바꾸겠습니다. 그리고 사용 환경은 어떻게 하실 생각이십니까?

"이곳을 떠날 수 있나?"

—에너지 문제로 기초 감시 기능을 제외하고 지금까지 기능을 정지시킨 상태라 아직은 벗어날 수 없습니다. 에너지가 충족되면 언제든지 주군을 따를 수 있을 겁니다.

"그렇다면 에너지가 충족될 때까지 원격으로 조종할 수 있도록 하지."

—원격조종으로 스텐바이하겠습니다. 그리고 에너지 충족 시간을 단축시키려면 저에게 주신 에너지트랜스를 사용할 것을 권고드립니다.

"방법이 있나?"

—싸이킥포메이션이 없어도 행성에너지 전환이 가능한 기능을 탑재하고 있습니다. 에너지트랜스만 있다면 충분히 에너지 충전이 가능합니다.

"좋아, 허락한다. 앞으로 메인 포커스를 나에게 맞추고 지구 환경에 대해 모든 것을 파악하도록!"

—메인타워! 듀크! 로직 개방! 가이아은하 중 태양계의 위성인 지구에 대한 환경 탐사를 시작합니다.

"조사가 끝나면 연락해. 나는 그만 집으로 가볼 테니까."

—알겠습니다, 주군!

집으로 돌아가겠다는 소리에 듀크는 나를 처음 있던 곳으로 내보내 주었다.

밖으로 나오자 신선한 공기가 나를 맞았다.

"후후후, 앞으로 재미있는 일이 많이 벌어질 것 같구나. 뭔가 일을 꾸미는 놈에, 스피릿아머라 불리는 이종의 생체기갑 병기까지! 그저 내가 원하는 것을 얻는 데 목적을 두었는데. 일단 삼묘족의 유진을 모두 내 것으로 만드는 것이 우선일 것 같구나."

계획을 많이 변경해야 할 것 같다.

여러 가지 인연이 얽혀 있는 탓에 쉽지는 않겠지만 재미있는 인생이 될 것 같았다.

*　　　*　　　*

안젤라는 다크나이트에 대해 숲으로 소식을 넣었다.

여러 가지 염려와 함께 자신의 의견을 말하고, 다른 종족들에게는 비밀로 하고 새로운 종류의 스피릿아머에 대해 알아봐 주기를 부탁했다.

사건이 일어난 지 보름이 지난 어제, 숲에서 바람을 통해 연락을 취해왔다.

장로회의에서도 안젤라의 의견을 존중해 주었다.

다른 종족들이 만들어냈을 수도 있다는 생각에 장로님들이 동의한 것이다.

하지만 안젤라가 내심 기다리던 소식은 오지 않았다.

바로 두영에 대한 소식이다.

다크나이트에 대해 알아봐 달라는 부탁과 함께 두영의 정체에 대해서도 부탁을 했었다.

그런데 두영에 대한 것은 평범한 것뿐이었다. 세계에 존재하는 모든 술자 가문을 조사할 수는 없지만 특별한 능력을 지닌 사람이 알려지지 않았다는 것이 안젤라로서는 의문이었다.

살펴보면 볼수록 이상한 아이였다.

자신에게 보인 능력을 보면 술자 가문 출신이라는 생각이 들지만 보면 볼수록 그런 것 같지도 않았다.

지난 보름 동안 수련하는 모습을 몰래 지켜보며 안젤라가 내린 결론이었다.

마치 몽유병이 걸린 환자처럼 꿈꾸는 듯한 눈으로 숲을 돌아다닌 것이 수련이라니, 안젤라로서는 듣도 보도 못한 것이라 이상할 수밖에 없었다.

특유의 기운이라든지 동작도 없었다. 그저 바람처럼. 멍한 눈으로 숲만 돌아다닐 뿐이었다.

'오늘은……'

너무도 궁금해 한번 물어보아야겠다는 생각이 들었다. 지금 하는 수련이 무엇인지 말이다.

술자 가문의 비기에 대해 알려 하는 것은 금기시되는 일이지만 안젤라가 아는 지식으로는 이런 수련법이 없었다. 그저 멍한 눈으로 숲을 돌아다니기만 하는데 점점 강해지는 수련법이라니 말이다.

멍한 눈이 빛을 내기 시작하는 것을 보니 오늘 수련은 끝났음을 알 수 있었다.

자신이 숨어서 지켜보고 있다는 것을 두영이 이미 알고 있다는 것을 알기에 안젤라는 천천히 모습을 드러냈다.

"어쩐 일이에요?"

"무슨 수련을 하나 한번 봤지, 뭐!"

"후후후, 재미없었겠네요."

"그렇긴 하더라. 그런 이상한 수련이라니 말이야."

"원래 그래요. 심상 수련의 일환인데 비기를 알리지 않기 위한 수련법이죠."

"아, 그렇구나."

심상 수련이 있다는 이야기는 들어본 적이 있는 안젤라다.

동양 쪽에서 전해지는 수련법으로 일정한 경지에 오른 자만이 할 수 있는 수련법이라는 것을 들은 적 있어 두영의 경지가 그리 낮지 않음을 알 수 있었다.

"안젤라가 제게 관심이 있을 줄은 몰랐네요."

예상대로 지켜보고 있다는 것을 알고 있었던 모양이라 안젤라는 사실대로 말할 수밖에 없을 것 같았다.

"그동안 죽 지켜봤어. 혹시나 몰라서 말이야. 그놈이 다시 나타날 수도 있으니까."

두영에 대한 궁금증도 궁금증이지만 혹시나 다크나이트를 조종하던 자가 나타날까 염려한 점도 없지 않았기에 안젤라는 사실대로 말했다.

"알아요. 덕분에 마음 놓고 수련을 할 수 있었어요."

"내가 수련하는 것을 지켜본 것이 기분 나쁘지는 않고?"

"웬걸요. 미녀가 지켜주고 있으니 기운이 나던 걸요."

"호호호, 애는!!"

두영이가 자신을 싫어하지 않는 것 같아 안젤라는 나름 기분이 좋아졌다.

"오늘은 일이 없나 봐요."

"오늘부터 이틀간 쉬라고 하시던걸. 자원봉사도 좋지만 방학인데 일만 하면 좋지 않다고 말이야."

"이모부가요?"

"그래. 그래서 쉬기도 할 겸, 널 보고 있었지."

"그렇군요."

"나하고 놀러 가지 않을래? 너도 만날 수련만 했으니까 말이야."

대화를 나누려면 분위기가 좋아야 하기에 안젤라는 두영에게 놀러 가자고 제안했다. 분위기가 부드러워지면 속에 있는 말도 자연스럽게 흘러나올 것이고, 그러다 보면 두영에 관해 보다 자세히 알 수 있을 것이라 생각한 것이다.

"좋아요. 마침 내일 하루는 쉬려고 했거든요."

"그래, 내일 소풍 가는 것으로 하자. 음식은 내가 준비할게."

"저도 이모한테 음식을 싸달라고 하죠."

"그래, 그거 좋겠네. 내일 이곳에서 다시 볼까?"

"그렇게 해요."

"알았어. 내일 보기로 하고 나 그만 갈게."

두영의 수련이 끝나 더 이상 지켜볼 것이 없기에 안젤라는 약속을 정하고 숙소로 돌아갔다.

내일 소풍 준비를 하려면 준비할 것이 많아 일단은 마트부터 가야 할 것 같았기에 외출 준비를 했다.

방에 들어와 외출하려고 옷을 갈아입으려고 하니 기분 나쁜 느낌이 들었다. 누군가 밖에서 자신을 힐끔거리는 것이 느껴졌던 것이다.

'저 자식을 손을 한번 봐줘야 할 텐데 걱정이네.'

퍽!

난데없는 소리에 창문 너머를 바라보았다. 부러진 나뭇가지가 훔쳐보던 녀석을 덮친 모양이다. 머리를 쥐어 안고 바닥을 구르는 모습이 가관이 아니었다.

부러진 나무 밑동을 보니 생나무라 그냥 부러질 리 없어 보였다.

'호호호, 두영이로구나.'

멀리서 두영이 웃음을 짓고 있는 것이 보였다. 아무래도 두영이 손을 쓴 모양이다.

귀찮은 시선이 떨어진 것을 확인한 안젤라는 마음 편히 옷을 갈아입었다.

스르르르!

'호호호, 귀를 제외하고는 거의 바꾸지 않아서 그런지 언제 봐도 매력적인 몸이네. 그런데 왜 이리 뒷머리가 따끔거리는지 모르겠다. 변태 자식은 의무실로 가고 주변에 아무도 없는데. 혹시? 설마? 아니겠지. 이제 겨우 열네 살인 아인데……'

누군가 지켜보고 있다는 느낌이 다시 들어 주변을 살펴봤지만 아무도 없었다. 자신의 감각을 피할 존재는 없었기에 괜히 두영에 대해 의심을 했다는 생각이 든 안젤라는 서둘러 옷을 갈아입고는 숙소를 나와 마트로 향했다.

*　　　*　　　*

혹시나 해서 안젤라의 방을 살펴본 것이 불찰이다.

왜 이렇게 얼굴이 화끈거리는지…….

옷 벗는 모습을 보고 바로 시선을 돌렸지만 아직도 눈앞에 삼삼하다.

변태 자식을 혼내주고 뭐가 그리 궁금해서 그런 것인지 그저 호기심에 한번 본 것뿐인데 이렇게나 마음을 흔들다니…….

역시 여자가 남자의 천적이라는 말이 맞기는 맞나 보다.

내가 자신의 방을 살펴본 것을 알게 된다면 안젤라가 불같이 화를 낼 것 같으니 앞으로 다시는 이러지 말아야겠다.

크으! 그렇지만 진짜 죽이는 몸매다.

일류 모델도 안젤라 앞에서는 꼬리를 말 정도이니 말이다.

역시 인간이 아니라서 그런 것인가?

일단 생각을 끊기로 했다.

자꾸 생각하면 나도 어떻게 될지 몰라서다.

"입령은 이제 완전한 단계고, 이제부터는 다음 단계로 넘어가야 하는데 문제로군."

입령은 오늘부로 완성을 했다. 마스터란 놈 때문에 조금 서두른 덕에 예정보다 빨리 끝이 났다.

서서히 다음 단계로 넘어갈 차례지만 쉽게 넘어갈 수 없는 문제가 있다. 내 몸이 견딜 수 없다는 것이다.

수를 셀 수 없는 영혼의 전사들을 전부 받아들였지만, 힘을 쓸 수 있는 것은 고작 한두 명 정도의 힘뿐이다.

최대한 끌어내 봐야 다섯 명이 한도다.

호령무를 완성하기 위해서는 영혼의 전사들이 가진 힘 전부를 한꺼번에 꺼내 쓸 수 있어야 하는데, 그랬다가는 지금의 신체는 단번에 붕괴될 것이 분명했다.

전사의 영혼을 의식에 안착시키는 좌령, 의식 밖으로 끄집어내는 제령, 그리고 동화의 과정인 입령이 끝난 상태에서 다음 단계로 넘어가야 하지만 몸에 과부하가 걸려 버리는 것이다.

다음 과정은 호령무의 열 단계 중 세령(稅靈), 현령(顯靈), 무령(懋靈), 출령(黜靈)이라 불리는 네 번째 단계부터 일곱 번째까지다.

영혼의 전사들을 내 몸과 일치시켜 세상에 현신하여 힘을 쓰고, 모든 령을 물리칠 수 있는 단계가 바로 그것인데, 이는 입령에서도 일부 구현할 수 있기는 하지만 그 위력은 차원을 달리한다.

밖으로 끄집어낼 수 있는 전사들의 수에서도 제약을 받을 뿐 아니라, 입령이 어린아이 수준이라면 출령의 단계는 가히 무소불위의 전사라 할 수 있는 것이다.

"문제는 몸인데… 업그레이드가 완료되기 전까지 최소한 열 명 정도는 동시에 불러올 수 있는 방법을 마련해야 한다. 스승님의 말씀으로는 자연지기를 다루는 무예나 기공을 익히면 가능하다고 하지만 그것도 보통의 것들로는 되지 않으니 걱정이로구나."

메인타워인 듀크도 방법이 없다고 마냥 손을 놓고 있을 수는 없다.

그렇지만 마땅한 방법이 없는 실정이다. 삼묘족이 남긴 것들은 모두 영을 다루는 것들이다. 내 몸에는 그다지 도움이 되지 않는다.

자연지기를 다룰 수 있는 무예나 기공도 내 신체에 맞는 것을 찾으려면 거의 불가능한 것이라고 할 수 있다. 대부분이 이면 세계를 지배하는 종가들의 비기들이기 때문이다.

자신들의 힘을 지탱하는 근원을 아무 상관도 없는 내게 전수해 줄 리는 없는 것이다.

"일단은 내가 알고 있는 것들부터 수련하자. 입령까지는 완성이 됐으니, 육상전투학을 기반으로 기갑전술 위주로 수련하면 어느 정도 커버는 되겠지.”

몸 자체가 수련이 된 것은 아니기에 미래 시간대에 배웠던 것들을 기반으로 나머지 과정을 밟기로 했다.

이곳에 와서 이상한 일이 휩쓸렸지만 파워슈트가 완성되기 전까지 조심하면서 지내면 크게 문제는 없을 것 같다. 마스터란 자에 대해서는 안젤라가 신경을 쓸 것이다. 나에 대해 노출만 되지 않는다면 그다지 위험하지는 않을 것이다.

그동안은 어떻게든지 스스로 지킬 만한 힘을 확보하면 되는 것이다.

마음을 정하고 난 뒤 긴장이 풀려서 그런지 밥도 먹지 않고 하루 종일 잤다.

극성스러운 어머니에게 날 잘 보살피지 못했다고 혼날 것을 걱정하시는지는 모르지만 이모는 내 건강이 걱정스러운지 안절부절못했다.

괜찮다고 하며 이모를 안심시켰다. 어머니에게 연락을 하면 당장 쫓아오실 수도 있기 때문이다.

다음날 아침이 되어 이모가 싸주신 음식을 챙겨 안젤라와 약속된 장소로 갔다.

“여자와의 데이트라……. 후후, 긴장까지 하다니. 내가 내 자신이 아닌 것 같구나.”

약속 장소로 가는 동안 마음이 떨려왔다.

여자와 한 번도 데이트란 것을 해보지 못해서 그런가 보다 했지만 피비린내 나는 전투에서도 눈 한번 꿈쩍하지 않는 난

데 이상한 일이다.

하늘까지 닿을 듯한 푸른 나무 밑으로 하늘거리는 하늘색 원피스에 등나무로 만든 소풍 바구니를 들고 있는 안젤라의 모습이 보인다.

심장이 제멋대로 뛰다니, 앞으로 심장박동기를 달아야 할지도 모르겠다.

"호호호, 왔어?"

"예. 여기 이모가 싸주신 거예요."

환한 미소를 지으며 나를 반기는 안젤라에게 음식을 내밀었다. 잘게 썬 고기와 야채를 불고기 양념으로 볶아 바게트에 넣어 만든 빵과 음료다.

"맛있는 냄새가 나네."

봉지로 싸서 주었는데도 내용물을 알아차린 모양이다. 소풍 바구니에 봉지를 넣고는 나에게 내민다.

"데이트할 땐 신사가 물건을 드는 거지, 아마?"

"주세요."

바구니를 받아 드니 안젤라가 내 옆으로 다가와 팔짱을 낀다.

으갸갸!

웬 몽실이!

팔뚝을 스치는 말랑거리는 느낌에 심장이 멎을 지경이다.

키도 그다지 차이가 나지 않고, 호리호리하고 날렵한 몸매라고 생각했는데 글래머인가 보다.

아참! 컸었지.

어제 본 안젤라의 몸매가 갑자기 뇌리를 스쳤다.

"두영, 얼굴이 갑자기 왜 빨개지는 거야? 어디 아프니?"

"아, 아니요."

"호호호, 그렇게 안 봤는데 부끄러움을 많이 타나 봐?"

"헤헤헤!"

안젤라의 물음에 그저 웃을 수밖에 없었다.

놀리기만 하면 되지, 왜 자꾸 부비부비를 해대는지. 이거 오늘 자라지도 않은 청소년 하나가 세상을 하직하는 것이 아닌지 모르겠다.

진정되지 않는 가슴을 애써 가라앉히며 산등성이를 타고 올랐다.

호수와 산의 비경을 한눈에 볼 수 있는 자리라 소풍 장소로는 무척이나 좋아 보였다.

전망이 좋은 곳에 돗자리를 펴고 자리에 앉았다. 안젤라도 내 옆에 바짝 붙어 앉았다.

"경치 좋다. 그지?"

"아주 좋네요."

"난 언제나 순수함을 간직한 자연이 좋아."

"저도 가슴이 시원해지는 느낌이 들 때면 세상을 다 얻은 기분이 들어요."

"나도 그래. 그런데 두영인 가문의 비술을 언제부터 수련한 거야?"

"네 살 때부터니까 꽤 오래됐어요. 잘 알려져 있지는 않지만 유서가 깊은 가문이지요."

"오래 수련을 했구나."

"안젤라는 언제부터에요?"

"나?"

"네."

"글쎄, 나도 말을 배운 후부터 수련을 시작했으니까… 생각해 보니 꽤나 오래됐네. 한 사십 년 됐나?"

"예?"

"놀라긴, 엘프는 인간하고 살아가는 세월이 달라. 인간은 백 년을 채 못살지만 우리는 거의 이백 년을 사니까. 인간의 시간으로 치면 사십사 년이지만, 인간 나이로 치면 스물두 살 먹은 꽃다운 아가씨라고! 그렇게 노땅 아줌마 보듯 할 필요는 없어."

내가 놀란 이유를 아는지 안젤라가 카랑카랑한 목소리로 설명을 해주었다. 화가 난 것은 아닌지 모르겠다.

엘프가 오랜 세월을 산다는 것은 알고 있지만 인간 수명의 거의 두 배를 살아가다니, 엄청 연상이 아닐 수 없다.

"알았어요. 그러니까 스물두 살 먹었다는 소리 아니에요?"

인정하지 않는다면 가만두지 않을 기색이었기에 순순히 수긍을 했다.

하지만 어떻게 하지. 그래도 나보다는 여덟 살 연상인걸.

내 생각을 알면 또 죽이려 들겠지.

“그래, 난 스물둘이야. 단단히 명심해.”

뾰로통한 얼굴로 검지를 들어 보이며 나를 가리킨다. 아무래도 이제부터 안젤라를 스물두 살로 여겨야 할 것 같다.

“넵!!”

“호호호!”

웃는 모습이 귀엽다. 역시 여자는 여자다.

“어제 하던 수련을 보니까 여느 술자 가문하고는 다른 것 같던데, 도대체 어떤 수련이니?”

“저…어… 그게… 말씀드리기가 좀 곤란해요.”

“역시, 비기라 외인은 알려주기 힘들겠지.”

“아니요. 그런 것이 아니라 설명하기가 좀 곤란한 것이라서.”

“설명하기가 곤란해?”

볼을 부풀리며 의문이 가득한 표정이다.

“예. 영혼을 수련하는 것이라 말로 표현하는 것은 한계가 있어서요.”

“영혼?”

어! 어째 무지 놀라는 것 같다. 뭔가 알고 있는 것 같은 생각이 든다.

“네. 대대로 제가 배운 술법의 맥을 이은 영혼들과 함께해 수련하는 것인데요.”

“네가 배우는 것이 소울컨주리였어?”

“소울컨주리요?”

“응!”

“그게 뭔지 잘 모르겠네요.”

번역하면 영혼 마법이라는 소울컨주리라는 것이 아마도 실제 영혼과 관련이 있는 것이 틀림없다.

하지만 실제 뭐 하는 것이지 몰라 솔직히 대답했다.

“소울컨주리는 엘프들의 영혼을 다루는 술법을 말해.”

“엘프의 영혼을 다루는 술법이요?”

“그래. 엘프들의 영혼은 자연과 함께해. 위대한 소울 마스터들은 그들의 영혼을 불러내고, 그들의 힘을 사용할 줄 알지. 지금은 거의 맥이 끊어졌는데, 네가 영혼과 소통할 수 있다니 장로님들이 매우 기뻐하겠는걸!”

“장로님들이요?”

이해하지 못할 말이었다. 내가 영혼을 다룬다는 소리에 엘프의 장로들이 기뻐하다니 말이다.

“호호호, 이해가 가지 않기도 할 거야. 하지만 내 말을 들어 보면 장로님들이 왜 기뻐할지 알게 될걸.”

“그렇게 말하니 궁금하네요, 안젤라.”

“소울 마스터는 굳이 엘프가 아니어도 돼. 영혼들과 교류할 수 있는 자면 누구나 소울 마스터가 될 수 있으니까. 사실 소울컨주리는 맥이 완전히 끊겼어. 위대한 엘프의 영혼들이 세상에 나온 것은 거의 천 년 전이니까. 장로님들은 소울컨주리가 끊어지는 것을 걱정하고 계셔. 소울 마스터를 찾을 수 없는 상태라 이제는 술서로만 남아 있어서 그래. 만약 네가 소울컨주리를 이어준다면 장로님들은 만사 제쳐 놓고 네가 하는 일을 도울걸."

"그래요?"

내가 엘프들이 말하는 소울 마스터인지는 모르지만 안젤라는 확신을 하는 것 같다.

소울 마스터인 것은 둘째 치고 엘프들의 도움을 받을 수 있다니 꽤나 구미가 당기는 일이다.

"기회가 되면 내가 주선을 해줄게. 너에게도 많이 도움이 될 거야."

"그런데 어째서 나에게 그런 좋은 기회를 주는 거죠?"

"호호호, 몰라서 물어?"

"예!"

"엘프는 인연을 중시해. 특히나 생명이 걸린 인연은 말이야. 네가 암흑계열의 기운을 가지고 있다면 이런 말은 하지도 않았을 거야. 이렇게 말하는 것은 수련하는 것을 보면서, 네가 가진 기운이 아주 밝고 따뜻하다는 것을 느꼈기 때문이야."

"저에게 느낀 것이요?"

"응! 그러니까, 네 기운이 파괴적이고 거칠기는 하지만 그곳에 뭔가 알 수 없는 고귀하고 위대한 기운이 느껴져. 그런 기운은 절대 암흑 계열일 리가 없지. 그건 스플렌더의 수호자로서 확신할 수 있어."

"그렇게 느꼈다니 고맙네요."

안젤라가 영혼의 전사들이 가진 숨겨진 힘을 느꼈다니……

역시 예리하다. 달리 엘프가 아닌 것 같다.

"그러니까 시간을 내서 장로님들을 만나봐. 네가 허락만 한다면 곧바로 만날 수 있도록 장로님들에게 연락을 할 테니까."

"음!"

이야기를 꺼내자마자 결론을 내려는 것을 보니 보기와는 달리 성격이 급한 안젤라였다.

하지만 어차피 나도 관심이 가는 일이었기에 승낙하기로 했다.

"좋아요. 그렇게 하도록 하지요."

"호호호, 좋아! 오늘 저녁 당장 연락을 해야지. 하지만 그전에 오늘의 소풍을 즐기자고."

"그래요."

안젤라와의 소풍은 무척이나 즐거웠다.

안젤라는 나에게 엘프들에 대해 알려주려는 듯 자신의 이야기를 많이 했다. 엘프들의 생활과 수호검주로서 세상에 나와 겪은 일도 모두 이야기해 주었다.

나도 부모님에 대해 이야기를 해주었다. 놀랍게도 안젤라는 어머니의 연구 활동에 대해서도 알고 있었다.

그녀가 어머니에 대해 알고 있는 것은 세상을 수호하는 임무를 맡고 있는 수호검주라서 그런 것이었다. 삼묘족이 가진 문명은 엘프들도 많은 관심을 가지고 있어 어머니가 내놓은 논문을 빠짐없이 읽었다는 것이다.

삼묘족에 관심이 있다는 말에 논문으로 발표되지 않은 사실들을 몇 가지 이야기해 주자, 안젤라는 내 이야기를 매우 흥미로운 표정을 지으며 경청했다.

대화가 이어지고 싸가지고 온 도시락을 먹었다.

엘프라지만 안젤라는 육식을 가리지 않았다. 나를 위해 특별한 고기 요리와 다양한 과일을 준비했고, 우리는 이모가 싸주신 바게트와 함께 맛있게 식사를 할 수 있었다.

"이제 해가 지려고 하네."

"그러게요. 노을이 참 곱네요."

점심을 먹고 대화를 나누느라 시간이 한참 지났는지도 몰랐다. 벌써 노을이 지고 있으니 말이다.

붉은 물감으로 칠해놓은 것 같은 붉은 노을이 하늘을 뒤덮고, 구름에 반사된 노을빛이 기묘한 색을 하늘에 수놓은 모습이 장관이었다.

"이제는 내려가야겠지?"

"그래야 할 것 같네요."

해가 질 때까지 소풍을 계속할 수는 없었다. 이모가 걱정할 것이기 때문이다.

노을이 지는 산에서 내려와 숙소로 향했다.

"오늘 장로님들에게 연락을 하면 이삼 일쯤 후에 답이 올 거야. 아마 내 생각에는 장로님들이 널 숲으로 초대할 것 같은데, 괜찮겠어?"

"엘프의 숲으로요?"

엘프의 숲은 인간에게는 비밀의 장소였다. 지난 천여 년 동안 인간은 그 누구도 엘프의 숲에 들어가 본 적이 없을 정도로 비밀을 지켜온 장소였다.

그런데 그런 비밀의 장소에 날 초대한다는 것이 의외였다.

"당연하지. 소울컨주리는 금제로 인해 엘프의 숲을 벗어날 수 없거든. 소울컨주리에 금제를 가한 이유는 엘프가 남긴 위대한 유산은 절대 숲을 떠날 수 없다는 것이 율법에 있어서야. 그러니 어떻게 하겠어. 호호호, 소울 마스터를 초대할 수밖에."

안젤라가 나를 위해 많은 것을 양보한다는 것을 느꼈다. 아무리 소울 마스터라 하더라도 엘스의 숲을 들어가는 것은 쉽지 않아 보였기 때문이다.

"궁금하네요, 엘프의 숲이 어떤 곳인지. 초대를 한다면 가보도록 하지요. 어차피 얼마 안 있어 이곳을 떠나야 하니까요."

방학 기간 내내 이곳에 있을 예정이 아니었기에 안젤라의 제의를 승낙했다. 입령의 수련도 이제 완료되었고, 엘프와의 인연을 위해 가기로 한 것이다.

"좋아, 기대하라고. 이모님에게 말씀도 잘 드리고."

"알았어요."

안젤라를 숙소에 바래다 주고 이모 집으로 갔다.

저녁 준비를 마치고 식탁에 둘러앉은 식구들이 나를 맞았다.

"소풍은 즐거웠니?"

"예, 이모."

“저녁은 안 먹었지?”

“예!”

“그럼 자리에 앉아라.”

나는 내 자리에 가서 앉았다. 오늘은 불고기를 준비하셔서 그런지 식탁이 푸짐했다.

“안젤라와 재미있었니?”

식사를 하며 이모가 안젤라와의 데이트를 묻는다. 다들 식사에 열중하는 모습이지만 귀는 내 입을 향해 열려 있다.

에휴! 도대체 무슨 생각을 하는 것인지…….

“즐거웠어요. 학교에서도 친하지만 그동안 알지 못하던 것을 많이 알게 됐어요.”

“그러니?”

뭔가 의심이 가득한 눈초리다.

“아참, 그리고 이번 방학에 안젤라 집으로 놀러 가기로 했어요. 그래도 되지요?”

안젤라와 약속을 한 터라 이모에게 말했다.

“그러니? 여보, 안젤라 씨 자원봉사가 언제까지예요?”

이모가 이모부에게 묻는다.

“이제 거의 끝났어. 한 달을 예정하고 왔으니까.”

“그럼 방학이 한 달 정도 남았는데, 언제 갈 거니?”

이모부도 그렇고 이모도 반대하시는 분위기는 아닌 것 같다.

“집에 연락을 해본다고 했으니까, 아마 며칠 내로 떠날 것 같아요."

"가는 것은 반대하지 않지만 엄마에게는 허락을 받아야 할 것 같은데, 네가 전화할 거니?"

"네, 제가 전화드릴게요."

"그래. 언니가 네 걱정을 너무하니 꼭 연락을 드리도록 해라. 안 그러면 네 엄마, 삐친다."

"알겠어요. 밥 먹고 바로 전화드릴게요."

이모 말씀대로다. 어머니에게 연락을 안 드리면 분명 삐치실 것이 분명했다.

나도 그렇지만 우리 집 식구 그 누구도 어머니 성질을 못 건드린다. 특히나 나와 관련된 일이라면 말이다.

식사를 마치고 어머니께 연락을 드렸다. 대뜸 안젤라와의 데이트를 묻는 것을 보면 이모가 벌써 연락을 드렸나 보다.

안젤라 집에 가는 것을 말씀드렸더니 예상과는 달리 쉽게 승낙을 하셨다.

좋은 인연인 것 같으니 안젤라와 함께 나머지 방학 기간을 즐겁게 보내라는 말씀도 해주셨다.

CHAPTER 06
엘프의 숲, 아리안

TIME
SLICE 타임 슬라이스

엘프!

신화적인 존재이자 전설의 존재다.

숲을 보호하는 지킴이이자 자연을 사랑하는 존재라고 알려진 이들이 엘프다.

하지만 현실의 엘프라는 존재는 유럽 신화에서 나타나는 모습과는 많이 달랐다.

안젤라와 함께 엘프의 숲인 아리안으로 가는 동안 들은 설명을 살펴보면 그것은 명확했다.

우선 엘프들은 과일만 주식으로 삼지도 않고 세간에 알려진 것처럼 숲에 목숨을 거는 종족도 아니었다.

엘프들은 잘 즐기지는 않지만 육식을 한다고 한다. 안젤라가 고기를 먹는 것을 봤으니 믿을 만한 이야기다.

그리고 엘프의 수명은 보통 180년에서 200년이라고 한다. 인간의 수명에 비해 보통 두 배 정도 산다는 것이다.

그리고 자연을 사랑하기는 하지만 현실에 맞게 숲을 개발해 사용하기도 하고, 서로 다른 부족 간에 마찰이 생기면 싸움을 마다하지 않는다고 한다.

요정처럼 여겨지던 엘프에 대해 생각을 다시 하게 만드는 대목이 아닐 수 없다.

밴프 국립공원을 떠나 차와 비행기를 타고 도착한 이곳은 캘리포니아주에 있는 요새미티 국립공원이다.

우리는 머세드 강을 따라 올라와 웅장한 바위 암벽이 위치한 곳에 도착했다. 유명한 요새미티 폭포가 있는 곳이다.

"여기가 엘프의 숲이 있는 곳이에요?"

"아니. 조금 더 가야 해. 관광객이 많은 곳에 숲이 있겠어?"

"그렇기는 하겠군요."

폭포를 구경하는 사람, 그리고 강물을 타고 레프팅을 하는 사람 등 관광객이 득시글거리는 속에 엘프의 숲이 있을 리가 없었다.

"호호호, 두영도 속았네. '중요한 것은 사람들이 많이 있는 곳에 감춰라' 라는 속담이 있어."

"그럼 여기가?"

"그래. 여기가 엘프의 숲인 아리안이야. 태고의 종족이라는 뜻이지."

"아리안이라……."

그다지 특색은 없어 보이는 숲과 암벽들이었다. 이런 곳에 엘프들의 근거지가 있다고 말하는 것을 보면, 특이한 결계가 사방에 펼쳐진 것이 분명했다.

안젤라는 머세드 강에서 바라다 보이는 요새미티 폭포를 중심으로 좌측으로 발길을 옮기기 시작했다.

거대한 암벽을 이루는 산들이 줄줄이 이어져 있는 곳으로 걸음을 옮긴 안젤라는 숲을 지나 작은 돔처럼 생긴 바위 암벽에 다가갔다.

"이곳이야. 잠시만 기다려. 아리안은 아무리 나라고 해도 허락이 있어야 들어갈 수 있는 곳이거든."

"알았어요."

"아아~ 아아아!"

안젤라의 입에서 허밍 같은 소리가 흘러나왔다. 고요하면서도 낮았지만 매우 아름다운 소리였다.

소리와 함께 암벽 위로 난초 입 같은 문양들이 떠올랐다. 물에 젖어가듯 번지는 문양은 어느새 문을 이루었다.

"이제 됐어."

그르르릉!

난초 잎으로 만들어진 문양 안의 암벽으로 된 바위가 뒤로 물러나며 통로가 드러났다. 엘프의 숲 아리안으로 들어가는 입구였다.

문이 완전히 열리자 안젤라가 손을 잡았다.

놓칠세라 단단히 잡는 것을 보니 문으로 들어가는 데 연관이 있는 것 같다.

"인간이 이곳으로 잘못 진입하면 무한의 미로에 빠져버려. 오직 엘프만이 본능적으로 그 길을 알지. 그러니 내 손을 절대 놓치지 마."

"알았어요."

본능적으로 길을 알게 된다면 전해져 내려오는 의식의 전승이 분명하다. 삼묘족이 아닌 엘프가 이런 고도의 술법을 사용하다니 놀라운 일이다.

안으로 들어가자 환한 빛만이 가득하다. 아무것도 보이지 않는 빛의 향연 속을 걷다 보니 오히려 어둠이 그리워질 지경이다.

머릿속까지 하얗게 비워 버리는 미로 속을 걷다 보니 머리가 아련해져 온다.

영을 세우는 입령의 단계라 하나가 되었음에도 지금까지 나와 같이했던 영혼의 전사들이 하나하나 분리되는 듯한 느낌이 든다.

어째서 이런 현상이 일어나는 것인지 모르지만 단순한 미로는 아닌 것 같다.

마치 나를 시험하는 것처럼…….

이제는 느낌뿐만이 아니다. 실제로 영혼들이 분리되고 있다.

이제까지 하나로 합치려고 노력했던 것들이 허무할 만큼 무너져 버렸다.

이건 뭐지?

분명 안젤라가 말한 결계는 아닐 것이다.

결계 이외에도 무엇인가 다른 힘들이 작용하고 있다.

후후, 안젤라도 알고 있었던가?

안젤라의 손이 가늘게 떨리고 있다. 지금 걷고 있는 곳에 펼쳐진 결계가 평상시와 다른 것이 틀림없다.

그나마 믿음이 가는 것은 손을 놓치지 않으려는 듯 더욱 꽉 쥐고 있다는 것이다.

영혼의 전사들이 의식 세계를 떠나지는 않았다. 내 의식에서 분리되어 떠돌고 있는 중이다.

이 상태라면 문제는 없다. 수련을 위해 간혹 전부 분리해 보기도 하니까 말이다.

하지만 시시각각 내 의식 속을 파고들려고 하는 기운이 문제다.

'두영, 네 힘을 소멸시키지 않는 힘이니까 저항하지 마. 너에게 절대 해로운 것이 아니니까 말이다. 날 믿는다면 그냥 받아들여 줘.'

텔레파시처럼 안젤라의 목소리가 의식 속으로 전해졌다. 의식 속으로 들려오는 목소리에는 진실이 담겨 있었다.

'알았어요, 안젤라.'

의식 속을 파고들어 오는 힘이 영혼의 전사들과 비슷한 기운을 풍기고 있는 것도 이유가 됐지만, 믿어보는 것도 좋을 것 같기에 안젤라의 뜻에 따르기로 했다.

삼묘족의 제일 법이며 모든 근원이 되는 삼천기(三天氣)를 거두었다.

의식과 잠재의식을 넘나들며 내 의지를 표현하는 백선기(白鮮氣)와 흑요기(黑撓氣)를 거두었다.

무지막지한 기운이 쏟아져 들어온다. 나를 잡고 있던 안젤라의 손도 어느새 떠나갔다.

'이대로 계속해야 하는가?' 하는 의문이 들기는 했지만 계속하기로 했다. 파고든 기운들에게서 적의라고는 하나도 찾아볼 수 없었기 때문이다.

'이왕 믿어보기로 한 거니까 계속 믿어보자.'

의식과 잠재의식을 보호하며 마지막으로 나를 존재하게 하는 최후의 보루라고 할 수 있는 찬황기(燦黃氣)를 거두었다.

이제는 그야말로 무방비 상태다.

내 의식 속을 파고들어 오는 기운들에게 나를 온전히 맡긴 것이다.

"인연자여!"

누군가 나를 부르고 있다.

여러 존재의 영혼이 한꺼번에 나에게 말을 건 듯 수십 개의 기운이 섞인 듯한 느낌이다.

"나를 부르는 이는 누구인가?"

무장 해제를 했지만 나 또한 태고의 종족을 대표하는 자다.

나를 부르는 이가 누구든 간에 나 자신을 굽힐 수는 없었기에
당당하게 정체를 물었다.

"우리는 자연을 따르는 존재들, 영혼의 굴레를 벗어나 천 년
의 세월을 소울 마스터인 그대를 기다려 온 자들이다."

"나를 기다려 온 이유는 무엇인가?"

"우리가 절대의 인과율을 어겨가며 영혼의 굴레를 벗고 그
대를 기다려 온 이유는 세상의 질서가 변했기 때문이다. 그것
이 어디서부터 비롯된 것인지 알 수 없었기에 우리는 영혼의
소멸을 각오하고 이곳에서 그대를 기다려 왔다. 그대, 소울 마
스터여! 우리의 이야기를 듣겠는가?"

"듣겠소."

이들도 뭔가를 알고 있는 것 같기에 이야기를 듣기로 했다.

봉인되어 있었을 것이 확실한 이들을 통해 나에게 전할 말
이 무엇인지 확인해 봐야겠다.

＊　　　＊　　　＊

안젤라가 전해온 소식을 듣고 엘프들은 두영이 소울 마스터
인지 확인만 하려 태고의 영혼들이라 불리는 이들이 봉인되어
있는 영혼의 구슬을 미로 속에 넣어놨었다.

장로회의에서 만장일치로 내려진 결정이었다.

소울 마스터가 맞는다면 영혼의 구슬이 반응을 보일 것이
고, 그럼 그에게 소울컨주리를 전하면 되는 일이었다.

그런데 예상한 것과는 전혀 다른 현상이 일어나고 있었다. 빛으로 완전히 휩싸이자 두영의 모습이 미로 속에서 사라져 버린 것이다. 이제 아리안으로 들어오는 미로는 장로들도 살필 수가 없었다.

안젤라와 떨어져 미로의 중심에서 사라져 버린 두영으로 인해 장로들 사이에서는 소요가 일어났다.

진실을 보는 엘프의 눈으로도 빛의 미로 속을 파악할 수 없는 상황인 것이다.

“안돌프! 저게 어떻게 된 일이냐?”

자신이 예상한 것과는 달라 보이기에 엘프들의 대장로인 카로안은 마지막 장로인 안돌프에게 물었다.

영혼의 구슬을 책임지고 있는 이가 바로 안돌프였던 것이다.

“모, 모르겠습니다, 대장로! 영혼의 구슬로 인해 저런 현상이 생긴 것인지, 아니면 저자의 능력으로 인한 것인지 확신을 할 수가 없습니다.”

안돌프는 자신없는 목소리로 대답했다. 오랜 전승의 지식으로 영혼의 구슬을 관리하고 있는 그이지만 이런 현상에 대해서는 아무런 지식도 없었던 것이다.

“어찌 그런……”

영혼의 구슬에 대해 제일 잘 아는 이가 안돌프였다. 그가 모른다면 엘프 중 그 누구도 모른다는 사실에 대장로인 카로안의 인상이 구겨졌다.

“두영이가 무사할까요?”

미로 속을 빠져나와 장로들과 함께 있던 안젤라는 눈물이 가득한 눈으로 물었다.

행여 두영이 잘못되었다면 그녀로서는 무척이나 가슴 아픈 일이었기 때문이다.

“모르겠구나, 안젤라. 소울 마스터가 맞는 것은 같다만, 이거 우리가 실수한 것은 아닌지 모르겠다.”

“흑! 흑!”

자신없는 카로안의 대답에 급기야 안젤라의 눈에서 진주 같은 눈물이 뚝뚝 떨어졌다.

스플렌더의 수호검주로서 세상을 조율하는 임무를 맡은 이답지 않은 눈물이었기에 장로들은 안타까운 마음을 금할 수 없었다.

이렇게 된 상황이 너무도 급한 마음에 두영에게 준비도 시키지 않고 시험을 해버린 자신들의 잘못인 것 같았기 때문이다.

“미안하구나, 안젤라. 우리의 의도는 이런 것이 아니었다.”

카로안은 진심을 담아 안젤라에게 사과를 했다.

하지만 어느새 눈물을 그친 안젤라의 반응은 무척이나 냉담했다.

“만약에 두영이가 잘못된다면 모든 책임은 장로님들이 져야 할 거예요. 영원히 말이죠.”

안젤라의 목소리는 무척이나 싸늘했다.

'서, 설마 저 아이가?'

카로안은 안젤라의 반응에 놀라지 않을 수 없었다.

모든 것을 잃은 자의 눈빛, 순수가 악의로 변해가기 직전의 모습이 안젤라의 얼굴에서 보였다.

이렇게 격하게 반응하는 것은 보통 자신의 반려가 해를 당했을 때만 보여줄 수 있는 모습이었기 때문이다.

자연스럽게 자연으로 돌아가는 것이 아니라 불의의 죽음을 맞은 엘프들의 반응과 같은 모습을 보이고 있는 안젤라를 보며 카로안은 마음이 급해졌다.

안젤라의 변화는 다른 엘프들과는 차원이 다른 것이었기 때문이다.

'안젤라는 스플렌더의 수호검주다. 만약 하이 엘프인 저 아이가 다크 엘프로 변한다면……'

생각만 해도 끔찍한 일이었다.

순수를 잃어버린 다크 엘프는 보통의 엘프와는 차원이 다른 힘을 발휘한다.

다른 종족들에 비해 숫자가 현저히 적은 엘프들을 건들지 않는 이유도 그 때문이다.

다크 엘프 한 명이면 다른 이종족의 능력자 열 명 이상의 힘을 발휘한다.

그런 까닭에 전쟁을 제외하고 이면 세계에서 엘프를 죽인다는 것은 무척이나 신중을 기해야 한다는 것이 불문율이다.

공인된 전쟁의 경우, 엘프 스스로가 선택한 일이기에 자연스러운 일로 간주하지만, 개인적인 이유로 살해당할 경우에는 그의 반려가 악마와 같은 다크 엘프로 변해 버리기 때문이다.

일반적인 엘프도 그러하건대 안젤라는 스플렌더의 수호검 주였다. 그런 그녀가 다크 엘프로 변해 버린다면 그것은 그야말로 천지가 개벽하는 재앙이 일어날 수도 있는 일이었다.

어쩌면 엘프족 전체가 멸망에 가까운 피해를 입을 수도 있는 것이다.

'안젤라, 어쩌자고 스플렌더의 수호검주가 반려를 선택했더냐. 소울 마스터인 그 아이가 부디 무사하기를 바라야 하겠구나. 우리 일족의 비극을 막기 위해서라도……'

카로안은 안타까운 눈으로 안젤라를 쳐다보며 두영이 무사하기를 빌었다.

만약 무사하지 못하다면 안젤라의 분노가 장로들에게만 미치기를 기원했다.

"대장로님!"

안젤라를 바라보고 있던 카로안은 안돌프의 외침에 고개를 돌렸다.

"무슨 일인가?"

"변화가 일어나고 있습니다. 미로를 감싸고 있는 빛이……"

카로안은 손을 내저어 안돌프의 입을 막았다. 그도 변화하고 있는 미로의 모습을 확인했던 것이다.

아리안으로 들어오는 길을 둘러싸고 있는 것이 미로의 기운이다. 일명 생명의 빛이라고 하는 기운으로 엘프의 근간인 세계수에서 비롯되었다.

세계수가 흘려낸 빛의 기운이 한곳으로 빨려들고 있었다.

로키산맥을 다 담아도 반이나 남는 거대한 아공간에 담긴 세계수의 빛이 급속도로 사라지고 있었다.

"어서 결계를 멈추게 해라! 어서!!"

카로안은 급하게 소리를 질렀다. 아리안을 보호하고 있는 세계수의 빛이 사라진다면 엘프의 숲 아리안은 세상에 그 모습을 드러낼 수밖에 없는 까닭이다.

장로들이 움직이며 영혼의 구슬을 미로 속에 넣고 변형시켜 놓았던 결계를 풀기 시작했다.

장로들이 분주하게 움직였지만 결계를 풀기는 쉽지가 않았다. 세계수가 뿌려낸 빛이 점점 사라지고 미로 속 공간에 어둠이 깃들기 시작했다.

"대장로님, 결계를 해제했습니다!"

"아아!!"

안돌프가 보고하지 않아도 지켜보고 있던 카로안의 입에서 탄식이 터져 나왔다.

장로들의 노력으로 간신히 결계를 풀기는 했지만 세계수의 빛은 이미 반 이상이 사라져 버렸기 때문이다.

파팟!

"응?"

경계가 풀리자 제일 먼저 움직인 것은 안젤라였다. 그녀는

어느새 결계의 중심에 쓰러져 있는 두영에게 달려가고 있었
다.

"두영아!!"

바닥에 쓰러진 두영을 안고 흔들었지만 정신을 차리지 못했
다. 다행이라고 할 수 있는 것은 숨은 쉬고 있다는 것이다.

"안젤라, 그 아이를 어서 옮기도록 해라."

"두영이가 잘못되면 대장로님과 장로님들께서 책임을 지셔
야 할 겁니다."

"알았다. 내 그 아이에게 세계수의 열매를 쓰도록 하마."

"대장로님!!"

"아니!!"

믿을 수 없는 선언에 장로들이 다들 놀라며 카로안을 바라
보았다.

"오래전 나에게 내려진 어머니의 은혜를 주는 것이니 다들
자중하라!"

다들 마음속으로는 의구심을 품었지만 카로안의 호통에 입
을 다물었다. 카로안의 성정상 한번 결심한 것은 어떤 경우라
도 되돌리지 않을 것이기 때문이다.

카로안은 안젤라를 위해 큰 결심을 한 것이었다.

오래전, 일족의 위험을 구하고 세계수로부터 받은 은혜로
얻은 열매이다. 자신의 수명을 살아온 만큼 늘릴 수 있는 기회
를 스스로 저버린 것이다.

그만큼 안젤라의 마음이 그에게는 중요했던 것이다.

안젤라는 카로안의 말에 어느 정도 안심을 하며 두영을 안아 들었다.

두영이 어떤 상처를 입었든 세계수의 열매라면 원래의 상태로 되돌릴 수 있었기 때문이다.

'안젤라가 마음을 돌린 것 같으니 다행이다.'

묵묵히 자신의 처소로 발걸음을 옮기고 있는 안젤라를 바라보는 카로안은 안심할 수 있었다.

일족이 거주하고 있는 곳으로 가고 있는 그녀의 몸에서 회색빛 기운이 점차 사라지고 있었던 것이다.

안젤라는 두영을 자신의 처소로 옮기고 그를 돌봤다. 잠도 자지 않고 온 종일 두영의 근처를 지켰다. 숨소리가 안정적이기는 하지만 깨어나지 않아 불안스러운 그녀의 마음이 그렇게 시켰던 것이다.

카로안은 두영을 위해 세계수를 찾아간 상태였다. 이틀 정도의 시간이 지나야 세계수의 열매를 가지고 돌아올 것이기에 두영을 지켜보는 안젤라의 마음은 바짝바짝 타들어갔다.

그렇게 이틀의 시간이 지나 카로안이 돌아왔다. 그는 세계수의 열매를 아공간에 담아 가지고 왔다. 일족을 위해 희생한 대가로 얻은 것이었다.

"안젤라, 뒤로 물러나거라."

안젤라의 처소에 들어온 카로안은 두영의 옆에 앉아 지키고 있던 그녀를 물러나게 하고는 세계수의 열매를 아공간에서 꺼냈다.

마치 사과처럼 생긴 모양이었다. 그렇지만 푸른색으로 영롱하게 빛나는 것이 범상한 것이 아니라는 것을 웅변하고 있었다.

'저게 세계수의 열매인가?'

안젤라는 세계수의 열매를 처음 보았다. 말로만 들었을 뿐 대부분의 엘프들은 세계수의 열매를 본 적이 없다. 안젤라도 그중 하나다.

세계수에 다가갈 수 있는 엘프는 한정되어 있다. 특별한 선택을 받은 이만이 갈 수 있다.

스플렌더의 수호검주인 안젤라도 세계수에는 다가갈 수 없다. 오직 엘프들의 수장인 하이 엘프와 대장로만이 세계수의 허락을 구해 다가갈 수 있는 것이다.

'그런데 저걸로 어떻게 두영이를 회복시킨다는 것이지? 저렇게 큰 것이 말이야.'

의문이 아닐 수 없었다.

세계수의 열매가 크다는 것은 알고 있었지만 자신이 상상했던 것보다 훨씬 컸던 것이다.

세계수의 열매는 무척이나 컸다. 사람의 몸보다 더 큰 크기를 자랑했다. 먹으려 한다면 몇날 며칠이 걸릴지 알 수 없을 정도로 컸다.

세계수의 열매는 그 크기에도 불구하고 마치 무게가 없는 것처럼 허공에 둥둥 떠 있었다.

그리고 얼마 후, 안젤라는 세계수의 열매가 어떻게 쓰이는 것인지 카로안의 행동을 보면서 알 수 있었다.

세계수의 열매는 보통의 과일처럼 먹는 것이 아니었다.

"세상의 근원으로부터 태어난 생명의 씨앗이여! 어머니로부터 허락받은 숲의 가지가 새로운 인연의 자에게 넘기나니 그를 생명의 빛으로 감싸다오."

생명의 보석이라 불리는 세계수의 열매를 꺼낸 카로안은 푸른색으로 빛나는 껍질 위에 손을 얹고는 알 수 없는 주문을 외웠다.

마법사의 영창과 같은 주문은 마치 찬트처럼 기이한 음률을 담고 세계수의 열매로 퍼져 나갔고, 카로안이 손으로 덮고 있는 부분부터 찬란한 빛을 발하기 시작했다.

세계수의 열매 전체로 환한 빛이 솟아오르자 카로안은 세계수의 열매를 두영이 누워 있는 침상 쪽으로 밀었다.

마치 풍선처럼 허공에 둥둥 떠 있는 세계수의 열매는 침상으로 다가갔고, 이내 두영의 몸을 삼켜 버렸다.

"이제 된 건가요?"

"안젤라, 이만 나가자. 나머지는 어머니께서 해결해 주실 것이다."

안젤라는 카로안이 한 말의 의미를 곧바로 알 수 있었다.

누워 있는 침상에서 푸른 가지가 돋아나더니, 이내 두영이 들어 있는 세계수의 열매를 감싸기 시작한 것이다.

'이곳도 어머니의 가지 중 일부이니 어머니께서 두영일 살

리시려는 모양이로구나.'

그녀가 살고 있는 집은 세계수의 뿌리 중 일부가 밖으로 뻗어 나와 자라난 나무에 만들어진 것이었다. 스스로 자라나 두영을 감싸는 것을 보면서 어머니인 세계수가 직접 나섰다는 것을 짐작할 수 있었다.

둘은 곧장 방에서 나왔다. 어머니의 일을 방해하고 싶지 않았던 것이다.

세계수가 두영을 회복시키는 일은 무척이나 오래 걸렸다. 거의 열흘 동안 안젤라의 집은 뻗어 나온 가지들로 덮여 있었다. 매일매일 지켜보는 안젤라가 안달이 날 정도였다.

"아!!"

오늘도 집밖에서 지켜보던 안젤라는 자신의 집에서 나온 녹색의 가지들이 앙상하게 말라가는 것을 볼 수 있었다.

모든 것이 빠져나간 미라처럼 녹색의 가지들은 앙상한 가지만을 남겼다.

번쩍!

가지가 사라진 뒤 모습을 드러낸 안젤라의 집에서 푸른빛이 사방으로 뻗어 나왔다. 세계수의 열매가 뿌려대던 빛과 같은 종류의 빛이었다.

"이제 안심해도 된다. 그는 곧 정상으로 회복될 거다."

옆에서 지켜보고 있던 카로안이 갑자기 변해 버린 상황을 설명하며 안젤라를 안심시켰다.

“회복되고 있는 중인 건가요?”

“그래. 예상보다 훨씬 많은 시간이 들었지만 어머니께서 치료를 다 마치신 모양이로구나.”

“고마워요, 대장로님!”

“고마울 것까지는 없다. 어차피 시간이 지나 내가 자연의 품으로 돌아갈 때쯤에 너에게 주려던 것이었으니까. 오히려 네 반려를 위해 쓰일 수 있다니 나로서도 보람찬 일이었다.”

안젤라는 카로안이 자신을 위해 그런 준비를 하고 있었다는 것을 몰랐기에 미안한 마음이 들었다. 따지고 보면 두영을 시험에 들게 했던 것도 다 엘프들을 위해서였다는 것을 그녀 자신이 너무도 잘 알고 있었던 것이다.

“죄송합니다, 대장로님.”

“아니다. 충분히 그럴 수 있는 상태였으니까. 그런데 넌 정말로 저 아이를 반려로 맞을 생각인 것이냐?”

“마음이 시키니 저도 어쩔 수 없습니다. 두영을 처음 보는 순간부터 가슴이 떨렸으니까요. 그리고 시간이 지나면서 더욱 가슴에 사무쳤고요.”

안젤라는 처음 두영을 봤을 때를 생각했다. 멀리 떨어져 있었지만 그녀의 가슴은 두방망이질을 쳤었다. 다른 엘프들과는 달리 수호검주로서 세상을 많이 돌아다녔지만 그런 감정은 처음이었다.

회원들을 설득해 골든 마인드에 두영을 들이자고 적극 나선 것도 그녀였다.

그리고 그런 그녀의 마음이 결정적으로 정해진 것은 마스터와의 결전 때였다.

결계 속에서 들려온 두영의 목소리는 죽음을 염두에 두었던 그녀의 마음에 세상에서 가장 소중한 것이 무엇인가에 대한 확신을 심어주었다. 바로 자신의 반려가 될 존재, 두영에 대한 확신이었다.

"하하하, 그것이 사랑인 게지. 어서 들어가 보거라. 네 반려가 깨어난 듯하니."

"네, 대장로님. 하지만 두영에게는 제 마음을 비밀로 해주세요. 마음씀씀이는 성숙하지만 아직 어린 사람이니까요."

"알았다. 연하라 이 말이지? 하하하!"

놀리는 듯한 카로안의 말에 안젤라의 얼굴이 붉게 달아올랐다.

카로안이 허락한 이상 이제 일족에게는 공인은 받은 상태라 놀리는 말에도 안젤라는 두영을 생각하는 것만으로도 마음이 달아오른 것이다.

안젤라는 붉어진 얼굴을 감추려는 듯 서둘러 자신의 집으로 들어갔다.

침상에는 아직 푸른빛이 감돌고 있었다. 세계수 열매의 기운이 아직 가시지 않은 탓이다.

조심스럽게 침상으로 다가간 안젤라는 편안한 표정으로 눈을 감고 있는 두영의 얼굴을 볼 수 있었다.

"몸도 변해 버렸구나. 이제는 다 큰 어른이니."

세계수의 열매 때문인지 두영은 많이 변해 있었다. 키가 거의 180센티미터는 넘어 보였고, 얼굴은 윤곽이 더욱 뚜렷해졌다.

나이에 비해 상당히 큰 키였지만 아직 소년이라는 이미지를 지우지 못하고 있었는데 이제는 키도 더욱 커지고 어엿한 청년으로 보였다.

안젤라는 자신도 모르게 두영의 머리맡에 무릎을 꿇었다. 변해 버린 두영의 얼굴을 마음속에 담으려는 것이다.

조심스럽게 접혀지는 허리, 안젤라의 얼굴이 어느새 두영의 얼굴에 다가와 있었다.

쪽!

석류보다 더 붉은 입술이 두영의 입술을 점했다. 엘프가 자신의 반려는 선택하는 첫 번째 키스였다.

"앞으로 잘 부탁해, 두영."

입술을 뗀 안젤라가 감미로운 목소리로 말했다. 평상시와는 달리 무척이나 감정이 풍부한 목소리였다. 반려를 선택한 엘프의 변화가 그녀에게 찾아오고 있었다.

가만히 얼굴을 들여다보고 있으니 두영이 눈을 떴다. 전보다 더 심유하고 깊은 눈빛이었다.

"깨어났네?"

"안젤라!"

"깨어나 줘서 고마워, 두영."

안젤라는 자신을 불러주는 두영을 향해 환한 미소를 지었다.

　　　*　　　　*　　　　*

　감미로운 향기와 목소리에 정신을 차려 보니 안젤라가 나를 보고 있다.

　저렇게 감미로운 목소리와 환한 미소라니, 여태까지 보지 못하던 모습이다.

　역시 여자의 변화는 무궁무진하다더니…….

　왜 이렇게 가슴이 설레는지 모르겠다. 이건 마치 사랑하는 연인을 보는 듯한 눈빛이라니 말이다.

　"깨어났네?"

　"안젤라!"

　"깨어나 줘서 고마워, 두영."

　컥!

　그렇게 웃지 말아달라고, 안젤라!

　이거, 심장이 터질 것 같잖아!

　전하고는 완연히 다른 미소에 정신을 차릴 수가 없다. 조금 전까지는 그래도 참을 수 있을 것 같더니 이제는 참기가 힘들다.

　정신 차렷, 백두영!!

　입술을 지그시 깨물었다. 계속 보고 있다가는 이대로 안젤라를 껴안을 것 같아서였다.

　어! 어!

읍!!

이러지 말라고, 안젤라!

이놈의 손은 왜 거기로…….

내 입술을 덮쳐 오는 붉은 앵두 때문에 숨을 쉴 수가 없다.

나도 모르게 안젤라의 머리를 감싸 안았다.

부드러운 머리칼, 달콤한 꿀물 같은 입술!

이대로 죽어도 좋아!

입술을 떼고 난 안젤라의 감미로운 눈빛을 보기가 힘들다.

마법이라도 걸렸는지 가슴이 떨리기 때문이다.

미래의 시간대에 살 적에 여자를 겪어보지 않은 것은 아니지만 이런 감정은 처음이다.

가슴이 충만하면서 아릿한 느낌이라니 말이다. 아무래도 안젤라에게서 벗어날 수 없을 것 같은 느낌이다.

"어서 일어나자! 장로님들이 기다리셔."

"일어나야겠지."

의식 속으로 파고든 존재들로 인해 어떻게 된 상황인지 대충 알기에 안젤라의 말대로 자리에서 일어났다.

주르륵!

비단처럼 몸을 감고 있던 천이 떨어져 내렸다.

왕방울만 하게 커지는 안젤라의 두 눈!

그런데 어째서 혀로 입술을 적시는 것이지?

놀라기도 할 만하건만 안젤라는 알 수 없는 미소를 지으며 한쪽에 있는 나무로 만들어진 벽장에서 옷 하나를 꺼내주었다.

검정색 바탕에 그보다 진한 녹색으로 나뭇잎 문양이 새겨진 새 옷이었다.

"자, 입어!"

안젤라답지 않게 부끄러움을 타는 듯 붉어진 얼굴로 입기를 재촉한다.

바지를 입고, 윗도리를 입었다. 맞춤인 것 같이 몸에 딱 맞는다. 부드러운 감촉이 살결을 스칠 때마다 기분 좋은 느낌이 든다.

안젤라와 함께 나무집을 나섰다. 밖에서 기다리고 있는 존재들이 궁금했기 때문이다.

금발과 은발, 그리고 진청색의 머리칼을 가진 이들이 문을 나서자 나를 주목하고 있었다.

범상치 않은 기운을 풍기는 것을 보니 엘프족의 장로들이 분명했다.

"미안하네. 실수로 자네를 위험에 빠뜨릴 뻔했네."

"아닙니다. 저에게 큰 은혜를 베푸신 것 같은데, 감사의 말씀을 드립니다, 대장로님!"

"역시, 소울 마스터로구먼. 그사이 일어난 자신의 변화에 대해 알고 있다니 말이네."

눈앞에 있는 엘프의 말대로다.

난 내 몸의 변화에 대해 그 누구보다도 잘 알고 있다. 그 변화가 어디서부터 비롯된 것이라는 것도 짐작하고 있다.

눈앞에 말을 걸고 있는 이가 분명 엘프들의 대장로라는 카로안님이 틀림없다.

내 몸의 변화는 아마도 그가 나에게 베푼 것 때문일 것이다.

세계수의 열매라는 인간 세상에서는 볼 수 없는 보물을 나에게 준 것이 바로 그일 것이다.

"가세. 자네에게 보여줄 것이 있으니 말이네."

"알겠습니다."

뒤돌아서서 거대한 나무 쪽으로 걸어가는 대장로를 따라갔다. 주위를 둘러서 있던 이들도 내 뒤를 따라 발걸음을 옮겼다.

'대단하구나.'

대장로의 뒤를 따라가며 보이는 주변의 풍경이 놀랍기 그지없다. 하늘까지 닿을 듯한 거대한 나무들이 빼곡한 숲이라니 말이다.

거대한 나무는 일종의 아파트 같은 것들이었다.

가지들과 중간중간에 이어진 다리들 사이로 문들이 보인다. 나무 하나에 여러 집이 존재했다.

고개를 돌려 바라보니 안젤라의 집도 거대한 나무 속을 파고들어 가 있었다. 그냥 오두막집이라고 생각했는데 나무 밑동에 위치한 안젤라의 집은 그 크기가 장난이 아니었다.

"이 안으로 들어가면 되네."

주변 나무 중 가장 큰 나무에 멈춰 선 대장로는 목적지에 다

왔음을 알렸다.

"이곳이요?"

"이곳은 일종의 도서관이네. 엘프의 대장로와 인연이 있는 자만이 들어갈 수 있는 곳이라, 이곳은 오직 나와 자네만 들어갈 수가 있네."

"알겠습니다."

뭔가 사연이 있는 것 같기에 그대로 따랐다. 나를 소울 마스터로 부른 것과 관련이 있는 것이 틀림없어 보였다.

대장로가 나뭇등걸에 손을 대자 푸른빛이 환하게 빛났다. 빛이 사라지고 난 후 이제까지는 없었던 문이 나타났다.

"들어가세."

"네."

대장로를 따라 문 안으로 들어서자 뒤에서 나타났던 문이 사라지는 것을 느낄 수 있었다.

문이 닫히자 지금까지 느껴지던 세상의 기운이 완전히 사라졌다. 이곳은 세상과는 완전히 단절된 공간인 것이다.

문이 닫히고 나서 어두워질 줄 알았는데 은은한 녹색 빛이 감도는 것이 시야가 어둡지는 않았다.

도서관이라더니 그 말이 맞기는 한 것 같다. 보이는 통로를 따라 죽 서가들이 늘어서 있었고, 수많은 책이 서가를 장식하고 있었다.

언제 만들어진 지도 알 수 없는 양피지로 된 책들과 죽간들이 서가에 가득 꽂혀 있었다.

대장로는 내가 적응하기를 바라는 것인지 잠시 멈추어 선 뒤 천천히 앞을 향해 걸었다.

그렇게 어느 정도 걸어가자 대장로가 입을 열었다.

"자네도 보았지만 안젤라가 가지고 있는 것은 칠대신검 중 하나인 스플렌더네. 일족의 보물이자 수호자라고 할 수 있지. 하지만 엘프에게는 또 하나의 수호자가 존재하네. 바로 자네와 같은 소울 마스터가 바로 그 수호자지."

"아까부터 소울 마스터라고 저를 지칭하시는데 그것이 뭡니까?"

소울 마스터라는 것이 상당히 중요하다는 느낌이 들었다. 몸이 변한 것도 그것과 관련이 있는 것 같았다.

"워낙 오래전에 그 맥이 끊겨 뭐라고 자세히 설명해 줄 수는 없지만, 간단히 말하자면 소울 마스터는 영혼을 다루는 자라 할 수 있네."

"영혼을 다룬다고요?"

"그렇다네. 엘프의 위대한 현자들을 만날 수 있는 자를 소울 마스터라 말하지."

"그렇군요."

내 의식 속에 파고든 존재들을 말하는 것이라는 생각이 들었다. 지금도 끊임없이 전해오는 그들의 지식은 현자라 말할 수 있으니 말이다.

"이곳에는 엘프들이 그동안 모아온 책 말고도 천 년 이전부터 한 번도 펼쳐진 적이 없는 하나의 책이 보관되어 있네. 소울컨주리라는 책이지."

"소울컨주리요?"

"영혼을 다루는 마법이라고 보면 되네."

이름 그대로 영혼을 다루는 마법이라고 하니 알아들을 수가 없었다. 내 표정을 본 듯했지만 대장로는 자세한 설명 대신 자신이 할 말만 했다.

"자네는 이곳에서 그것을 얻어야 하네. 우리가 자네를 시험한 것도 소울컨주리의 주인이 될 수 있는가 보기 위해서였네. 원래는 다른 시험을 거쳐야 하지만 안젤라가 전해온 말대로라면 자네는 소울 마스터가 분명하기에 그런 시험을 한 것이네."

"시험이라면……."

"사실 선조들의 영혼이 잠들어 있는 영혼의 구슬을 사용한 것도 그 때문이네. 영혼의 구슬이 그런 반응을 일으킨 것은 우리로서도 예상하지 못한 일이었지."

그저 시험만 해보려고 했는데 사고가 일어났다는 소리이다.

장로들의 생각대로라면 원래는 일어나지 않아야 할 사고였다. 바로 나 때문이다.

입령의 단계로 들어선 후라, 다른 영혼과 교통할 수 있는 내 의식 때문에 벌어진 일인 것이다.

그것으로 인해 대장로가 미안함을 가지고 있다는 것은 알지만 사실대로 말해줄 수는 없었다.

"여기네."

지나오는 동안 수많은 서가들과 책이 이제는 보이지 않았다. 대장로가 멈추어 선 곳은 막다른 곳이었고, 그곳에는 은빛으로 빛나는 작은 문 하나가 있었다.

"들어가 보게. 자네에게만 허락된 공간이네."

대장로가 손으로 문을 가리키며 들어가기를 권했다.

문이 열리지는 않았지만 그냥 걸었다. 은 같은 것으로 만들어진 문을 그대로 통과했다. 마법적으로 처리된 문이 분명했다.

안으로 들어서자 유백색의 빛으로 둘러싸인 공간이 나타났다. 성스러운 기운이 충만한 것을 보니 이곳도 평범해 보이지는 않았다.

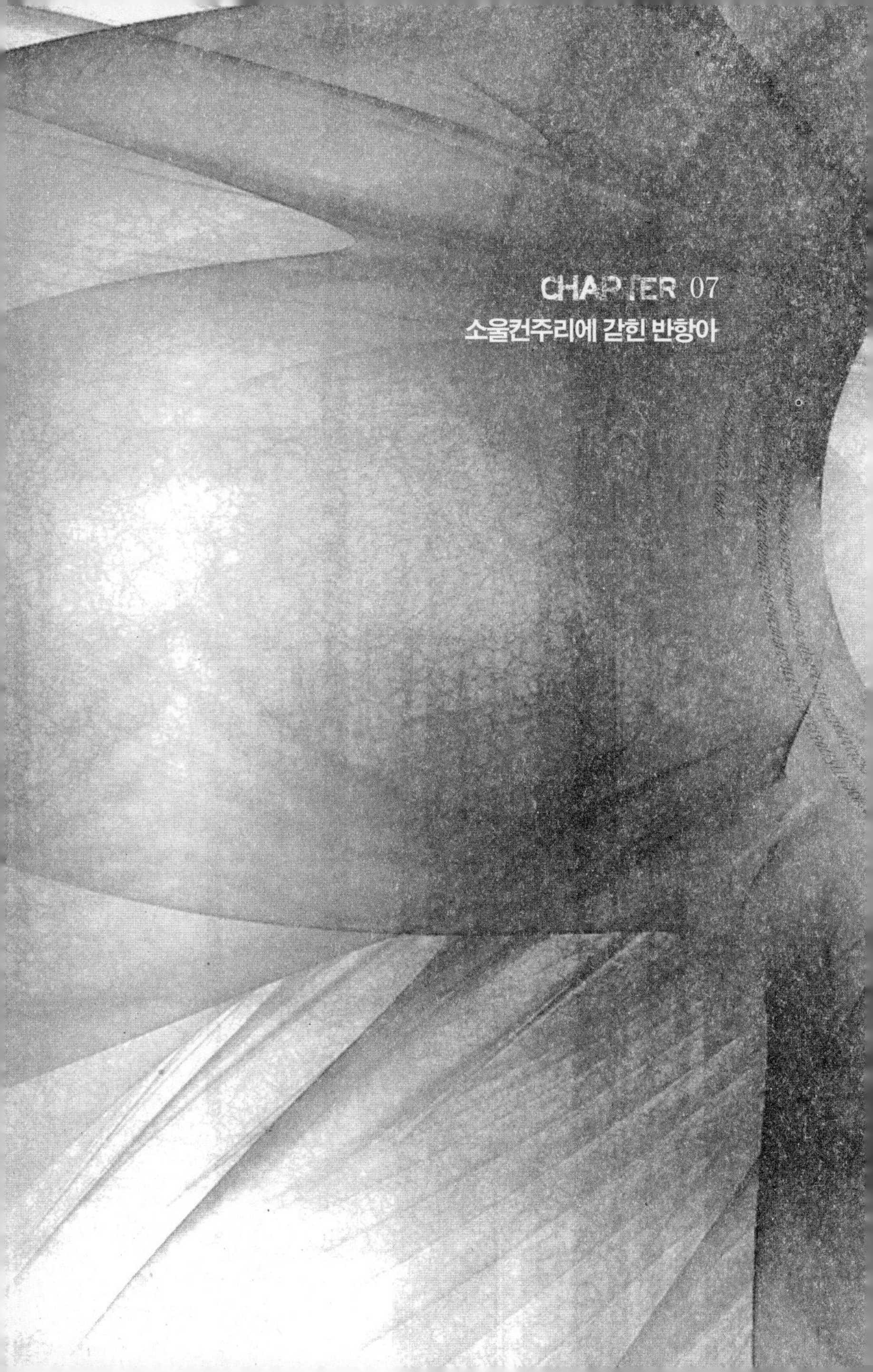

CHAPTER 07
소울컨주리에 갇힌 반항아

TIME
SLICE 타임 슬라이스

휘이익!

유백색의 공간 안에서 뭔가 날아다니고 있었다.

자세히 보니 새 같은 것은 아니었다. 마치 새처럼 날아다니는 어린아이 크기만 한 꽤 큰 책이었다.

[이제야 왔나, 멍청이!!]

'저것이!!'

다짜고짜 멍청이라니 열이 받기는 했지만 일단은 참기로 했다. 아무래도 영혼이 간직된 책이 분명했기 때문이다.

[멍청이, 거기서 있으면 어떻게 해. 빨리 이리로 안 와!]

나보고 멍청이라고 한 연유가 있겠지만 계속 들으니 속이 좋지 않다.

천천히 걸어 책이 날아다니는 곳으로 다가갔다. 뭔가에 갇힌 듯 일정한 공간만을 맴도는 것이 분명해 보였다.

[멍청하기는. 그렇게 걸음이 느려서야. 쯔! 쯔!!]

혀까지 차는 것을 보니 아무래도 되바라진 영혼이 깃든 책이 분명했다.

"결계에 갇힌 주제에 까불기는!"

더 이상 참을 수가 없어 면박을 주었다.

[이! 이이!!]

화가 난 듯 분을 이기지 못해 말을 못 잇는 모습을 보니 웃음이 나왔다. 영혼의 존재라 내심 긴장했는데 이건 마치 어린아이 같은 달투라니 말이다.

"까불지 마라. 무엇 때문에 나를 기다렸는지는 모르지만 네가 그렇게 함부로 대할 존재가 아니다."

씩씩대는 책에게 쐐기를 박아버렸다.

소울컨주리가 영혼을 다루는 마법을 간직하고 있는 책이기는 하지만 그만한 것 정도는 나도 이미 가지고 있으니 아쉬워할 필요가 없는 것이다.

[네, 네 녀석이 그렇게 나를 대하면 너에게 전해줄 것은 아무것도 없다.]

무엇을 알려줄지는 모르지만 같잖은 것으로 협박을 한다. 그렇다고 기가 죽을 내가 아니다.

"마음대로 해라. 어차피 내가 원해서 이곳으로 온 것도 아니니까."

[이이이!!]

　계속해서 되받아치는 내 말에 녀석은 화가 무척 많이 난 듯하다.

　"그렇게 씩씩대다가 열받으면 탈 수도 있다. 그러니 그만 열 식혀! 난 조금만 둘러보다가 나갈 테니까."

　[네놈이 이곳을 나갈 수 있을까? 넌 영원히 이곳에 머물게 될 거다. 내 잔소리를 들으며 말이야.]

　"후후후, 재미있는 놈이로군. 이까짓 연환의 결계로 나를 막을 수가 있다고 생각하나?"

　그냥 장난으로 대해주려고 했는데 소울컨주리가 선을 넘어버렸다. 더 이상 장난으로 대했다가는 내 체면이 말이 아닌 것이 될 것이다.

　[연환의 결계를 알고 있다니 놀랍기는 하지만 이곳은 인간의 힘으로는 절대 벗어날 수 없는 곳, 너는 육신이 썩어나갈 때까지 이곳을 배회하게 될 것이다.]

　말로 해서는 안 될 존재 같다. 그렇다면 보여주는 수밖에 없다. 삼묘의 힘이 얼마나 위대한 것인지 말이다.

　전이라면 어림도 없겠지만 엘프들의 실험을 통과하며 얻은 기연이 저 까불대는 소울컨주리의 입을 다물게 할 것이다.

　"영(靈)! 주(呪)! 사령금(絲囹擒)!"

　백선기를 이용해 주박을 펼쳤다.

　출령의 단계를 지나야만 펼칠 수 있는 것이지만 엘프들 때문에 얻은 힘이라면 주박의 힘으로도 사용할 수 있기에 펼친 것이다.

영혼의 힘이 담긴 가느다란 실들이 내 몸에서 흘러나와 놈을 가두고 있는 결계를 소리없이 지나 몸체를 감쌌다.

[이, 이게 뭐야! 너, 이거 안 풀어!!]

마치 새처럼 팔락거리며 반항을 했지만 소용없는 일이다.

에고를 간직한 존재지만 사령금은 영혼을 잡아내는 주박술의 최고봉! 바로 삼묘족이 남긴 비기 중의 비기다.

"시끄럽군! 밀막(密莫)!"

[웁! 웁!]

답답한 신음이 계속 들린다. 에고라고 입을 닫게 하지 못할 이유가 없다.

"자식이 까불기는!! 어디 보자!"

펼쳐져 팔락거리는 책을 완전히 덮어버렸다. 나불거리는 소리를 듣지 않으니 귀가 다 시원하다.

"우선 한번 살펴볼까? 보아하니 예사 녀석은 아닌 것 같은데 말이야."

주변을 살펴보았다. 갇혀 있는 것이 확실하다면 소울컨주리라 불리는 에고북에 대해 뭔가 나와 있을 것이 틀림없을 것이기 때문이다.

역시나 이곳에 소울컨주리만 남아 있는 것은 아니었다. 유백색 공간 자체가 위대한 엘프들이 남긴 유산이었던 것이다.

유백색의 공간에 남겨진 것은 고대 엘프어였다. 지금의 엘프들도 해석이 불가능한 태초의 언어로 기록된 것이다.

하지만 난 해석이 가능했다. 영혼의 전사들과 함께, 내 의식 속으로 들어와 지금도 끊임없이 뭔가를 알려주는 엘프들의 영혼으로 인해서다.

소울컨주리에 담긴 에고는 역시나 놀라운 존재였다.

오래전 사라진 존재라 알려진 드래곤의 영혼이 바로 소울컨주리의 에고였던 것이다.

소울컨주리에 갇힌 영혼의 주인은 바로 지혜의 상징이라는 골드 드래곤의 영혼이었다.

다 성장한 드래곤이라면 갇혀 있을 리 없겠지만 어린 헤츨링이었기에 에고로서 존재할 수 있었던 것이다.

오랜 세월 헤츨링 시기를 거쳐 성룡으로 성장해야 할 골드 드래곤이 소울컨주리에 갇혀 버린 것에는 사연이 있었다.

어느 날 부모의 눈을 피해 유희를 떠날 헤츨링이 엘프의 마을에 쳐들어 왔다고 한다.

그리고 도저히 용서할 수 없는 죄를 저질렀다고 한다.

엉덩이에 뿔이 난 헤츨링이 저지른 사건을 보면 소울컨주리에 갇힌 헤츨링은 더할 나위 없는 개차반이었다.

지혜의 상징이라고 할 수 있는 골드 드래곤의 명성을 무색케 할 사건을 저지르고 만 것이다.

바로 세계를 지탱하는 근본 중 하나인 세계수에 상처를 입힌 것이다.

아무리 어린 헤츨링이었지만 해도 될 것이 있고, 하지 말아야 할 것이 있는 법이다.

아무리 엘프를 발가락의 때만큼도 여기지 않는 드래곤이지만 세계수만큼은 아니었다. 세계의 근본 중 하나이기에 드래곤로드마저 존중하는 것이 바로 세계수였다.

엘프의 근간이자 생명인 세계수가 상처가 난 것은 하늘이 무너지는 일이었다. 아무리 헤츨링이라지만 엘프들로서는 도저히 용서할 수 없는 일이었다.

엘프의 현자들은 세계수의 허락을 얻어 헤츨링은 징벌했다. 차마 목숨은 거둘 수 없어 영혼을 다루는 마법서인 소울컨주리에 육체와 함께 가두어 버린 것이다.

이 사실을 알고 헤츨링의 부모들이 나섰지만 이미 세계수의 허락을 받고 헤츨링을 벌한 터라 그들도 어떻게 할 수가 없었다.

세계수의 힘을 자신들의 힘으로는 감당할 수 없는 까닭에 마법의 조종이라는 그들로서도 소울컨주리에 갇힌 어린 아들을 구할 수 없었던 것이다.

그리고 아무리 어린 아들이지만 지은 죄가 너그럽게 용서할 수 있을 만큼 가벼운 것이 아니었기에 합당한 징벌을 받아야 한다는 것을 그들도 인식하고 있었다.

레어에 있을 때도 말썽만 부리던 아들이 개과천선하기를 바라는 마음이 있었기에 지은 죄를 뉘우치면 풀어주겠다는 하이 엘프의 약속을 믿고 아들이 벌을 제대로 치르기를 바랐던 것이다.

하지만 갇혀 있는 상태이면서도 골드 드래곤은 자신의 죄를 전혀 뉘우치지 않았다.

오히려 소울컨주리에 갇혀 있으면서 그 안에 있는 영혼의 마법을 익혀 엘프들을 홀려 여러 가지 사건을 일으켰다.

그로 인해 미친 엘프들이 수십여 명을 헤아릴 만큼 지독한 말썽을 일으킨 것이다.

하이 엘프는 에고가 되어버린 헤츨링을 가둔 소울컨주리를 결계로 완전히 봉인해 버렸다. 시간이 지나 징벌이 끝날 때가지 기다렸다가 헤츨링의 부모가 오면 그때 풀어주기로 한 것이다.

그러나 하이 엘프는 끝내 헤츨링을 풀어줄 수가 없었다.

헤츨링의 부모는 약속 시간이 되었는데도 찾아오지 않았고, 이를 궁금하게 여긴 하이 엘프도 부모를 찾으러 떠났다가 끝내 돌아오지 않았던 것이다.

약속 시간이 지났기에 다른 엘프들이 소울컨주리에 갇혀 에고화된 헤츨링을 풀어주려 했지만 그들도 풀어줄 수가 없었다.

헤츨링을 풀어주기는커녕 소울컨주리를 가두어놓은 결계마저 해제할 수가 없었던 것이다.

오히려 결계를 풀려다가 소울컨주리를 통해 영혼의 마법을 시전한 헤츨링으로 인해 몸과 영혼을 송두리째 빼앗겨 버렸던 것이다. 몇 번 시도했지만 번번이 그런 일이 발생하자 엘프들은 포기해 버렸다. 나중에는 근처에 다가가기만 해도 그런 일이 발생해 버린 것이다. 엘프들은 능력이 되지 않는 자들에 대해서는 결계 근처에 접근하는 것을 금지했다. 그 이후로 소울컨주리가 갇혀 있는 결계 근처는 그 누구도 찾지 않는 공간이 되어버렸다.

소울컨주리에 다가올 수 있는 자는 오직 소울 마스터와 하이 엘프가 정한 자로 한정되어 있었던 것이다.

유백색의 공간에 남긴 흔적들은 바로 하이 엘프가 헤츨링을 가두게 된 사연을 기록한 일종의 기록화였다.

그리고 덧붙여 헤츨링에게 모든 것을 빼앗기기 직전에 엘프들이 남긴 기록으로 그간의 사정을 모두 알 수 있었다.

"자식, 한 성깔 하는군."

소울컨주리에 갇힌 놈이 저지른 사건들을 보니 가관도 아니었다.

상태를 살피러 온 엘프 처녀를 발가벗겨 춤을 추게 하지를 않나, 장로 중 하나를 강아지처럼 기어 다니게 하지를 않나, 장난이라는 장난을 제대로 친 모양이었다.

책에 갇힌 녀석에게는 장난이었는지 모르지만 엘프들에게는 아니었다. 문제는 그로 인해 몇몇 엘프들이 이성을 잃고 미쳐 버렸다는 것이다.

헤츨링 녀석이 어설프게 소울컨주리를 익힌 탓에 영혼을 잘못 건드린 영향으로 엘프들은 회복하지 못하고 미쳐 버렸던 것이다.

그럼에도 자신의 잘못이 아니라고 바득바득 우겼다니 소울컨주리를 포기하는 한이 있더라도 풀어줄 놈이 아니었다.

"네놈이 저지른 죄가 무겁다는 것을 모르는 모양이니 앞으로도 갇혀 있어야 할 팔자 같구나. 사연도 알았으니 그만 가보겠다. 넌 그곳에서 반성 좀 하고 있어라.”

어차피 나에겐 소울컨주리 같은 것은 필요가 없다. 그것보다 더욱 위대한 유산을 지닌 몸이기 때문이다.

아무리 소울컨주리가 영혼을 다루는 데 뛰어나다고 할지라도 삼묘의 법을 능가할 수 없다는 확신이 있었기에 이제 나가기로 했다.

'기, 기다려!!'

발길을 돌리려 할 때 녀석의 다급한 염원이 뇌리에 스쳤다.

“무슨 일이냐?”

'제, 제발 기다려라!'

“어째서 네놈을 기다려야 하지? 거기다 어디서 나에게 반말을!!”

'제발 기다려 주세요. 할 이야기가 있어요.'

다급하긴 한 모양이다. 곧바로 존댓말이라니 말이다.

“할 이야기? 나는 너에게 들어줄 이야기가 없는데?”

'영혼의 힘을 얻고 싶지 않아요? 영혼의 힘 말이에요.'

같잖게 수작을 부리려 한다.

아마도 내가 만만했나 보다. 입으로는 존재하면서 영혼의 힘을 이용해 나를 조종하려 하다니 말이다.

“어디서 개수작이야!”

'크아아악!!'

영혼의 틈새를 파고들려는 녀석의 사념을 밟아주었다. 비명이 들려오는 것을 보니 어지간히 고통스러운가 보다.

흑요기로 눌러주었으니 당연한 결과다. 드래곤의 영혼 또한 빛에 속한 것, 어둠의 영역을 장악하는 흑요기에는 상대가 될 수 없는 까닭이다.

'크아악! 너 이 새끼! 이거 안 풀어!!'

"어쭈, 아예 죽여달라고 발악을 하는구나, 발악을 해!"

빌어도 시원찮을 판에 욕을 해대는 녀석을 용서하고 싶은 마음이 없어졌다.

"흡(吸)!! 환허진(幻虛搢)! 심령(心靈)!"

삼천기를 발동해 심상진을 그리며 녀석의 영혼을 소울컨주리에서 끄집어내 그 안에 집어넣었다.

'뭐, 뭐 하는 짓이냐?'

갑자기 자신의 영혼이 다른 공간으로 전이해 버린 것을 안 듯 다급한 목소리다.

"너 좀 맞아야 할 것 같아서 말이야. 잘 버텨봐라!"

'크아악! 살려줘! 으악! 으아아악!!'

죽을 맛일 것이다. 환허의 공간에 나타난 녀석의 부모들이 무지하게 두들겨 패고 있을 테니 말이다.

아이들은 본능적으로 부모에게 의지한다. 그리고 제일 무서워하는 존재이기도 하다. 그런 존재가 악마처럼 두들겨 팬다면 견뎌낼 아이들이란 없다.

*　　　*　　　*

'어? 집이다! 아빠, 엄마네? 아니지. 집이라니 이럴 리가 없는데… 그런데 눈빛이 저게 뭐야?'

자신을 버려두고 거의 천 년 만에 나타나면서 저렇게 당당한 표정이라니 웃기는 이야기였다. 그리고 이제야 나타날 리 없는 부모의 모습에 가르시아는 의심의 눈초리를 지우지 않았다.

"가르시아! 어찌 된 놈이 아직까지 정신을 못 차려! 너, 오늘 좀 맞자."

"헉!!"

드래곤의 지혜를 대표하는 자, 그것이 드래곤 세계에 알려진 아버지의 평판이지만 가르시아는 알고 있었다. 자신의 아버지가 지인들에게는 폭력의 군주라는 또 다른 닉네임으로 불리고 있음을 말이다.

아버지가 저런 눈빛으로 나올 때는 반 죽었다고 복창해야 한다는 것을 알고 있는 가르시아는 찔끔할 수밖에 없었다.

'내가 좀 반항기가 있다손 치더라도 '자식은 매로 키워야 한다' 라는 되지도 않는 신조를 믿으시는 것은 알지만, 무더위가 극심한 날 오크 잡듯 잡으실 때 지으시는 표정이라니… 이거 참!!'

이럴 때는 일단 도망가는 것이 상책이었다. 아버지의 폭력에 맞아 죽기 일보 직전으로 가지 않으려면 튀어야 산다는 것을 가르시아는 본능으로 알고 있었다.

'텔레포트.'

쾅!

"컥!!"

‘어떻게 된 일이지?’

아랫배에 묵직한 충격과 함께 고통이 찾아왔다. 어느새 아버지의 꼬리가 배에 꽂혀 있었던 것이다. 자신은 분명 텔레포트를 했는데 그 자리에 있는 것이 의아할 뿐인 가르시아였다.

퍼퍼퍽!

통증을 이기지 못하고 순간적으로 앞으로 넘어졌는데 꼬리가 계속해서 날아왔다. 피하지도 못하고 고통에 미칠 지경이었다.

“으아아악!!”

인정사정이 없었다. 무지하게 아팠다. 자식을 어떻게 이렇게 팰 수 있는지, 그리고 자신이 아버지의 자식인지 믿을 수가 없었다.

‘으으으, 이쯤에서 엄마가 말려줘야 하는데! 컥!!’

“너 이 자식, 엄마 아빠 망신을 시켜도 유분수지. 아직도 그 성질머리를 고치지 못했어!”

퍽! 퍼퍽!

믿었던 엄마까지 합세를 하자, 가르시아는 심한 배신감을 느꼈다.

그리고 고통이 더욱 가중되었다는 것을 몸으로 느꼈다. 아버지보다 덩치가 더 큰 엄마의 꼬리 공격은 충격량 자체가 달랐던 것이다. 아버지가 조그만 망치라면 엄마는 해머였던 탓이다.

‘커컥! 제기랄! 너무 아파서 비명 소리도 내지 못하겠다.’

빙글빙글!!

눈이 돌았다. 정신도 뱅글뱅글 돌았다. 전신에서 전해지는 충격은 모든 것을 돌게 만든 것이다.

사실 집을 나오기 전에도 이렇게 맞아보지 못한 가르시아였다.

"그래, 세계수를 망가뜨리는 것도 모자라 반성하라고 놔두었더니 소울 마스터를 무시해! 오늘 내가 네놈 용생을 바꾸어주마!"

퍼퍽!

"그래요, 여보! 가르시아의 성질머리를 오늘 고치지 않으면 죽어서도 선조 드래곤님들을 뵙지 못할 거예요."

퍽퍽퍽!

가르시아가 보기에 아버지와 어머니가 어쩐지 폭력을 즐기는 것 같았다. 대화를 하면서도 두들겨 패다니 너무했다. 이 정도 했으면 그만해도 될 텐데 말이다.

너무 맞아서 그런지 삭신이 저려왔다. 맞는 것이 끝나고 나면 조치를 취해야지 안 될 것 같았다. 아무래도 통증이 오래갈 것 같아 보였다.

'머리에서 꼬리까지 핫 찜질로 풀코스로 달려야 할 것 같다. 어? 그런데 어째서 지금 내가 맞고 있는 거지? 엄마, 아빠는 절대 이곳에 올 수 없는데…….'

맞다 보니 이상한 생각이 들었다. 자신을 제외하고는 그 어떤 존재도 소울컨주리 안으로 올 수가 없다는 것이 생각난 것이다. 자신을 가둔 하이 엘프의 마지막 전언이 그렇게 말했던 것이 기억난 것이다.

'그럼, 이건! 아니다. 그럴 리가 없다. 절대 믿을 수 없다. 소

울컨주리에 있는 마법보다 더 강력한 영혼의 마법이라니!'

가르시아의 영혼이 경악으로 물들었다. 자신을 패고 있는 부모는 실체지만 실체가 아니었다. 그것은 자신의 의식 속에 박혀 있던 기억이 남긴 잔상의 조각이라는 것을 알 수 있었던 것이다.

기억의 잔상을 이렇게 실체화시킬 수 있다니 그것은 소울마스터라도 불가능한 일이었다.

'믿을 수 없지만 그놈은 소울컨주리를 능가하는 영혼의 마법을 익혔다는 말인가?'

퍽! 퍽!

퍼퍼퍽!

'끄으윽, 이대로라면 맞아 죽는다. 실체가 아니지만 이대로 계속 맞는다면 영혼에 상처를 입는다. 그럼 내 한 많은 용생은 여기에서 끝나야 한다. 놀아보지도 못하고 천 년을 넘게 이곳에 갇혀 있었는데…….'

가르시아는 이대로 소멸하고 싶지 않았다.

"끄어엉! 살려줘요! 제발!"

*　　　*　　　*

녀석도 지금 환상의 공간 안에서 자신의 영혼이 불러낸 부모에게 신나게 맞고 있는 중이다.

아이를 키울 때, 매를 들 때는 들어야 하는 법이다. 녀석이 저렇게 된 데는 아마도 부모인 드래곤이 오냐오냐 받아줘서일

확률이 높았다.

자신의 부모들이 훈육 차원에서 때리는 것이고, 인정사정없는 매질에는 장사가 없는 법이니 녀석도 조만간 정신을 차릴 것이다.

'끄어엉! 살려줘요! 제발!'

울고불고 난리도 아니다. 더 이상 맞고 싶지 않은지 도움을 청해온다.

드래곤이라고 하더니 보기보다는 약골인 것 같다. 성질만 못됐지 그 정도 매에 벌써 백기를 들다니 말이다.

하기야 반나절을 늘씬하게 맞았으니 그럴 만도 하지만 혹시나 꿍꿍이속이 있을지도 모르니 반나절 정도만 더 하기로 했다.

'꺽! 꺽! 살려주세요. 어어엉! 다시는 안 그럴게요.'

비는 모습을 보니 이제는 조금 뉘우친 것 같다.

"앞으로 까불지 않을 것이냐?"

'엉엉! 다시는 안 그럴게요.'

"좋아, 이번 한 번만 용서해 주마."

녀석의 영혼을 내 심상에 불러들여 가두어두는 것도 조금은 힘에 부치기도 하니 이제는 그만 풀어주기로 했다.

"해(解)!! 환허진(幻虛搢)! 심령(心靈)!"

심상에서 풀어주고, 다시 소울컨주리로 돌아가게 해주었다.

[꺼이! 꺼이!]

내친김에 사령금까지 풀어주었더니 숨을 죽이며 운다.

그렇게 서러웠나?

아니면 참회의 눈물인가?

녀석의 우는 폼을 보니 되바라진 성질은 어느 정도 죽은 것 같기는 하다.

그렇지만 수백 년을 개김으로 일관했던 놈이라 아직 고쳐질 때는 되지 않았을 것이다.

[어, 엄마!]

서러운 목소리다. 엄마가 생각나는 모양이다.

에이! 그냥 이곳에 둬, 아님 약속대로 풀어줘?

이거 고민되네!

어차피 약속된 징벌의 시간은 오래전에 끝났다. 오히려 잡혀 있는 것이 억울했을지도 모를 일이다.

아직 성질이 다 죽지도 않았는데 풀어주자니 고민이 된다. 명색이 드래곤이 아닌가 말이다.

'그래, 일단 물어나 보자.'

녀석에게 기회를 줄 것인가, 아니면 그대로 줄 것인가 정하기 위해 녀석에게 묻기로 했다.

"그곳에서 나오고 싶냐?"

[……]

어째 말이 없다. 날 못 믿는 것인가?

"나올 생각이 없나 보군."

[아, 아니요.]

"나올 생각이 있나?"

[예, 예!]

“좋아, 대신 한 번 더 까불면 그때는 국물도 없다.”

“알았습니다. 앞으로는 절대 까불지 않겠습니다.”

“후후후, 좋아! 군기가 바짝 들었군.”

녀석이 반쯤 항복한 것 같으니 이제 하이 엘프가 건 결계를 풀 차례다. 결계를 펼친 자가 이미 사라지고 없지만 푸는 것은 그리 어렵지 않다.

연환결(連環結)은 쾌도난마(快刀亂麻)면 자근자근 끊어질 테니까.

“영사(靈絲)! 참휘(斬撝)!”

혹시나 몰라 녀석을 다시 속박하기 위해 주변에 머물게 한 사령금에 영사의 술을 걸고 빛살처럼 사방으로 날려 보냈다.

연환으로 펼쳐진 결계들이 가닥가닥 끊어져 나간다.

예리한 보검의 날보다도 더 날카롭게 변해 버린 영사의 사인(絲刃)이다. 천하의 명검이라도 베어버리는 초승달보다 더 싸늘한 예기를 가진 것이 바로 영사다.

그 날카로움에 능히 불멸의 업을 가진 영혼이라도 단숨에 잘라 버리기에 생명의 빛으로 감싸인 연환의 결계는 그 한계를 드러낸 것이었다.

녀석의 주위를 감싸며 결계의 축을 이루던 생명의 빛이 부서지며 천천히 원래의 자리로 돌아갔다. 세계수의 본체가 바로 빛의 주인이었다.

“이리 와봐라!”

녀석을 불렀다.

휘리릭!

녀석은 단숨에 내 앞으로 날아와 소울컨주리의 첫 장을 펼쳤다.

"첫인사라고 얼굴을 보여주겠다는 것이냐?"

[헤헤헤, 마스터!]

첫 장에 그려진 그림이 비굴한 웃음을 흘리며 머리를 조아려 인사를 한다.

비대한 몸집에 비할 바 없이 작은 날개와 머리를 가진 녀석이다. 만화영화에서 보던 드래곤과 많이 닮은 모습이다.

'어쭈! 반항기가 많이 사라졌다. 어쩐 일이지? 속에 설욕할 생각을 감추고 있다고 생각했는데…….'

녀석의 태도는 분명했다. 어째서인지는 모르지만 반항기가 확연히 줄어든 모습이다.

하지만 이왕이면 확실한 것이 좋다.

헤츨링 시절에 한가락 했던 성질이 어디 가지 않을 수 있었기에 이번 기회에 확실히 밟아놓기로 했다. 다시는 기어오르지 않도록 말이다.

"앞으로 말 잘 들어라. 그렇지 않으면 아까보다 더한 고통이 너를 찾아갈 것이다. 그리고 노파심에서 하는 말이지만 절대 딴생각 품지 마라. 네가 아무리 드래곤이라 하더라도 너 하나 박살 내는 것은 우습지도 않으니까."

[알고 있습니다, 마스터!]

대답하는 것을 확실히 알고 있는 것 같다. 녀석이 삼묘의 법을 알고 있는 것은 아닌지 모르겠다.

그럴 리가 없지. 삼묘이 법이 사라진 것이 언제인데…….

"그런데 말이다. 너, 거기 얼마만큼 갇혀 있었던 거냐?"

[천 년 조금 넘었습니다, 마스터!]

"그럼 나이가 어떻게 되지?"

[갇히기 전에 사백오십 살이 조금 넘었으니까, 지금은 천오백다섯 살이네요, 마스터! 헤헤!]

반항기가 있었다고는 하지만 이것은 조금 너무한 것 같다. 무려 천 년을 갇혀 있었다니 말이다.

"좋아, 갑갑할 테니 그곳에서도 풀어주도록 하겠다. 하지만 네놈 성격이 아직 개과천선했다고 믿을 수 없으니 금제를 가하겠다. 승낙하겠느냐?"

[당연한 말씀입니다, 마스터. 저도 제 자신을 믿을 수 없으니까요.]

"좋아, 승낙을 한다니 이리 가까이 와라!"

펄럭거리며 내 앞으로 다가온 소울컨주리를 보며 손가락을 물어 피를 냈다. 금혼(禁魂)의 주술을 펼치기 위한 때문이다.

"혈계수인(血界囚印)!"

주법을 외우며 녀석의 몸에 손을 댔다. 영혼의 맹약이라 할 수 있는 금혼술을 펼친 것이다.

이미 녀석도 승낙을 한 터라 내 피를 따라 내 영혼의 일부가 녀석의 의식 속에 들어섰다. 앞으로 반항을 했다가는 억겁의 기간 동안 지옥 속을 헤매게 해줄 약속이 완성된 것이다.

"지금부터 네 녀석을 꺼내줄 테니 아무것도 생각하지 말고 가만히 있어라."

[아, 알겠습니다, 마스터!]

이제 세상에 나온다는 기쁨 때문인지 몸을 가늘게 떨고 있다. 하긴, 그토록 오래 갇혀 있었으니 어쩌면 당연한 현상이다.

풀어주기는 하겠지만 이전의 나라면 시도도 해보지 못할 일이다. 그만큼 녀석을 이렇게 에고 상태로 만든 수법이 고명하기 때문이다.

세계수의 도움을 받아 엘프의 현자들이 모여 펼친 수법이니 어쩌면 일부나마 내 힘을 깎아먹을지도 모른다.

그래도 어쩔 수 없다. 아무리 녀석의 잘못이라고는 하지만 이렇게 오랜 세월 갇혀 있었다는 것은 조금 도가 지나치는 일이니까 말이다.

"오랜 세월을 지나 속박의 인을 받은 자여, 영육의 금제가 오늘로써 그 종말을 고하니 어서 떨치고 일어나 세상의 인과율을 따르라! 해(解), 천밀진해(天密殄解)!"

영혼의 금제라면 하늘이 내린 금제라도 풀 수 있는 절대의 수법을 펼쳤다.

크으, 짜릿한 고통과 함께 엘프들로 인해 얻게 된 힘이 빠르게 빨려 나간다. 이 힘들이 다시 복구되어야 할 텐데 조금은 걱정이다.

내가 가지고 있는 힘이 삼분의 일 정도 빠져나갔을 때 녀석이 모습이 보이기 시작한다. 거대한 실루엣이 유백색 공간에 가득하다.

　젠장, 저렇게 큰 놈이었다니. 어쩐지 힘이 많이 빠져나간다고 했다.

　"헉헉! 어디 이상은 없는 거냐?"

　숨이 차오르지만 우선 녀석부터 살펴야 했다. 에고 상태를 실체로 변환시키기는 했지만 어디 한군데라도 잘못됐다면 그대로 소멸해 버리고 말기 때문이다.

　'이상없습니다, 마스터!'

　"머릿속이 웅웅거린다. 의념으로 말하지 마라."

　'죄송합니다. 제 입의 구조상 이렇게밖에는……'

　조금 약하게 하기는 했지만 그래도 웅웅거렸다. 소울컨주리에 있을 때도 그렇지 않았는데 아마도 에고화되면서 의지도 많이 금제를 당한 것 같다.

　"방법은 없는 거냐?"

　'잠시만……'

　녀석의 몸이 갑자기 환하게 빛이 나기 시작했다. 마법의 조종답게 마법을 펼치는 것 같다.

　빛이 사라지고 난 후, 거대한 녀석의 동체는 사라지고 금발의 작은 소년 하나가 눈앞에 서 있다.

　"폴리모프라고 하는 것입니다."

　"변신 마법?"

　"그렇습니다."

　"머릿속에서 웅웅거리지 않으니까 그나마 낫다. 앞으로 계속 그렇게 있어라."

"그렇게 하겠습니다, 마스터!"

"그런데 그게 소울컨주리냐?"

녀석은 옆구리에 자그마한 책 하나를 끼고 있었다. 녀석이 에고화되어 갇혀 있던 소울컨주리가 분명했다.

"그렇습니다. 마스터의 것이니, 여기!"

녀석이 두 손으로 공손히 책을 내밀었다.

책을 받아 드니 육중한 무게가 느껴진다. 보통의 책에서는 볼 수 없는 무게다.

"천천히 읽어봐야겠군. 공간(空間), 개(開)!"

아공간을 열어 소울컨주리를 집어넣었다. 지금은 볼 시간이 없다. 결계를 유지하고 있던 힘이 무너지며 공간 자체가 소멸하려 하고 있어 이제는 세상으로 나갈 때다.

"어서 나가자. 이대로 있다가는 다시는 세상을 보지 못한다."

"그렇겠군요, 마스터."

녀석도 봉인의 공간이 사라지려 한다는 것을 느꼈는지 서두르기 시작했다.

"내 손을 잡아라! 축(軸)! 이동(異動)! 실현(實現)!"

아공간과 비슷한 봉인 공간을 빠져나가기 위해 녀석을 손을 잡고 공간의 축을 다르게 변환시켜 옮겨 버렸다.

소멸되는 공간을 사라지게 하고 그 위에 내가 생각하고 있는 현실 공간을 데려와 입혀 버린 것이다. 나 자신을 가만히 놔두고 공간 자체를 바꾸어 버린 것이다.

이는 세상의 인과율을 속이는 일이지만 아공간 자체가 원래
부터 세상의 인과율을 속여서 만들어진 것이라 이로 인해 벌
어질 질서의 파괴는 없는 수법이다.

현실 공간은 엘프의 대장로인 카로안과 같이 들어왔던 거대
한 나무에 만들어졌던 문의 입구였다.

"아, 안젤라!!"

"나왔네요."

"기다리고 있었어요?"

"네."

내가 안으로 들어갔을 때부터 떠나지 않고 기다리고 있었던
모양이다. 꼬박 이틀 정도가 지났을 텐데 다리가 저리지 않을
지 모르겠다.

그런데 어째서 안젤라가 나에게 왜 존댓말을 하는 거지?

소울컨주리를 얻어 이제는 모두가 인정하는 소울 마스터가
되었다고는 하지만 인간인 나에게 엘프들이 존대할 리는 없는
데 이상했다.

하지만 희미한 미소를 지으며 나를 맞이하는 안젤라를 보니
그녀의 존대가 이상하게도 거부감이 들지 않았다.

"두영, 그 아이는 누구예요?"

'마스터, 제가 드래곤으로 갇혀 있었다는 것은 비밀로 해주
십시오.'

'왜, 창피하냐?

'그런 것이 아니라, 그러니까… 자세한 내용은 나중에 말씀

드리겠습니다. 그러니 소울컨주리를 이용해 에고를 실체화시
켰다고만 저들에게 말해주십시오.'

'알았다.'

녀석에게 뭔가 사정이 있는 것 같았다. 장로들이 다가오자
하려던 말을 멈추는 것을 보니 말이다.

"고생했네. 그런데 저 아이는 누군가?"

카로안이 녀석에 대해 물어왔다. 녀석의 말대로 하는 것이
좋을 것 같았다.

"소울컨주리에 기생하고 있던 녀석을 실체화시킨 것입니다."

"소울 마스터가 되면 그런 것도 가능한 것인가?"

에고를 실체화시킬 수 있다는 것에 놀란 것인지 카로안이
눈을 크게 뜨면 물었다.

"가능한 일입니다. 현현(顯現), 체(體)!"

믿음을 주기 위해 영체 하나를 소환해 세상에 현신시켰다.
의식 속에 들어온 엘프의 영체 중 하나다.

상당한 영력을 소모하기에 힘들기는 하지만 엘프들에게 믿
음을 주기 위해서는 이런 방법밖에는 없었다.

"오오, 이런 것이 가능하다니……."

카로안은 진정 놀랍다는 듯 실체화된 엘프의 영체와 나를
번갈아 바라보았다.

"결계가 워낙 복잡해서 그랬는지 조금 힘들군요. 이제 그만
쉬었으면 합니다."

"그, 그런가? 내가 쓸데없이 말만 늘어놓은 모양이네. 어서

가서 쉬게. 이야기는 나중에 듣겠네. 안젤라야, 어서 가서 쉬
게 좀 도와주어라."

"알겠습니다, 장로님."

부산을 떠는 카로안 대장로의 말에 안젤라가 미소를 지으며
길을 열었다. 카로안을 따라온 장로들은 궁금한 빛이 역력한
듯했지만 모두들 입을 다물고 있었다. 아무래도 카로안이 쉬
게 해준 때문인 것 같았다.

안젤라는 자신의 집으로 우리를 이끌었다.

나에게는 제일 편한 장소였기에 쉬는 데 안성맞춤이었다.

와락!

요새는 여자가 더 적극적이라더니 집 안으로 들어서자 안젤
라가 육탄돌격을 감행해 품속으로 뛰어들었다.

"걱정했어."

"너무 걱정하지 말아요. 다 잘됐으니까."

다크써클이 가득한 눈을 보니 진짜 걱정을 많이 한 모양이
다. 머리를 쓰다듬으며 안젤라를 다독였다.

"휴우!"

딱!

뒤쪽에서 한숨을 푹 내쉬는 가르시아의 머리를 쥐어박았다.
어린놈이 한숨 쉬면 재수가 없는 법이니까 말이다.

"아야! 왜 때려요!"

"어린놈이 한숨을 쉬어서 그런다."

"잘하는 짓입니다, 마스터! 아이 앞에서 애정행각이나 보여주고 말입니다.

"험!!"

아직도 품속을 파고들고 있는 안젤라를 보니 헛기침이 절로 나왔다.

"안젤라!"

"예?"

아직도 가르시아가 따라왔다는 것을 자각하지 못한 안젤라를 위해 손가락을 가리켜 녀석의 존재를 알려줬다.

"어머!!"

"안녕하십니까? 가르시아라고 합니다."

황급히 품을 빠져나가는 안젤라를 향해 가르시아는 어디 서유럽 왕국에서나 보여줄 법한 모습으로 인사를 했다.

"안젤라라고 해요."

"아름다우시군요. 마스터의 반려로서 손색이 없는 모습이십니다."

"어머!!"

얼굴을 붉히며 옷깃을 조몰락거리는 안젤라의 모습이 귀엽기 그지없다.

"마스터, 입에 먼지 들어가십니다."

"험! 험!!"

"어서 앉아요."

머쓱한 나를 위해 안젤라가 자리를 권했다. 나와 가르시아가 자리에 앉자 안젤라는 서둘러 차를 장만했다.

"포근한 느낌이군요, 마스터."

"포근한 여자지!"

"참! 이 집 말입니다, 이 집!"

"험!!"

"뭐, 가슴이 빵빵하신 것이 푸근하시기는 하겠습니다."

"너, 말이 되바라진 것 같다?"

봉인된 결계를 빠져나와 엘프들과 만난 후부터는 묘하게 어투가 달라진 것 같다. 이건 마치 철없는 사부와 잘나가는 제자 모드이니 말이다.

"제 용생에 있어 이것이 첫 번째 유희입니다. 그리고 인간이란 존재를 스승으로 모신 최초의 드래곤이라는 것을 명심하시고 모범을 보여주십시오."

쨍그랑!!

가르시아의 말이 끝나기가 무섭게 그릇 깨지는 소리가 들렸다. 차를 타오던 안젤라가 놀란 나머지 찻잔을 떨어뜨린 것이다.

"안젤라, 왜 그래?"

"위, 위대한신 존재를 뵙습니다."

안젤라가 처량하게 떨며 바닥에 엎드린 채 고개를 조아리고 있었다.

퍽!!

"크윽!!"

"이 자식아, 너 때문에 안젤라가 놀랐잖아! 너, 드래곤이란 사실을 감추라고 했어, 안 했어?"

가르시아 녀석, 단단히 일러났는데 실수를 하다니! 이놈 정말, 드래곤 맞는 거야?

"죄, 죄송합니다."

옆차기 한 방에 안쪽 구석으로 나동그라진 가르시아 녀석이 벌떡 일어나더니 안젤라에게로 향했다.

"어서 일어나십시오."

"……."

안젤라가 몸을 떨며 일어날 생각을 하지 않는다.

"쓥!!"

"저, 저 죽어요. 어서 일어나세요."

인상을 구기며 녀석을 노려보니 사색이 된 채 안젤라를 잡아 일으킨다. 하지만 꼼짝도 하지 않는 안젤라.

"진짜 마스터한테 죽는단 말이에요. 어서 일어나요. 흑!"

일어나지 않는 안젤라 때문에 나에게 박살날 것이라 생각했는지 급기야 눈물을 떨어뜨리는 가르시아다.

에휴, 저거 드래곤계의 지진아 아니야? 그까짓 것으로 눈물이라니.

"안젤라, 일어나요. 저 자식, 드래곤이기는 하지만 나한테 꽉 잡혀 있으니까요."

"저, 정말이야?"

고개를 들며 안젤라가 불안한 표정으로 묻는다.

"걱정 안 해도 돼요. 저 녀석이 해코지할 일은 없으니까. 그나저나 잔이 깨졌네. 가르시아, 너 차 좀 타가지고 와라.”

“알겠습니다, 마스터. 잠시만 기다리십시오.”

가르시아 녀석에게 차를 타오라고 시키고는 안젤라를 자리에 앉혔다. 아직도 놀란 모양인지 가슴이 오르락내리락하고 있다.

그런데 갑자기 왜 이렇게 코가 간지럽지?

주르륵!

“두영, 코피 나!!”

“코피?”

안젤라의 말대로다. 두 줄기 뜨거운 피가 코밑으로 흐른다.

안젤라가 호들갑을 떨며 목화솜을 찾아 피를 닦고 내 코에 집어넣어 줬다.

역시 안젤라는 너무 강적이다. 단지 보기만 했는데도 피를 흘리게 하다니.

“마스터, 차 드세요.”

“그래, 내려놔라!”

가르시아가 차를 내려놓고 앞쪽에 앉았다.

“이왕 가르시아의 정체가 밝혀졌으니 안젤라도 주의해 줄 것이 있어.”

자연스럽게 반말이 흘러나왔다. 이제는 내 여자라고 인정해 버렸기 때문이다. 그러는 편이 나에 대해 불안해하는 안젤라를 안정시킬 수 있을 것 같기도 했다.

“뭔데요?”

“이 사실을 절대로 비밀로 해달라는 거야. 그것이 설사 하이 엘프나 대장로라고 해도 말이야.”

“두 분에게 거짓말을 하라는 이야기인가요?”

“아니. 엘프는 거짓말 못하잖아. 그냥 모든 걸 나한테 미뤄. 가르시아에 대해 말하지 않겠다고 나와 약속했다고 말이야.”

“그럼 되겠네요. 말하지 않을게요.”

“좋아. 그리고 가르시아, 앞으로 한 번만 더 이런 실수를 하면 정말 가만두지 않는다. 알았냐?”

“죄송합니다, 마스터.”

“에이, 그리고 앞으로 마스터라고 부르지 마라. 그냥 형이라고 불러라.”

“형이요?”

형이라 부르라고 한 말에 반응이 민감하다. 이 녀석, 나이배기라고 기분 나빠하는 건가?

“그래. 그편이 실수하지 않을 테니까.”

“헤헤헤, 저야 좋지요, 뭐!”

웃는 폼이 영락없이 얼빠진 놈 표정이다. 그래도 반항하지 않고 순순히 수긍하는 게 조금은 귀여운 구석이 있어 보인다.

“그런데, 안젤라!”

녀석과의 일은 마무리 지었고, 이제는 안젤라에게 부탁할 차례다.

“말하세요.”

“이 녀석 말이야, 신분을 새롭게 만들어줄 수 없을까? 그냥 이대로 돌아다니기는 힘드니까 말이야.”

"음, 그럴 것 같네요. 어떻게 해볼게요. 우리 일에 협조적인
이들이 많으니 그리 어렵지 않을 거예요."

"고마워, 안젤라!"

"그런데 언제쯤 학교로 돌아갈 거예요?"

"여기서 조금 놀다가 가자고. 이 녀석에게 가르칠 것도 있으
니까."

"호호호, 그래요. 아직 시간이 많이 남았으니까요."

안젤라가 무척이나 좋아하는 것 같다.

뭉쳐서 콧구멍 속에 박아 넣은 솜뭉치에서 코피가 새어 나
오려고 하지만 나도 기분이 좋다.

고기를 많이 먹지 못한다는 것을 제외하고 아리안에서의 생
활은 무척이나 재미있었다.

생활하는 동안 세상에 알려진 것과는 많이 다른 엘프들의
생활 관습을 배울 수 있었다.

특히 좋았던 것은 안젤라와의 시간이다. 거의 대부분 둘만
의 시간을 많이 가질 수 있어서였다.

아리안을 보호하고 있는 미로의 복구를 위해 우리 둘은 매
일 작업을 해야 했다. 세계수가 뿌린 생명의 빛이 많이 줄어든
탓에 삼묘족의 결계를 일부 차용하여 엘프의 결계를 강화시켰
던 것이다.

내 지시에 따라 미로 속에 결계를 위한 동축(動軸)을 세우는
작업을 하는 안젤라는 무척이나 아름다웠다. 땀에 젖은 그녀

의 모습은 언제나 내 코에서 붉은 폭포수를 쏟게 만들었다.

간혹 어지러울 때도 있었지만, 부작용에 비해 얻는 것이 많았기에 난 일을 쉬지 않았다.

그렇게 고된 작업을 마치면 엘프 마을을 돌아보며 안젤라와 시간을 보냈다.

그리고 저녁때가 되면 따로 마련된 거처로 돌아와 가르시아를 가르쳤다. 어설프게 익힌 소울컨주리를 완벽하게 익히도록 하기 위해서다.

아무리 드래곤이라지만 영혼을 다루는 작업은 본인에게나 상대에게나 매우 위험한 일이기에 확실히 가르친 것이다.

가르시아는 아니겠지만 내게 소울컨주리의 내용은 아주 쉬웠다. 삼묘의 법을 모두 이은 터라 고등 수학을 공부하다 초등학교 수학을 배우는 격이었다.

소울컨주리를 다시 가르치며 나도 배웠다.

의속 속에 침잠해 들어와 영혼의 전사들과 같이 입령의 상태로 변해 버린 엘프 현자들의 영혼을 다루기 위해서다.

그렇게 시간이 지나 학교로 돌아갈 시간이 되었다. 가르시아의 신분은 어느새 완벽히 만들어졌다. 쉽지 않은 일이었는데, 하자를 찾을 수 없었던 것을 보면 세상 속에 있는 엘프의 세력이 만만치 않은 것 같았다.

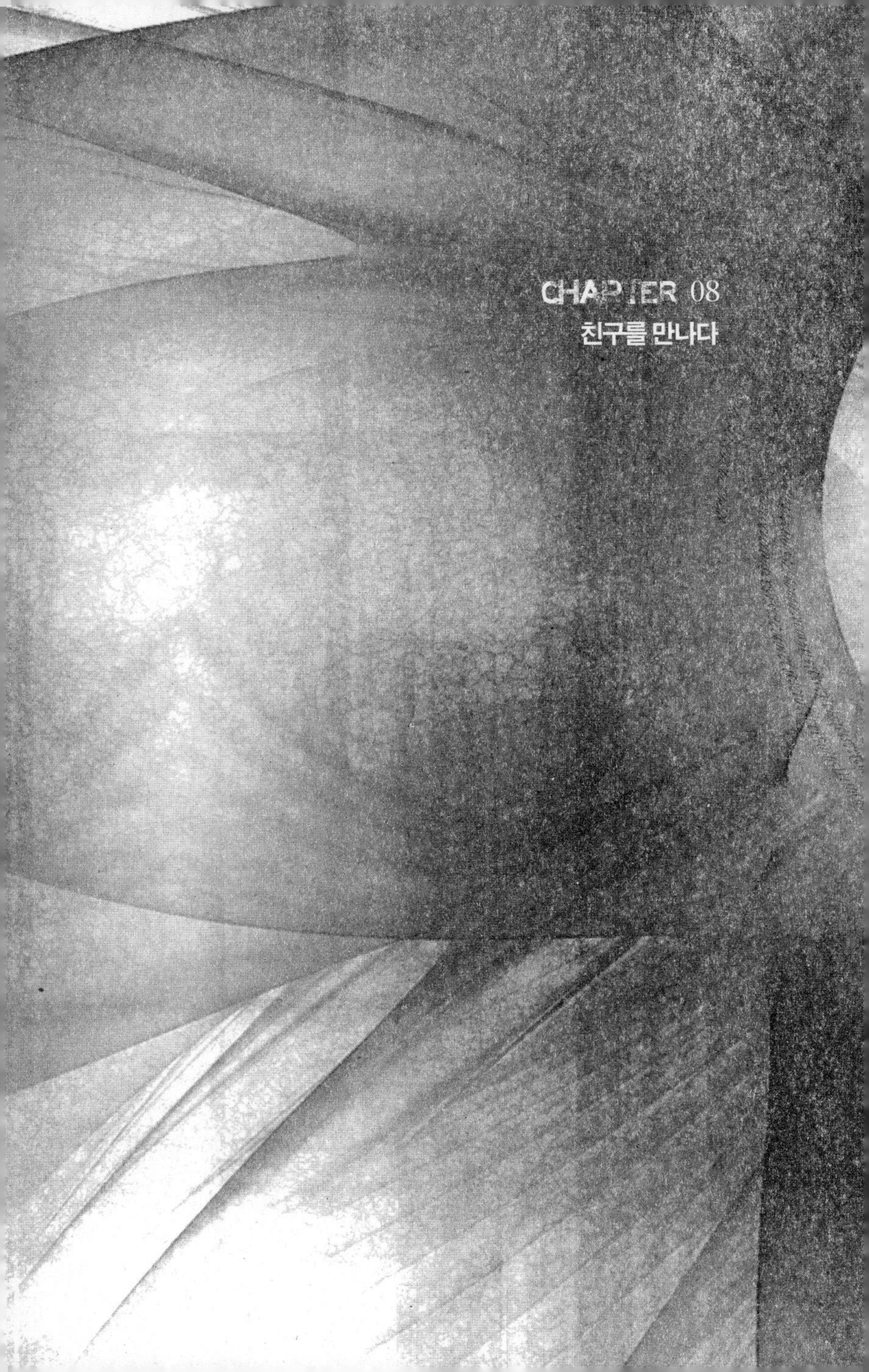
CHAPTER 08
친구를 만나다

TIME
SLICE 타임 슬라이스

아리안에서 학교로 돌아온 것은 개학이 일주일 정도 남았을 때다.

대부분의 학생이 새 학기를 시작하기 위해 학교로 돌아와 있었기에 학교는 그리 한산하지 않았다.

"공부하는 사람들이 많은가 봐요."

"그, 그러게."

학교에 와서는 단둘만 있을 때를 제외하고는 나에게 말을 놓으라고 했더니 어색한가 보다. 그동안 계속 존대해 왔으니 그럴 만도 하다.

"어색하더라도 앞으로는 그래야 해요."

"알았어. 그나저나 가르시아는 잘 지내고 있는지 몰라."

"후후후, 얼마나 영악한 놈인데, 잘 지내고 있겠지요. 학교 생활도 잘 할 겁니다."

가르시아는 안젤라의 동생으로 신분을 위조한 터라 인근 고등학교에 보낸 상태다.

그동안 철저한 교육으로 이제는 안젤라를 완전히 누나로 여긴다. 외로움을 많이 탄 탓인지도 모르겠다. 어떨 때 보면 진짜 오누이 같으니까 말이다.

"오늘 새 학기 첫모임이라고 했는데 형들이 기다리겠네요."

"그래, 어서 가자."

오늘은 골든 마인드의 첫 모임이 있는 날이다. 가입 후에 처음 참석하는 모임이라 빠지면 안 되기에 안젤라와 가는 중이다.

골든 마인드가 모임 장소로 활용하고 있는 곳은 세미나실이다.

세미나실 근처에 도착해 보니 문 앞에서 세르노 형이 회원들을 반갑게 맞이하고 있었다.

"후후, 세르노 형이 그동안 무척 적적했나 봐요."

"그럴 거야. 이번 방학에 아버님 일을 돕는다고 했으니 놀지도 못했을 테니까."

희색이 만연한 모습으로 회원들과 대화를 나누는 것을 보니 안젤라의 말이 맞는 것 같다.

"어이, 안젤라! 두영이하고 여름방학을 같이 보내더니 모임도 같이 오는 거냐?"

"호호호, 그동안 애인이 돼줬으니까."

“크크, 요새는 여자가 연하를 더 밝혀요.”

“글쎄, 능력이 된다면 그것도 좋지 않을까? 호호호!”

“두영아, 잘 지냈냐?”

“예, 덕분에요. 모두들 잘 지내셨나 보네요.”

“뭐, 특별한 일을 당한 사람은 없는 것 같다. 나와는 달리 모두들 방학을 잘 보낸 것 같으니까.”

회원들을 바라보는 세르노 형의 얼굴에 부러움이 가득하니 안젤라의 예상대로 경영 수업 때문에 고생이 심했던 것 같다.

“어서 들어가자. 오늘 소개해 줄 사람이 있다.”

“소개해 줄 사람이요?”

“그래. 너에게 좋은 친구가 되어줄 사람이다.”

“두영에게 친구요?”

내 마음처럼 안젤라가 궁금증을 드러냈다. 나에게 친구라니 말이다.

“하하하, 들어가 보면 안다. 제일 먼저 와서 벌써부터 기다리고 있으니까.”

세르노 형이 가운데 서더니 우리 둘의 어깨를 잡고는 안으로 들어갔다.

회원들이 모두 왔는지 마련된 좌석에 남겨진 좌석은 우리들 것뿐이었다.

“어?”

“왜 그러니?”

“아는 아이가 있는 것 같아서요.”

"아는 아이?"

"잘은 모르는데 입학사정관하고 면담할 때 나 다음에 면담한 아이 같아요."

"호호호. 같은 날 면담도 하고, 이제 모임도 같이하는 것을 보니 인연은 인연인가 보다. 거기다가 너랑 같은 동양인이잖아."

"그렇긴 하네요."

묘하다. 처음 봤을 때도 그렇고, 두 번째 보는데 느낌이 강렬하다.

오래전부터 나와 뭔가 얽혀 있는 듯한 느낌이 드는 아이다.

"자, 오늘도 전부 성원이 됐네. 다들 방학은 잘 보냈습니까?"

세르노 형이 모임을 시작하는 멘트를 날렸다. 다들 단상을 주목했다.

"크크크, 회장이 저렇게 묻는 걸 보니까 방학을 재미없게 보낸 모양이네."

"그러게. 다른 때 같았으면 자기가 놀았던 이야기부터 먼저 꺼냈을 텐데 말이야."

"졸업이 멀지 않았으니 회사로 끌려갔겠지. 후계자라 봐야 세르노밖에는 없으니까."

"사업은 죽어라 싫어하는 놈이 죽을 맛이겠다."

다들 세르노 형의 사정을 아는지 한마디씩 한다.

다른 형들의 말대로 세르노 형은 완전히 학자 타입이다. 사업에 대해서는 알레르기를 일으킬 정도로 싫어한다.

특히나 아버지의 사업에 대해서는 거부반응이 상당한 편이다.

그렇지만 자신이 가진 부를 즐기는 것은 무척이나 즐기는 편이다.

어째서 싫어하는지는 모르지만 약간은 양면성을 가졌다고 할 수 있다. 사람이 워낙 좋아서 그렇지, 다른 사람 같았으면 사람이 덜됐다는 소리를 들을 만한 일이었다.

"아! 아! 거기 잡담은 그만하고, 오늘 새로운 회원을 소개하려고 합니다."

세르노 형의 말에 다들 한쪽에 홀로 앉아 있는 아이에게 시선이 쏠렸다.

"다들 짐작한 것과 같이 우리 귀여운 막내와 동갑내기로 한국에서 온 왕성준이라고 한다. 다들 잘 대해주도록! 자, 이리 나와서 인사를 해라."

세르노 형이 소개하자 성준이란 아이가 일어나 단상으로 나갔다. 나와 동갑이라고는 하지만 나에 비해 체격이 좀 작아 보였다.

"왕성준이라고 합니다. 앞으로 응용공학을 전공하려고 합니다. 잘 부탁드립니다."

"환영한다."

"막내는 좋겠다. 이제 또래 친구가 생겼네. 하하하!"

다들 축하해 주었다. 형들과 누나들이 적극적으로 환영을 하는 것을 보니 꽤나 잘 알려진 아이 같았다.

"이번에 새로 들어온 막내는 이미 오너다. 재료 관련 회사인데 상당히 전도가 유망하다. 엔리멘트사라고 다들 한 번쯤은 들어봤을 것이다. 학업도 상위에 랭크될 만큼 열심히 하니까 많은 도움을 주기 바란다."

"휘이익! 즉인다."

"야! 벌써 오너라니!!"

다들 난리가 아니다. 재학하며 회사를 차리는 일이 많기는 하지만 반응이 이 정도 되는 것은 성준이라는 아이가 세운 회사 때문이다.

엘리멘트사라면 꽤나 유명한 회사다.

여러 가지 반도체 및 무기 재료를 생산하는 회사로 알려져 있는데, 세워진 지 얼마 되지 않았는데도 매출액이 10억 달러가 넘는 규모라고 하니 말 다 했다고 할 수 있다.

저 나이에 그런 회사를 차리다니 가히 천재라고 할 수 있을 것 같다.

"자자, 다들 조용히! 오늘 첫 모임에 앞서 공지사항은 봤으리라고 생각한다. 이번 학기 중 우리 과제는 열대림의 보존 방안과 개발을 어떻게 병행할 것인가 방법을 찾는 것이다. 메일을 통해 여러분의 의견을 종합해 만든 과제니까 과제를 선정하는 데 이의가 없으리라고 본다. 그럼, 분과를 만들어 각자 연구를 추진하려고 하는데, 각자 원하는 분과를 지원해 보도록!"

골든 마인드는 단순한 공부 모임이 아니다.

매 학기 중 공공성이 짙은 과제를 선정하여 분과를 나누고 자기가 전공한 분야를 중심으로 연구하는 모임이다.

회원들은 자기 학업 이외에 시간을 쪼개서 연구를 한다. 지성인답게 인류의 미래를 생각해 다들 열심히 활동하고 있는 대표적인 프로젝트다.

분과는 대충 정해졌다. 전공이 있으니 모이는 사람들도 프로젝트가 진행될 때마다 거의 같다.

나야 처음 참석하는 것이라 내 전공을 살려 생물 분과로 들었다. 열대우림에 맞는 수목에 대한 조사 등 다양한 생물자원에 대한 활용 방안을 연구하는 것이다.

새로 들어온 성준이라는 아이는 열대우림의 광산 개발에 따른 폐해를 조사, 분석하는 환경 분과에 들었다. 같이 하고 싶은 아인데 조금 아쉬운 마음이 들었다.

분과 일차 모임에서 세부 연구 주제를 받고 기숙사로 돌아가려는데 세르노 형이 다가왔다.

"후후, 주제는 뭐로 받았냐?"

"생물 다양성과 열대우림의 생장에 관한 역학 분석이네요."

"호오, 꽤나 어려운 것을 맡겼네. 신입생 신고식인가?"

별로 어렵지 않을 것이라 생각했는데 세르노 형은 다르게 생각하는 모양이다.

"신입생 신고식이요?"

"후후, 그래. 신입이 들어와 첫 번째 과제가 진행되면 대부분 엄청난 자료 조사를 해야 하는 세부 과제를 맡기지. 열대우림 생물을 전부 조사해야 하니까 만만치 않을걸.”

생각해 보니 세르노 형의 말이 맞는 것 같다. 열대우림에 사는 생물 종이 한두 개가 아닐 테니까 말이다.

“너무 걱정하지 마라. 네 의지를 시험하는 것이니까. 이 모임은 학업을 돕기도 하지만 공공을 위한 연구를 위해 만들어진 것이다. 자기희생이 없으면 지속되기가 힘들지. 아마도 선배들은 네 희생정신을 보려는 것 같다. 힘들더라도 잘 버텨봐라.”

“알겠습니다.”

별다른 걱정을 하지는 않는다. 전에 얻은 메인타워도 있고, 행성환경학을 배우는 과제 모델이 대부분 지구의 역사와 자료들이었으니까 말이다.

열대우림의 파괴도 그중 하나다.

지구의 환경 파괴는 도를 넘어 극악으로 치닫고 있었던 상황이라 우주의 다른 행성을 개발하면서 그 지역의 자연환경을 파괴하지 않고 유지하는 것이 큰 과제 중 하나였던 것이다.

자리를 파하고 기숙사로 돌아왔다. 기숙사로 돌아오니 뜻밖의 소식이 있었다. 그동안 혼자 지내고 있었는데 새로운 룸메이트가 온다는 것이다.

아직 누군지는 모르지만 일단 방으로 올라가 책을 정리하고 앞으로 공부할 과제를 살폈다.

　　　　　*　　　　*　　　　*

　골든 마인드에 들어와 좋은 사람들을 만난 것 같았다. 그동
안 외로웠는데 이들이라면 좋은 의지처가 될 수도 있을 것 같
다는 생각이 드는 성준이다.
　다른 사람들과 마찬가지로 성준도 과제를 받고 기숙사로 향
했다. 물건들이야 택배로 오기로 했으니 일단 룸메이트가 될
사람하고 인사를 해야 할 것 같았다.
　방으로 올라가 보니 이미 와 있는 모양이다.
　똑! 똑!
　"들어오세요."
　'앳된 목소리다. 혹시?'
　문을 열고 들어가 보니 아까 골든 마인드 모임에서 봤던 사
람이다. 성준은 자신과 같은 나이라고 들었는데 전혀 그렇게
보이지 않았다. 커다란 키에 당당해 보이는 몸집이 자신보다
적어도 다섯 살은 많아 보였다.
　"하하하, 어서 와! 혹시나 너일지도 모른다고 생각했는데."
　"반, 반갑다."
　악수를 청해오는데 손이 거의 두 배쯤 되어 보였다. 이런 사
람이 자신과 동갑이라니 아무리 생각해도 믿을 수가 없었다.
　덩치는 크지만 환한 미소가 싱그러운 사람이라는 생각이 들
었다. 어쩐지 믿음직하게 보이기까지 했다. 그만큼 두영이 보
여주는 미소는 성준에게 마음으로 다가왔다.

“이쪽이 네 침대고, 저것은 그동안 내가 쓰던 거다. 필요하면 말해. 바꿔줄 테니까.”

기득권이라는 것이 있을 텐데 서슴없이 창가 쪽 침대를 바꾸어준다고 양보하는 것을 보니 마음도 착한 것 같았다.

“괜찮아. 나는 햇빛보다는 이런 쪽이 좋아. 책상도 가까이 있고.”

가문의 추적자들이 미국까지 왔을 수도 있기에 어차피 창문 쪽은 피해야 하는 입장이라 성준은 굳이 바꿀 필요는 없어 사양을 했다.

“그러냐. 그럼 그렇게 해라. 필요하면 언제든지 말하고. 난 상관없으니까.”

“고맙다.”

“그런데 짐은 없냐?”

“그동안 진행하는 프로젝트가 있어서 회사 사택에서 살았다. 이제는 마무리돼서 기숙사로 들어온 거고. 짐은 아마 내일쯤 올 거다.”

“그랬구나. 칫솔이랑 그런 것은 없겠네. 새것 있으니까 쓰도록 하고 수건도 그냥 내 것 써.”

“고맙다.”

“그런데 저녁은 먹었냐? 아니지. 금방 모임이 끝났으니까 아직이겠네. 너, 나랑 같이 나가자.”

“저⋯⋯.”

탁!

갑자기 어딜 가자는 건지 몰라 우물쭈물하는 성준이에게 두영이 어깨를 두드리며 말을 이었다.

"그냥 따라와라. 좋은 거 먹여줄 테니까."

"좋은 거? 고맙지만 그러지 않아도 된다."

밥을 사주려는 것 같아 보이기에 신세지고 싶지 않아 성준이 사양을 했다.

"그냥 따라와라! 룸메이트가 됐는데 내가 한턱 쏴야지. 크크, 원래는 내가 쏘는 것도 아니지만 가보면 좋아할 거다."

어깨를 부여잡고 잡아끄는데 힘이 장난이 아니었다. 보통 사람을 훨씬 상회하는 근밀도와 탄력이었다. 이 정도면 자신에게 숨겨진 힘을 써도 그리 밀리지 않는 힘을 가지고 있는 것 같아 보였기에 성준은 새삼스러운 눈으로 두영을 바라보았다.

"어, 어!!"

"자식, 따라오라면 따라와라."

성준은 두영에게 거의 들리다시피 해서 방을 나서야 했다.

두 사람은 학교를 나섰다. 10여 분 정도 걸으니 성준의 눈에 교수들을 위해 마련된 단독주택들이 보였다.

두영이 아담해 보이는 집에 멈추어 섰다. 문 앞에 장식된 것을 보니 한국적인 것들이다. 아마도 한국인 교수를 찾아온 것 같았다.

"들어가자."

"여기는 교수님 사택이잖아?"

“잔말 말고 따라 들어와라!”

딩동!

“이모!! 나 왔어!!”

‘이모? 그럼 이 학교 교수 중 하나가 저 아이 이모라는 소린가?’

“두영이 왔냐?”

‘저분은?!’

성준은 문을 열고 마중을 나선 교수님을 보고 놀라지 않을 수 없었다. 학부 지도 교수인 문광열 교수다.

“이모부, 이모는요?”

“어서 들어와라. 음식 준비하느라고 바쁘다. 어, 그런데 성준이도 왔네.”

“이 녀석, 제 룸메이트예요.”

“그러냐. 잘됐구나. 너도 어서 들어와라!”

성준으로서는 평상시에 볼 수 없는 모습이었다. 무척이나 깐깐하기로 유명한 교수인데 가족한테는 그러지 않는구나 하는 생각이 들었다.

“감사합니다, 교수님.”

허락을 받고 안으로 들어가니 그리운 냄새가 집 안에 가득했다.

‘언제 돌아갈 수 있으려나…….’

꿈에서라도 맡고 싶어하던 고향의 냄새가 물씬 흘러나와 성준의 감성을 자극했다. 타의에 의해 한국을 떠난 성준으로서는 마음이 착잡할 수밖에 없었다.

"모두 한국 사람이니까 한국식으로 해야겠지? 식탁을 거의 다 차린 것 같으니 어서 식당으로 가자."

문광열 교수의 재촉에 식당 안으로 가니, 음식이 가득 차려진 식탁이 보였다. 그것도 100퍼센트 한국식으로 쫙 차려져 있었다. 이런 한국 음식이 정말 얼마만인지, 성준의 입가에 침이 고이기 시작했다.

"어서 와요."

"아, 안녕하셨어요, 교수님."

앞치마를 두른 윤미숙 교수가 자신을 반기자 성준은 급히 고개를 숙여 인사를 했다.

'두영이 이모란 분이 윤미숙 교수님이실 줄이야. 그나저나 깐깐한 문광열 교수님과 다정다감한 윤미숙 교수님이 부부라니 놀랄 노 자다.'

"어서 앉아요."

성준이 미숙의 권유에 자리에 앉았다. 모두들 자리에 앉고 식사가 시작됐다. 성준은 차려진 음식을 보며 아마도 오늘 배가 터지지 않을지 모르겠다는 생각이 들었다.

*   *   *

이모의 요리 솜씨는 아직도 그대로다. 안 해서 그렇지 마음만 먹으면 어머니보다 훨씬 낫다.

오늘 이모가 상을 차려주신 것은 어머니의 강요에 못 이겨
서다. 어머니로부터 전화기로 한 시간을 넘게 설교를 들었다
고 한다.

어머니의 잔소리가 무서워 신경을 쓰신 것인지 음식은 꽤나
맛깔스러웠다.

저녁 식사를 마치고 여러 가지 대화를 나누었다. 이모와 이
모부는 앞으로 성준이와 사이좋게 지내기를 바라며 덕담을 해
주셨고, 쭈뼛대는 이 녀석과도 많이 친해졌다.

역시 사람은 같이 밥을 먹어야 친해지는 모양이다.

지금은 기숙사로 돌아가는 중이다. 산책을 겸해서 가는 길
이 그다지 기분 나쁘지는 않다.

어찌 보면 꼭 동생 같은 녀석이다.

전생인지 후생인지 모를 미래의 시간대에도 외동아들이라
얼마나 외로움을 탔는지 모른다. 이번 기회에 이 녀석과 친해
져야겠다.

"너도 꽤 하나 보더라. 세르노 형이 보기에는 그래도 사람
칭찬에 무척 인색한 편이거든."

"후후, 그럼 너도 꽤 하겠네. 골든 마인드에 들어오기를 권
유하면서 네 칭찬을 입에 침이 마를 정도로 했으니까 말이
다."

"하하하, 그러냐?"

"앞으로 잘 지내보자. 어쩐 일인지 네가 좋아질 것 같으니까
말이다. 오래전부터 알았던 사람 같기도 하고 말이다."

"너도 그러냐? 나도 그런 느낌을 받았는데. 하하하! 앞으로 서로를 잘 알아가 보자. 어린 나이에 MIT에 들어와 조금은 외로웠는데 이제는 너 때문에 즐거운 학창 생활이 될 것 같으니 말이다."

"그래, 앞으로 잘 부탁한다."

"나도!"

이런 느낌은 무척이나 생소하지만 기분이 좋다. 마음이 통하는 것 같다. 난생처음 등을 맡길 만한 친구를 만난 것 같으니 말이다.

"그런데 너 혹시 코 고냐?"

"코?"

"그래. 사실 내가 코를 좀 심하게 골거든!"

"걱정하지 마라. 옆에 전차가 지나가도 모른다."

"그럼 다행이다."

별로 좋은 현상은 아닌데 수면호흡장애인가 모르겠다. 나야 아르바이트를 하면서 천둥소리를 내는 놈들과도 많이 자봤으니 상관은 없지만 말이다.

기숙사로 돌아와 씻고 자리에 들었다. 아침에 빨리 일어나 할 일이 있기 때문에 오늘은 일찍 잠자리에 들어야 한다.

성준이도 피곤한지 일찍 자리에 누웠다.

드르렁! 푸우!!

눕자마자 코를 곤다. 말대로 무척이나 큰 소리지만 그리 신경 쓰이지는 않는다.

드르렁, 푸우!!

누워서 잠을 청하려니 음율을 타고 도는 코 고는 소리가 마치 자장가처럼 들린다.

"어?"

조용히 눈을 감고 잠을 청하는데 이상하다는 느낌이 든다. 코 고는 소리 때문이다.

코 고는 소리가 단순히 수면호흡장애 때문은 아닌 것 같다. 녀석의 숨결을 따라 흐르는 기운이 흐르고 있는 것이다.

"후후후, 이것도 인연인가?"

자연의 기운을 다루는 법을 배워야 한다고 했는데 이렇게 찾아오다니, 우연이라고 말하기에는 부족했다.

하지만 훔쳐 배울 생각은 아직 없다. 시간은 조금 걸리겠지만 나 또한 방법을 마련하지 못하는 것도 아니니까.

앞으로 저 녀석과 좋은 인연이 되기를 기대해 볼 뿐이다. 아무리 생각해도 뭔가 사연을 간직하고 있는 것 같으니까 말이다.

*　　　*　　　*

실리콘밸리!

캘리포니아 중서부에 위치한 미국 컴퓨터 산업의 메카인 도시다.

새너제이 시에서부터 팰러앨토 시까지 약 40킬로미터까지 뻗어 있는 이곳은 미국 경제를 이끌어가는 연구와 경제의 중심지라고 할 수 있는 곳이라고 할 수 있다.

새너제이 시 외곽에는 실리콘밸리에 위치한 여느 회사들과 같이 컴퓨터 소프트웨어 및 하드 분야를 주 사업으로 하는 회사들이 모여 있다.

연이어 늘어선 회사들은 오늘도 늦은 밤이지만 곳곳에 불이 켜져 있는 것이 연구에 열중인 것이 분명했다.

그런 회사들 중에 널찍한 부지와 함께 마치 피라미드와 비슷한 형태의 사옥을 가진 회사가 한쪽 끝머리에 자리 잡고 있었다.

멀티온이라는 사명을 가진 이 회사는 특이한 건물 구조로 인해 새너제이 시에서도 명물로 자리 잡고 있는 중이다.

멀티온은 실리콘밸리가 조성된 이후, 1980년대 후반에 처음 터를 닦고 자리를 잡은 회사로 온라인 산업 분야에 있어서는 나름대로 잘 알려진 명성을 쌓고 있는 중견 회사다.

하지만 세상에 알려진 것과는 달리 멀티온은 온라인 사업뿐만 아니라 다른 사업도 진행하고 있었다.

멀티온에서 추진하고 있는 사업은 신경망 네트워크 시스템과 유전공학을 연계한 일종의 안드로이드 프로젝트를 추진하고 있는 중이다.

미국 국방부의 의뢰를 받아 5년 전부터 시작된 이 프로젝트는 비밀로 다루어지고 있는 중이다.

멀티온에서도 다른 사업을 하고 있다는 것은 극소수의 관련

자들만이 알고 있을 뿐만 아니라, 연구 결과에 대한 그 어떤 공표도 이루지고 있지 않는, 그야말로 극비 중의 극비 프로젝트였다.

마스터는 통제실에 앉아 시뮬레이션 작업을 진행 중인 제레미를 보면서 재미있다는 생각이 들었다.

자신이 하고 있는 연구의 최종 단계가 무엇인지도 모르면서 저렇듯 열정적으로 연구를 하니 마치 꼭두각시를 보는 느낌이다.

안드로이드를 만드는 프로젝트라고 알고 있으면 그만이었다. 결과물에 대해서는 그 누구에게도 알려줄 수는 없으니 자신이 알고 싶은 대로 알고 있으면 그만이었다.

다크나이트의 보완과 양산형 스피릿아머의 제작 과정을 도출하기 위한 연구라고 알고 있지만 숨겨진 비밀은 그 누구에도 알려줄 수가 없는 일이었다.

조금이라도 비밀이 새어나간다면 무지막지한 놈들이 벌 떼처럼 달려들 것 이 분명하니 이번 계획의 진실을 알고 있는 것은 자신 하나로 족한 것이다.

"얼마나 진행 중인가?"

부산함이 가시기에 마스터는 제리미에게 진행 상황을 물었다.

"회장님께서 가져오신 연구 자료를 통해 지금 시뮬레이션 작업의 마지막 단계를 진행 중입니다."

"그럼 얼마 안 있어 결과가 나오겠군."

"그럴 겁니다. 펜타곤에서 계속 재촉 중이니 조만간 어느 정도 가시적인 성과를 제시할 수 있을 겁니다."

"펜타곤 놈들은 신경 쓰지 말고 진행하게. 여차하면 연구 지원을 사양하면 그만이니까."

"하지만……."

미래형 병사에 대한 연구라고 알고 있기에 펜타콘에서 연구비를 지원하는 것이었다.

최첨단 전투 시스템이 담긴 전투용 플레이트와 가공할 개인 화기를 개발하는 것이라고 알려진 이번 프로젝트는 펜타곤의 도움 없이는 거의 불가능한 일이라고 알고 있었기에 제레미는 신경을 쓰지 않을 수 없었다.

잘못하다가는 연구비가 끊겨 자신이 하고자 하는 연구를 중단할 수도 있었기 때문이다.

"연구비 걱정은 하지 마라. 내 개인 자금으로도 충분히 지원이 가능하니까. 대신 최대한 빨리 양산을 실현할 수 있는 무인 제조 시스템을 만들어내야 할 것이다. 그래야 펜타곤도 휘어잡을 수 있으니까."

"알겠습니다. 시뮬레이션만 끝나면 무인 자동화 시스템을 구현할 수 있는 기반은 다 준비되어 있으니 회장님께서는 동력원에 대한 연구를 진행시켜 주십시오. 이곳은 저에게 맡기시고 말입니다."

"알았다."

　역시 열정은 좋은 것이라는 생각이 들었다. 제레미는 확실한 것이 아니면 저렇게 말하지 않는 성격임을 마스터는 잘 알고 있었던 것이다.

　제레미에게 시뮬레이션을 맡기고 사무실로 올라가기로 했다. 이제 더 이상 지켜볼 필요가 없었기 때문이다.

　양산형 스피릿아머의 제조 과정 중 핵심 과정은 모르겠지만 저렇게 말하니 머지않아 자신이 원하는 수준의 제조 시스템을 만들어낼 수 있을 것 같아 기분이 좋은 마스터는 제레미를 위로했다.

　"제레미, 이번 연구가 끝나면 네가 하고 싶은 연구를 진행하도록 해주겠다. 그러니 사명을 가지고 최대한 성과를 내주면 고맙겠다."

　"염려 마십시오."

　"그럼, 난 이만 내 연구실로 갈 테니 수고하도록!"

　"살펴 가십시오."

　마스터는 제레미를 통제실에 놔두고 연구실로 향했다. 그가 향한 곳은 다크나이트의 보완을 위한 연구를 하는 특별연구실이었다. 특별연구실은 제레미마저 출입이 금지된 곳으로 오직 마스터만이 출입할 수 있는 공간이다.

　연구실로 들어온 후, 마스터는 메일부터 확인했다. 회사로 돌아오기 전에 부탁해 놓았던 것을 확인한 것이다.

　"후후, 역시 NSA(미국 국가안전보장국)로군."

캐나다 쪽의 정보를 어떻게 얻은 것인지 모르지만 부탁한 지 이틀 만에 곧바로 정보를 보내왔다.

그가 NSA에 요구한 것은 밴프 국립공원의 출입자 정보였다. NSA의 의심을 살지도 몰라 실험에 대한 보안을 위해 밴프 국립공원 내 출입자에 대한 정보만 요구했었기에 무엇 때문에 요구한 것인지는 알지 못할 터였다.

기존 정보를 토대로 살펴보면 자신과 맞닥뜨렸던 자들은 근래에 밴프 국립공원으로 온 자들이었다. 출입자들을 살펴보면 자신의 일을 방해한 자들이 누구인지 알 수 있을 것이기에 천천히 명단을 살폈다.

“음, 자원봉사 프로그램이라…….”

동물 보호 프로그램에 봉사를 자원한 자들에게 의심이 갔다.

실험을 하고 있는 근처에 사무실이 있을 뿐만 아니라, 관광객을 제외하고 상당 기간 체류한 자들은 그들뿐이었기 때문이다.

“열두 명이라… 조금 많기는 하지만 문제가 되는 것보다는 낫겠지.”

전부 제거하기에는 문제될 소지가 있는 숫자였다. 그러나 그냥 둘 수도 없는 노릇이었다.

“워마켓에 들여야 할지도 모르겠군. 그들이라면 소리 소문 없이 제거할 수 있을 테니까.”

아직은 정체를 드러내서는 안 되는 실정이라 직접 제거하기

는 어려웠다. 그렇다면 전문가들에게 맡기면 된다는 생각이
들었다.

피를 먹고사는 하이에나들이지만 일 하나만큼은 완벽주의
자들이니 깨끗이 처리해 주리라 생각한 것이다.

"롤스!"

마스터는 자신이 만든 그림자이자 분신인 롤스를 불렀다.

"부르셨습니까?"

대답과 함께 검은 그림자가 바닥에서 일어났다. 자신의 작
품이지만 보면 볼수록 놀라운 터라 마스터의 눈에 감탄의 빛
이 흘렀다.

"명단을 보았을 것이니 의뢰를 해라. 의뢰 조건은 돈은 얼
마가 들어도 좋으니 조속한 시일 내에 제거해 달라고 붙여
라."

"제가 직접 해도 됩니다만."

롤스가 나선다면 증거를 남기지 않고 일을 끝낼 수도 있을
것이다. 하지만 그것은 일반인들에게 적용되는 것뿐이었다.
앞으로 상대해야 할 자들은 어떻게 해서든지 자신에 대한 단
서를 찾아낼 테니 타인에게 맡기고 꼬리를 자르는 것이 훨씬
유리했다.

"워마켓에 의뢰하는 것은 시간을 끌기 위해서다."

"시간을 끄신다는 말씀이십니까?"

"제거하려는 놈들 사이에 연관성이 없지 않는 것은 아니니
추적이 있을 것이고, 놈들은 반드시 찾아낼 것이다. 특히 엘프

들은 말이다. 워마켓에 맡기면 일차적으로 그들과 싸워야 하니 우리는 충분한 시간을 벌 수 있을 것이다. 워마켓도 만만치 않으니 어쩌면 추적하는 자들을 전부 제거할 수도 있을 것이다. 그리고 모든 일이 끝나면 의뢰받은 자는 깨끗이 제거해라. 괜히 꼬리를 남겨 거슬러 올라오게 만들어서는 곤란하니까.”

“알겠습니다. 마스터께서 원하시는 대로 처리하도록 하겠습니다.”

그림자가 조금 옅어졌다. 롤스가 떠난 것이다. 어찌 되었든 문제는 해결될 것이 분명했다.

‘후후, 어차피 양산형 시스템이 완성되면 떠날 것이니 문제는 없을 것이다.’

*　　　*　　　*

두 번째 학기의 학교생활은 재미있었다. 골든 마인드의 형들과 누나들과도 상당한 친분을 쌓았고, 내 룸메이트 녀석과도 스스럼이 없어졌다.

문제가 생긴 것은 학기를 시작하고 한 달이 지났을 때다. 안젤라가 골치 아픈 문제를 들고 온 것이다.

지금도 눈앞에서 연관성을 찾아내려는 관련 기사들을 뚫어지게 바라보고 있는 안젤라가 안쓰럽기까지 하다. 가만히 생각해 보면 답이 뻔히 나오는데 말이다.

“두영, 어떻게 생각해?”

답이 나오지 않는지 의견을 구하는 안젤라를 보면서 사랑스럽기 그지없다는 생각이 든다.

더 이상 안 되겠다는 듯 아랫입술을 안으로 밀어 이로 약간 깨문 모습이 사람 잡는 수준이다.

"두영!!"

안젤라를 바라보느라 대답을 한다는 것을 깜빡 잊었다.

"아! 미안해요. 잠시 생각할 것이 있어서."

"뭔가 결론이 난 거야?"

"예."

모두 자원봉사 프로그램에 참여한 사람들이다.

그들이 거의 비슷한 시간에 죽어나갔다. 대부분 교통사고나 익사 사고 등 흔히 일어날 수 있는 사고로 죽었지만 결코 자연스럽지가 않다.

안젤라도 자신을 따라다니던 녀석이 죽지 않았다면 결코 알아차릴 수 없을 정도로 그들의 죽음은 자연스러웠다.

하지만 안젤라도 알고 나도 안다. 그들의 죽음에 마스터란 자가 있을 것이라는 것을 말이다.

얼마 전, 자전거를 타고 등교하다가 안젤라도 교통사고를 당할 뻔한 적이 있으니 거의 확실하다.

누군가 자원봉사 프로그램에 참여한 사람들을 노리고 있다는 것이 말이다.

그렇지만 누구냐가 문제였다.

악마의식을 행하는 자가 이런 식으로 직접 사람들을 제거하려 하지는 않을 것이 분명했다.

그렇다면 누군가에게 의뢰를 했을 텐데 이런 식으로 동시다발적으로 사람들을 제거할 수 있는 세력이 거의 없다는 것이 문제였다.

궁금해하는 표정이 역력하니 조금은 알려줘도 될 것 같다.

내가 살던 시간대에도 거의 베일에 가려진 존재였던 그들에 대해서 말이다.

지금 시기면 창설된 지 얼마 되지 않을 것이기에 아마도 그들에 대해 알고 있는 자는 거의 없을 것이다.

"안젤라, 워마켓이라고 알아요?"

"워마켓?"

역시, 안젤라도 모르는 모양이다. 하긴 알고 있다면 그것이 더 이상한 일이다.

"그럼, 블랙솔저는요?"

"블랙솔저라면 그 용병주식회사를 말하는 거야?"

"잘 아는군요. 보안이 주요 분야지만 전쟁도 대행해 주는 그 용병주식회사를 말하는 겁니다."

"그런데?"

"워마켓은 그 블랙솔저들 사이에 형성된 블랙마켓을 말해요. 실력도 쌓고 용돈도 벌려고 시작된 아주 특이한 시장이지요."

"그런 것이 있었어?"

"후후후, 생긴 지 얼마 되지 않아 아는 사람이 거의 없지만 그들이라면 이런 일이 가능해요. 상당수의 능력자들을 보유하고 있으니까요. 모두 각자 활동하지만 커미셔너가 일을 의뢰받았다면 블랙솔저들은 경기에 뛰어들지요. 전쟁이라는 경기에 말이죠."

"이야, 정말 희한한 놈들이네."

후후후, 맞는 말이다. 워마켓에 소속된 블랙솔저들은 전쟁이나 암살을 스포츠로 여긴다. 자신의 명성과 값어치를 매길 수 있는 시장으로 말이다.

전투와 암살에 특화된 상당한 능력자들이라 놈들은 난이도를 선호한다. 전쟁은 누가 더 완벽하게 적들을 말살하느냐, 암살이라면 누가 더 증거를 남기지 않는 자연사를 만들어낼 수 있느냐로 승부를 가리는 죽음의 선수들이 바로 그들이다.

"안젤라도 위험할지 모르겠네요. 놈들이 노리는 이상, 위험이 언제 찾아올지 모르니 말입니다."

"그런 놈들 다 오라고 해. 가만두지 않을 테니까."

역시 스플렌더의 수호검답게 불의를 못 참는 안젤라다.

하지만 아무리 스플렌더를 다룰 수 있다고 해도 보이지 않는 화살은 위험한 법이다.

내가 알기로 이 시점에 상당수의 이능력자(異能力者)들이 워마켓에 유입되었을 테니까 말이다.

"안젤라, 그들은 너무 우습게 여기지 말아요. 술자 가문들에서도 그들을 예의 주시하고 있는 중이니까요."

"술자 가문에서?"

"예, 그들 중 상당수가 이능력을 가지고 있다는 첩보가 있어요. 그런 작자들이 율법을 어기고 나섰으니까 술자 가문에서도 관심을 가지지 않을 수 없으니까요."

"그렇겠네. 술자들의 율법은 무척이나 엄격하니까."

이면의 세계를 벗어나서는 안 된다는 것이 술자들의 율법이다. 만약 어기게 되면 그 지역을 관할하는 술자 가문이 나서게 된다.

그 이후의 결과는 언제나 말살!

이능력을 이용해 일반인을 대상으로 자신의 욕심을 채운다면 완전 말살을 전제로 술자 가문의 추격이 시작되는 것이다.

"그렇지만 워마켓은 특정한 장소를 무대로 활동하지 않아요. 커미셔너의 중재로 일을 나서는 탓에 그 근거지가 어디인지, 그리고 누가 나섰는지 파악하기가 곤란하니까요. 해서 술자 가문에서도 예의 주시하고 있는 입장이죠."

"곤란하게 됐네. 두영이 말대로 나도 위험할 수 있으니까 말이야."

"하하하, 걱정하지 말아요. 안젤라를 건드리는 순간, 놈들은 지옥이 무엇인지 보게 될 테니까요. 그리고 이번 일은 놈들을 기다리는 것보다 찾아가는 것이 나을 것 같아요. 다크나이트라 스피릿아머를 사용한 놈이 또 어떤 수작을 피울지 모르니까요."

"두영인 워마켓에 대해 알고 있는 거야?"

"조금은요. 적어도 안젤라를 노리는 놈이 누구인지는 알 것 같아요."

"정말?"

새삼스럽다는 표정이다. 술자 가문 출신이라고 말했는데 아무래도 믿지 못하는 표정이다.

하지만 의문은 의문일 뿐일 것이다. 엘프는 반려에 대해 무한한 신뢰를 가지게 되니 말이다.

"그래요. 마침 주말이니 놈들을 한번 찾아가 보도록 하지요. 아무래도 안젤라가 마지막 같으니 놈들이 이곳에 모여 있을 가능성이 크니까요."

"알았어. 날 노린 것이 얼마나 어리석은 일인지 가르쳐 주도록 할게."

안젤라가 화가 단단히 난 것 같다.

감히 스플렌더의 수호검주를 노리다니 말이다.

아무튼 놈들은 이번 일을 경기로 생각하니 자신들이 벌인 일에 대한 품평회를 이곳에 모여서 열 것이 분명하다. 의뢰된 금액을 승자가 모두 몰아 가지는 방식을 채택했을 것이니 말이다.

안젤라를 가지고 그런 경기를 벌였다니 그만한 대가를 치르게 해주어야겠다.

이미 이상한 움직임을 보이는 자들에 대해 조사를 해놓은 터라 놈들에 대한 단서를 잡기는 쉬울 것이다.

안젤라를 데리고 기숙사를 나섰다.

행성 전쟁에 있어 이능력을 가진 존재에 대한 파악은 무척이나 중요한 사항이다. 전쟁의 향방을 바꿀 수도 있기 때문이다.

　메인타워는 이능력을 가진 존재를 파악하는 데 특화된 능력을 가지고 있다.

　난 안젤라의 사고를 기점으로 메인타워를 동원했다. 안젤라의 사고 당시 옆에 있어서 이능력이 동원된 것을 확인할 수 있었기 때문이다.

　그렇게 메인타워를 통해 알아낸 정보로는 보스턴 쪽에서 이상한 움직임이 여럿 포착된 상태였다.

　대도시의 경우 이능력을 가진 존재들이 상당수 존재하지만 어느 정도 위험성을 가진 존재들은 극히 드물다.

　그런데 그런 존재들이 하나둘도 아니고 십여 명 가까이 되는 것을 보며 놈들이 그곳에서 품평회를 열려고 하는 것이 분명해 보였던 것이다.

　다리를 건너 우리가 찾아간 곳은 바다에서 가까운 워터프론트라는 호텔이다.

　무작정 호텔로 들어가 놈들을 찾아가기는 쉽지가 않아서 호텔 앞에 도착한 후, 약간 북쪽에 있는 하푼이라는 레스토랑에서 저녁 식사를 겸하며 감시를 시작했다.

　"좋은 일로 나온 것은 아니지만 이런 곳에 단둘이라니 너무 좋아요."

　학교에서 나오니 이제는 순종적인 애인 모드다. 역시 이 맛에 연애를 하는 것 같다.

"하하하, 나도 좋아. 일단 놈들의 움직임이 없는 것 같으니
식사나 하면서 관찰하기로 하는 것이 좋을 것 같아."

"예."

"안젤라는 뭘 먹을 거야?"

"두영 씨가 좋아하는 것으로 해요."

"나야 상관없어. 안젤라가 먹는 것으로 먹을게."

"그럼, 내가 시킬게요."

안젤라가 웨이터를 부르고 주문을 했다.

고기를 좋아하는 나를 위해서 스테이크를 시키고, 자신은
과일 드레싱을 얹은 야채샐러드를 시켰다.

사람을 죽인 숫자에 비해 호텔에 도착한 인원은 별로 없었
다. 아직 다 오지 않은 것 같아 조금 더 기다려야 할 것 같았다.

어차피 감시망을 펼쳐 놓은 터라 놈들에 대한 염려는 없었
기에 기다리는 동안 안젤라와 데이트를 즐기기로 한 것이다.

한 시간 가까이 즐거운 시간을 보낼 수 있었다.

이제는 놈들에 대한 응징을 시작할 때다. 식사를 방금 마쳤
으니 슬슬 준비운동부터 하기로 했다.

"안젤라!"

그린 티를 홀짝이고 있는 안젤라를 불렀다.

"왜요?"

"이제 슬슬 움직일 때가 됐는데 괜찮겠어?"

"놈들이 저곳에 있을까요?"

"그럴 거야. 그렇지만 일단 무기를 준비해야 하니까 어디 한 군데 들르고 놈들을 만나러 가자고. 괜찮겠지?"

"그래요."

안젤라가 찻잔을 놓았다. 자리에서 일어나 의자를 빼주고는 둘이 함께 식당을 나섰다.

밤이 깊어가고 있지만 바다가 가까운 곳이라 그런지 사람들이 아직도 많았다.

"연인들이 아주 많아요."

해안가 항구를 따라 나란히 앉아 키스를 하며 애정행각을 즐기는 연인들을 바라보는 안젤라의 눈이 묘하게 빛났다.

쿵!!

갑자기 심장이 떨어지는 것 같은 기분을 느꼈다. 그러고 보니 안젤라와는 제대로 된 키스를 한 적이 없는 것 같다.

오물거리는 입술이 불빛을 받아 붉은 광채를 흘리는 것이 사람의 가슴을 심란하게 한다.

안젤라가 갑자기 팔짱을 껴온다. 뭉클거리는 감촉이 기분을 좋게 한다.

"우리 두영 씨는 언제 자랄지……."

가느다란 목소리로 아쉬운 마음을 흘리는 안젤라. 나를 보는 눈에서 안타까움이 느껴진다.

키는 멀대같이 크지만 난 아직 미성년자다.

미국에서는 미성년자에 대한 성 문제에 아주 철저하다. 자칫 키스를 했다가는 안젤라가 쇠고랑을 찰 수도 있는 일이다.

하지만 미성년자로 안 보일 텐데…….

아쉬운 마음을 뒤로하고 걷다 보니 일차 목표한 곳에 거의 다 왔다.

"호텔로 가는 거 아니었어요?"

"일단 여기부터 들러야 할 것 같아."

"여기가 어딘데?"

내가 멈춘 곳은 또 다른 식당이다.

생선 요리를 전문적으로 하는 식당으로 식사를 이미 했기에 들어가려는 이유가 무엇인지 궁금한 안젤라가 의문 섞인 눈초리로 바라본다.

"워마켓이라고 고정된 장소가 없는 것은 아니야. 커미셔너와 블랙솔저들은 형체가 없다고 할 수 있지만 이들에게 무기를 대주는 곳은 거의 고정되어 있어."

"그럼?"

"그래. 이곳이 블랙솔저들에게 무기를 대주는 미국 동부의 거점 중 하나야."

안젤라에게 이야기한 것처럼 이곳은 무기가 거래되는 곳이다. 블랙솔저들에게 무기를 대여해 공급해 주기도 하지만 원래는 무기 상인들이 무기를 거래하는 주요 거점이기도 하다.

"여기서 무기를 조달할 셈이에요?"

"응. 이왕 건드리려면 화끈하게 하는 편이 좋을 것 같아서. 이편도 '만만히 볼 상대가 아니다'라는 것을 인식시켜야 할 듯해서 말이야."

"위험하지 않아요?"

"걱정하지 마. 이 정도는 그야말로 여흥에 지나지 않으니까. 안젤라는 내가 하는 것을 지켜보기만 하면 돼."

"알았어요. 하지만 위험하게 되면 두영 씬 제가 지킬게요."

"하하하, 고마운걸."

입술을 깨물며 결의를 보이는 안젤라가 귀엽기 그지없다.

정신연령은 이미 사십대를 바라보는 내가 몸은 십대라는 것이 아쉽기 그지없다.

식당에 들어가니 웨이터가 마중을 했다.

"어서 오십시오."

"식사는 됐고, 사람 좀 찾으려고 왔는데."

"사람 말입니까?"

"써니 다이를 만나보고 싶어서 말이야."

써니 다이를 찾는다니 웨이터의 눈초리가 사나워진다. 주변에 손님만 없다면 당장에라도 죽일 기세다.

"아, 아!! 그렇게 인상 쓸 것은 없고, 쓸 만한 무기 좀 구입하려고 말이야."

무기를 구입하겠다는 소리에 아래위로 웨이터가 훑어본다.

"어떻게 알고 이곳으로 왔소?"

"허리케인 류에게 소개를 받았는데, 출입이 안 되나?"

"허리케인 류에게?"

의심이 가득한 눈빛이다. 업계에서 홀로 움직이는 것으로 유명한 이가 바로 허리케인 류이기 때문이다.

그에 대해서는 알려진 바가 거의 없는 까닭에 내가 그의 이름을 파는 것이 아닌가 하는 눈빛이었다.

이럴 때는 그저 실력을 보여주는 것이 최고다. 이렇게 사방에서 옥죄어오며 일을 벌이려는 사람들에게는 말이다.

"믿지 않는 것 같군. 믿지 않는 것까지는 말리지 않겠지만 이제부터 섣불리 움직이면 그만한 대가를 치를 테니 꼼짝하지 않는 것이 좋을 거야."

경고를 해도 믿지 않는 자들이 있게 마련이다. 자신의 실력을 과신한 것은 아니지만 상대가 나라는 것이 나빴다.

CHAPTER 09
도마뱀의 꼬리

TIME
SLICE 타임 슬라이스

TIME
SLICE 타임 슬라이스

결계에 갇힌 상태라 두영이 마스터와 마주한 광경을 보지 못했지만 지금은 두영의 실력이 어떤지 볼 수 있을 것 같아 안젤라는 눈을 크게 떴다.

두영에게 달려드는 자들은 모두 여섯!

이미 여러 번 이런 일을 해왔는지 세 명씩 한 조를 이루어 순차적으로 달려들고 있었다.

삼각형 모양의 스파이크를 박은 나이프의 너클 형 그립을 잡고 달려드는 그들의 움직임은 백병전투를 수십 번 치른 노련함이 묻어 나왔다.

휘익!

팟!

그립 부분에서 뻗어 나온 스파이크를 두영은 손가락 사이로 끼웠다.

비틀기만 해도 스파이크 형 검촉이 빠져나가겠지만 단단히 고정된 듯 두영에게 나이프를 잡힌 상대의 눈에는 당황스러운 빛이 스쳤다.

우직!

두영이 손을 비트는 동작에 나이프를 잡고 있는 손목뼈가 간단하게 부러져 나갔다.

퍽!

"컥!"

뒤이어 날아가는 무릎의 육중한 공격은 복부를 가격해 피를 토하게 만들었다.

휘이익!

으드득!

퍽!!

"으아악!"

연이어 달려든 자도 마찬가지였다. 두영의 공격을 피하지 못하고 그대로 나동그라진다.

움직임 자체가 제법 전투를 치르고 살인의 경험이 있는 것으로 보이는 자들이었다.

그렇지만 덤벼드는 자들을 하나하나 두영에게 각개격파당하고 있는 중이었다.

여섯이나 되는 인원이 두영의 움직임을 잡지 못하고 있는 중이다.

다들 특수전을 수차례 겪어본 적이 있는 전사들임에 분명한데도 두영을 잡는 것은 불가능해 보였다.

두영이 그들을 타격하기 위해 움직이는 속도가 워낙 순각적일 뿐만 아니라, 손에 잡히지 않는 바람처럼 휘돌아 도는 움직임은 마치 아지랑이 같았기 때문이다.

거의 순식간에 여섯이나 되는 자들이 바닥을 굴렀다.

한바탕 춤사위 같은 광풍이 지나간 자리에는 오직 신음 소리만 흘러나오고 있는 중이다.

'무서운 솜씨다.'

역시나 자신의 예상대로다.

덤벼드는 자들의 노련함은 두영에 비한다면 그야말로 어린아이 수준이다.

술자 가문 출신이라고는 하지만 두영은 그 외에도 여러 가지를 익힌 것이 분명하다.

간결하면서도 깔끔한 움직임을 볼 때 극한의 훈련을 거쳐 만들어진 것이 틀림없었던 것이다.

저렇게 어린 나이에 오랜 세월 전장에서 버텨온 전사의 움직임을 보일 수 있다니 놀라운 생각이 들었다.

'두영 씬, 양파 같은 사람이다.'

정말이지, 알면 알수록 두영은 궁금증을 더하는 사람이라는 생각이 드는 안젤라였다.

　　　　　*　　　　*　　　　*

　"거봐! 사람을 봐가면서 덤벼야지! 난 칼 들고 덤비는 놈들은 그냥 두지 않는 성미거든! 그런데 너 말이야, 나에게 덤벼들라고 지시한 것이 너냐?"

　눈빛으로 지시를 해놓고도 아니라고 고개를 저어버린다.

　눈빛이 흔들리는 것을 보니 겁이 많은 놈이다. 이런 놈에게는 공포를 보여주는 것이 최선의 방법이다.

　하지만 손님으로 왔으니 적당히 해두기로 했다. 일을 크게 만들면 골치가 아파질 수도 있기 때문이다.

　"아니라니 일단은 믿겠지만, 지켜보겠다."

　"하리케인 류는 왜 찾으시는지……?"

　존대를 하는 것을 보니 기세가 한풀 꺾인 것 같다.

　"물건을 빌렸으면 해서 말이야."

　"물건 말입니까?"

　"그래. 여기에 맡겨놓았을 텐데?"

　"그렇긴 합니다만……."

　역시 생각대로다.

　미국 전역에서 활동하며 전설을 만들어낸 허리케인 류는 무기를 항상 가지고 다니는 것이 아니었다.

　창고라 불리는 이런 무기 전문 중계소에 맡기고 다니다가 필요할 때마다 찾아 쓰는 자였다.

　"합니다만?"

말끝을 흐리는 웨이터를 향해 기세를 피워 올렸다.

아무리 전쟁이나 암살에 단련된 자라 할지라도 버티기 힘든 기세이니 웨이터가 버틸 리가 만무하다.

"크으!!"

진저리는 치는 듯한 신음이 웨이터의 입에서 흘러나왔다.

"크, 죄송합니다. 제 선에서 해결할 일이 아니라……."

"좋아, 누가 결정을 내려야 하지?"

대답을 하지 못하고 다른 곳을 주시한다. 결정을 내리는 자가 따로 있다는 소리다.

"이렇게 뇌둘 생각인가?"

바의 한쪽 끝에서 묘한 눈길로 바라보고 있는 여자를 향해 물었다. 검은색의 진과 약간 헐렁해 보이는 셔츠를 입고 가슴을 강조한 매우 육감적인 여자였다.

"제이슨, 물러나라. 호호호, 재미있는 분이군요. 단번에 나를 알아보다니."

제이슨이라는 웨이터를 뒤로 물린 여자는 자리에서 일어나 천천히 다가왔다.

써니 다이라 불리는 이곳 워마켓의 주인이 틀림없다.

"허리케인 류가 맡긴 물건은?"

"이곳에 있기는 해요. 하지만 그것이 당신과 무슨 상관이지요?"

"찾아가야 할 일이 있어서 그런데 좀 내주지 그래?"

"글쎄요. 당신은 허리케인 류가 아니라고 알고 있는데, 물건을 우리가 당신에게 내주어야 하나요?"

입가를 다시며 묻고 있는 표정이 여차하면 공격할 기세다.

"그건 당신이 판단할 사항이 아니라고 보는데. 일단 류의 물건이 있는 곳으로 안내나 하지?"

"음!"

*　　*　　*

허리케인 류는 많은 비용을 주고 자신의 물건들을 맡겨왔다.

그렇지만 자신의 물건을 직접 찾는 일은 없다. 대부분 그의 의뢰를 받은 하수인이 물건을 찾아갔다.

그가 맡긴 물건은 아무나 움직일 수 있는 것이 아니었다. 물건을 가져가려면 허리케인 류가 가르쳐 준 방법만으로 가능한 일이다.

의심스럽기는 하지만 저렇게 말하는 것을 보면 허리케인 류가 보낸 것은 틀림없는 것 같다는 생각이 들었다.

"좋아요. 데리고 가지요. 하지만 당신이 그가 보낸 사람이 아니라면 오늘이 세상을 보는 마지막 날이 될 겁니다."

"후후후, 좋아."

자신감있는 미소를 보며 써니는 두영이 점점 더 허리케인 류가 보낸 자라는 믿음이 갔다.

"따라와요. 제이슨은 가게를 좀 치우고."

"알겠습니다, 마담."

써니는 제이슨에게 약속된 암호를 말했다. 여차하면 무기고 안에 장착된 트랩들을 가동시키라는 의미였다.

"그리고 당신은 따라올 수 없으니 이곳에 있어요. 허튼짓하면 그만한 대가를 치러야 할 거예요."

정체 모를 남자를 따라온 여자에게 써니는 차가운 목소리로 경고를 했다. 특별한 구석은 보이지 않지만 만약의 사태를 대비하기 위해서다.

"걱정 말아요."

"이쪽으로 와요."

안젤라의 대답을 듣고 난 써니는 두영을 안내했다.

안쪽으로 난 문을 열고 지하실로 내려갔다.

'어느 정도 안심을 해도 되겠구나. 하지만 긴장의 끈을 늦추어선 안 되겠지. 만약이라는 경우도 있으니까.'

아무런 거리낌 없이 뒤를 따르는 모습을 보니 허리케인 류가 보낸 것이 확실해 보인다.

만약 그렇지 않다면 죽음을 자처한 자가 틀림없었다. 허리케인 류가 맡긴 물건은 누구라 할지라도 함부로 만질 수 없는 것이기 때문이다.

그렇지만 써니는 애써 긴장감을 늦추지 않았다. 방심은 언제나 화를 부른다는 격언을 늘 잊지 않고 있는 써니였다.

삼중으로 된 잠금 장치와 두 개의 위장 벽을 지나 무기고로

안내했다.

'이자도 프로인가?

세 번째 문 이후에는 통로의 벽마다 상당한 수의 무기가 진열되어 있음에도 아무런 느낌도 없는 것 같았다.

하기야 허리케인 류의 무기를 알고 있다면 눈을 돌릴 이유는 없다. 자신이 판매하는 무기 중 허리케인 류가 맡긴 것보다 뛰어난 것은 없으니 말이다.

지이잉!

마지막 문이 열리고 여러 가지 장치로 보호되고 있는 특수무기고에 도착했다.

"이곳이에요. 허리케인 류가 맡긴 것은 알고 있지요?"

써니로서는 마지막 시험이었다.

특수무기고에 존재하는 무기는 모두 백여 종류. 허리케인 류가 보내왔다면 무기가 어떤 것인지 알 수 있을 것이기 때문이다.

*　　　*　　　*

재미있는 장소다.

추적형 탄환을 사용하는 리볼버, 소형 비행기 폭탄 등 비정형 특수 무기들이 널려 있으니 말이다.

무기중개소인 것은 알겠는데 이런 무기들을 거래할 줄은 몰랐다.

아무래도 저 써니 다이라는 여자가 날 시험하는 것 같으니 일단 허리케인 류가 선호하는 무기들을 찾아야 할 때다.

허리케인이라는 별명을 가지고 있는 류는 전통적인 무기를 선호한다. 대검과 권총이 바로 그것이다.

그러나 일반적인 권총과 대검은 아니다.

주위에 널려 있는 비정형 무기들처럼 특수한 기능을 가지고 있는 것들이다.

뿐만 아니라, 자신과 그가 지정한 자가 아니면 만질 수도 없는 물건들이다.

그립이 30센티미터, 블레이드도 같은 길이를 가진 대검과 손잡이로부터 뒤로 빠져 거치대를 손목에 두를 수 있는 권총 하나가 보인다.

바로 류가 사용하는 물건이다.

그가 사용하는 저격용 총이 아니라 이 두 가지를 얻다니 운이 좋은 편이다.

투명한 크리스털 케이스에 담겨 선반 위에 올려 있는 무기들을 꺼내기 위해 자리를 옮겼다.

류의 무기를 대번에 알아보는 나를 보고 이곳으로 안내한 써니 다이가 미소를 지어 보인다. 내가 류가 보낸 사람임을 확신하는 모양이다.

선반이 있는 곳으로 다가가 케이스를 보고 섰다.

크리스털 바깥쪽과 안쪽에 사람의 머리카락보다 가는 크리스털과 같은 재질로 되어 있는 침이 빼곡하다.

사람의 손 이외에 다른 도구로 열려고 하면 크리스털에 붙어 있는 침들이 바로 날아오게 되어 있는 구조다.

'계(界)! 지(止)!'

경계를 허물고 이능의 힘을 멈추게 하는 주법을 시행한 후 뚜껑을 열었다.

"아아!"

극도로 위험한 함정이 설치된 뚜껑을 내가 아무렇지도 않게 여니 안도의 한숨을 쉬는 것 같다.

크리스털 케이스 안에 있는 무기들을 꺼냈다. 묵직하게 전해오는 대검과 총의 무게가 손에 감겨온다.

"탄환은?"

"잠시 기다려요."

써니 다이가 한쪽 구석에서 권총 탄창을 가지고 왔다. 열다섯 발이 든 탄창 20개를 나에게 건넸다.

"허리케인 류가 이곳에 맡긴 것은 이것이 전부예요."

탄창을 받아 들고 난 후 써니 다이를 바라보았다.

탄창을 들어보니 무게가 달랐다. 탄창마다 탄환을 하나씩 빼낸 것이 틀림없었다.

"휴우, 미안해요."

여자는 다시 한쪽 구석으로 가서 무엇인가를 꺼내왔다. 탄창에서 꺼낸 탄환들이다.

아마도 허리케인 류가 사용하는 무기를 탄환을 통해 유추하려고 한 모양이다.

"탄창에서 각 하나씩 총 20발이에요."

가느다란 손으로 건네며 탄환을 뚫어지게 보는 것을 보니 아쉬운 모양이다.

"나름 즐거웠소. 하지만 다음부터는 이런 경우가 발생하면 대가를 치러야 할 것이오."

"알았어요."

아쉬워하는 써니 다이에게 경고를 한 후 무기고를 나섰다.

나가면서 보안장치를 면밀히 살폈다. 아무도 모르게 다시 한 번 와야 할 곳이기 때문이다. 나에게 필요한 물건도 있고, 확인도 해야 할 것이 있는 까닭이다.

경계를 제법 단단히 하고 있지만 이 정도라면 아무도 모르게 들어올 수 있을 것이다.

문들이 닫히는 소리를 들으며 지하실을 올라와 보니 재미있는 광경이 벌어져 있었다.

나에게 맞아 쓰러진 자들은 어디로 가고 새로운 자들이 신음 소리와 함께 바닥에 뒹굴고 있었다.

"무슨 일이지?"

"이 문 앞에서 두영 씨를 기다리려고 하니 자꾸 말려서요. 완력을 쓰려 하기에 손 좀 봐줬어요."

"후후후, 안젤라를 물로 본 모양이군. 이만 나가자고. 얻을 것을 얻었으니 말이야."

"알았어요."

"써니 다이, 오늘은 이쯤에서 해두겠지만 지금부터 내 일을

방해한다면 그만한 대가를 치러야 할 거야. 그러니 알아서 행
동하는 것이 좋아."

써니 다이에게 경고를 보냈다. 듣지도 않을 테지만 나중 일
을 위해서다.

열이 받아 노려보는 써니 다이의 시선을 뒤로 두고 식당을
나섰다. 나 말고도 안젤라까지 이렇게 휘저어놨으니 써니 다
이라는 여자가 움직일 것이 분명했다. 그녀가 움직인다면 나
도 바라는 것을 얻을 기회가 생길 것이다. 바로 써니 다이라는
여자를 말이다.

"전쟁을 치러본 경험이 있는 자들 같은데 워마켓에는 저런
자들이 많은 가요?"

밖으로 나오자 안젤라가 물었다.

"후후후, 안젤라가 몰라서 그러는데, 저들은 그저 송사리에
불과해. 진짜 블랙솔저들은 안젤라도 어느 정도 부상을 각오
해야 상대할 수 있을 거야."

"그 정도예요?"

내 말에 놀란 듯 안젤라가 반문한다.

"저런 자들은 정말 부지기수로 많아. 하지만 블랙솔저들은 얼
마 없지. 숫자로 따지면 백에서 이백 정도 될 거야. 저 안에 있는
자들 중에 써니 다이라 불리는 여자도 블랙솔저 중 하나야."

"어쩐지, 실력이 상당한 것 같기는 했어요. 하지만 그 정도
수준이라면……"

“후후후, 블랙솔저이기는 하지만 아직은 햇병아리야. 그러
니 이런 워마캣을 운영하고 있지. 아마 그녀가 실력을 쌓고 프
리랜서로 활동하려면 오래 시간이 걸릴걸? 진짜 블랙솔저는
써니 다이 정도 되는 자들이 열 명 정도 돼야 간신히 상대할 수
있을 거야.”

“그럼!”

놀란 듯한 말투다 안젤라가 걱정이 드는 모양이다. 내가 향
하는 곳에 있는 자들은 전부 진짜 블랙솔저들이라는 사실 때
문인 것 같다.

“걱정하지 마. 그 정도 인원이면 충분히 상대할 수 있으니까
말이야.”

“알았어요. 하지만 조심해야 돼요. 난 다크 엘프가 되고 싶
지 않으니까요.”

“하하하, 알았어.”

기분이 좋지 않을 수 없다.

다크 엘프가 되고 싶지 않다는 것은 안젤라가 이제 나를 완
벽한 반려로 인식하고 있다는 뜻이기 때문이다.

안젤라의 어깨를 살며시 껴안았다. 정말이지, 사랑스러운
여자다.

*   *   *

써니는 뒹굴고 있는 수하들을 보며 질려 있었다.

‘이 정도 무력이면 거의 특급 수준이다.’

블랙솔저 급은 아니지만 나름대로 한가락 하는 수하들이다. 그런데 모두 박살이 난 것을 보니 여려 보이는 것과는 달리 무력이 상당한 수준인 것 같다. 만만히 보았는데 안젤라의 실력이 자신을 상회할지도 모른다는 생각이 들었다.

‘저자의 무력은 짐작조차 못하겠는데 그와 버금가는 무력을 지닌 여자라니… 무슨 짓을 벌일지 모르지만 상황을 지켜봐야 할 것 같다.’

섣불리 덤빌 상대가 아니라는 생각이 든 써니는 일단 상황부터 파악하기로 했다.

“제이슨!”

“예, 마담!”

“수하들을 풀어 방금 나간 남녀에 대해 알아봐라. 그리고 그들이 무엇을 하려는지도 말이야.”

“허리케인 류와 접선한다면 어떻게 합니까?”

제이슨으로서는 당연한 반문이었다. 허리케인 류를 지켜본다는 것은 무척이나 위험한 일이었기 때문이다.

“저들이 허리케인 류와 접선한다면 전부 철수한다. 우리가 지켜보고 있다는 것을 안다면 허리켄인 류가 우리를 몰살시키려 할 테니까.”

“알겠습니다.”

제이슨에게 지시를 내린 후 작업복으로 갈아입기 위해 방으로 올라갔다. 허리케인 류가 나타난다면 제이슨에게만 맡겨놓으면 안 될 것 같았기 때문이다.

써니는 간단하게 무기를 챙기고 밖으로 나섰다.

'다정한 한 쌍의 바퀴벌레로군.'

멀리서 걸어가고 있는 다정한 두영과 안젤라가 보였다.

노처녀 염장을 지를 일이 있는 듯 어깨를 두른 남자의 손이 꼼지락거린다.

'그런데 어째서 내가 내 가슴을 보고 있는 거지? 정신 차리자, 써니!!'

두영의 행동에 무심코 자신의 가슴을 보았던 써니는 머리를 흔들며 두 사람에게 집중했다.

'잘 따르고 있구나.'

제이슨과 수하들이 멀리서 그들의 뒤를 따르는 것이 보인다.

'역시! 수하들로서는 무리였나?'

눈에 띄지 않는 움직임이었지만 예상과 같이 안젤라의 어깨를 손으로 두르고 있는 두영이 알아차린 것 같다는 생각이 들었다.

'그런데 저 자식! 여긴 길거리인데 말이야.'

계속 손을 꼼지락거리는 것을 보니 손버릇이 안 좋은 모양이다.

'쳇!! 그렇다고 사람들이 많은 길거리에서 가만히 있는 여자는 또 뭐고! 쩝!! 하긴 저 정도 남자면 나라도 가만히 있겠다. 얼굴 되고, 덩치 되고, 거기다 카리스마까지. 아이고, 내가 왜 이러냐?

생판 모르는 여자에게 질투를 느끼다니 머리가 이상해진 것 같았다. 자꾸만 이상한 상상이 드는 써니는 정신을 가다듬으려 애를 썼다.

'한동안 쉬었다고 정신이 해이해지다니……. 써니야, 정신 차리자, 정신!!'

* * *

졸졸 따르는 것을 보니 나에게 관심이 있는 모양이다.

그 관심이 어디서 비롯됐는지 모르지만, 허튼수작을 하면 날려 버리면 되니 그냥 그대로 두었다.

어차피 몇 년간 생활해야 할 터전이니 놀이터 하나 정도는 만들어두어야 문제가 없을 것 같기도 하고 말이다.

몇 놈이 될지는 모르지만 최대한 전격적으로 박살을 내야 한다. 무고한 사람들을 죽인 놈들이니 그만한 대가를 치러주어야 할 것이다.

호텔로 들어선 후 로비를 찾았다.

다행히 늦은 시간이라 로비를 지키고 있는 호텔 직원은 두 명밖에 없었다.

"탈(奪)! 호흔(呼魂)!"

로비로 다가서자마자 다짜고짜 주법을 시행했다. 일종의 최면술이라 충격 요법을 쓸 때 효과가 높기 때문이다.

멍한 표정으로 나와 안젤라를 맞는 두 사람에게 물었다.

"요사이 호텔을 찾은 자들 중 만나기 꺼려지는 자들이 있었나?"

블랙솔저를 일반인이 구별하기는 매우 어렵다. 그나마 찾아내려 한다면 어쩐지 그들에게 다가가기 꺼려지는 느낌이다.

호텔 로비를 지키면서 수많은 사람을 만나는 직원들이라면 어딘가 다시 보고 싶지 않은 이들에 대해 기억하고 있을 것이기에 물은 것이다.

"한 달 전, 8층에 여덟 개의 방을 빌렸습니다. 손님들은 각자 왔고, 어제 마지막 손님을 끝으로 모두 방이 찼습니다."

억양이 없는 무심한 어조로 대답하는 소리지만 블랙솔저들이 모두 모인 것은 틀림없었다.

"몇 호지?"

"8층 11호부터 18호까지입니다."

"좋아, 우리가 왔다는 사실을 잊고 일에 전념하도록. 혹시나 큰 소음이 들리면 다른 투숙객들을 설득하도록 해라. 그리고 CCTV는 다 폐쇄하도록!"

"알겠습니다."

"가자고, 안젤라."

직원들에게 내 지시를 각인시키고 안젤라와 함께 엘리베이터에 올라탔다.

"안젤라, 지금부터는 꽤 재미있는 싸움이 있을 거야. 안젤라는 나서지 말고 내 후방을 맡아줘."

"알았어요, 두영 씨."

믿음이 가득한 안젤라의 얼굴을 바라보며 위층으로 올라갔다.

이윽고, 엘리베이터는 8층에 멈추어 섰다.

내린 후에 11호를 향해 천천히 다가갔다.

목표에 다가가는 동안 두영이 여기저기 손을 뿌리는 것이 보였다. 두영의 손길을 따라 하얀 빛이 흘러가는 모습을 바라보면서 안젤라의 뇌리로 한 가지 생각이 스쳤다.

'저, 저건!! 술자 가문의 사람들이 술법을 위해 사용한다는 은광(隱光)이 틀림없다. 저토록 은밀히 빛을 뿌릴 수 있는 것을 보면······.'

상승의 경지에 다다른 자의 경우 그 흔적조차 찾기 힘들다는 술법의 힘이 바로 은광이었다. 두영이 아무렇지 않게 뿌린 은광이 자신조차 빛의 흔적을 찾기 힘들었다. 안젤라로서는 두영의 힘이 어느 정도인지 짐작하기조차 어려웠다.

'소리를 차단했구나.'

동방의 글자를 상징하는 빛이 여기저기 뿌려지자 주변이 적막해졌다. 아마도 사일런스 마법과 같은 효과를 가지는 것이 분명해 보였다.

두영은 적들이 있는 방을 지나쳐 복도 끝까지 술법을 베풀었다. 비상계단도 빠뜨리지 않았다.

그렇게 8층 전체가 술법의 힘에 휩싸여 버렸다.

'웅! 이건!! 어떻게?'

시간이 조금 흐르자 안젤라는 건물 외벽을 따라 기이한 흐름이 감싸는 것이 느껴졌다. 내부뿐만 아니라 어느새 외부까지 술법을 베푼 모양이다.

"안젤라, 이제 됐어. 지금부터 놈들을 때려잡자고. 별의별 무기를 다 사용할 테니 조심하는 거 잊지 말고."

"알았어요."

두영의 당부가 아니더라도 안젤라도 반항에 이미 대비하고 있는 중이었다.

전과는 달리 두영 앞에서 무력해지는 자신을 바로잡기가 힘들었지만 블랙솔저라는 자들에게 쉽사리 당할 안젤라가 아니었다.

이미 스플렌더의 힘을 이용해 몸을 따라 배리어를 치고, 혹시나 두영을 향해 불의의 공격을 해댈 자들을 대비했다.

"이제 시작하자고."

안젤라의 준비가 끝난 것을 확인한 두영이 문을 향해 다가섰다.

'놈들이 알아차릴 텐데……'

문을 박살 내고 안으로 뛰어들어 가려는 것 같아 보였다. 과격한 진행이라는 생각에 안젤라가 마음을 단단히 먹고 다리에 힘을 주었다.

'웅?'

두영이 손가락을 흔들었다. 아니라는 뜻이었다.

안젤라가 잠시 기다리니 두영의 손가락이 문에 있는 카드 키를 향해 다가갔다.

두영의 손가락에 녹색의 빛이 어렸다.

철컥!

'어떻게 연 거지? 분명……'

간단하게 문이 열렸다. 어떻게 했기에 문이 열리는지 이해가 가지 않았다. 문을 닫는 걸쇠에 분명 마법적 힘이 느껴지는데 너무도 쉽게 문을 열려 버린 것이다.

문이 열리고 안으로 들어선 두영이 손바닥을 정면을 향해 펼치는 것이 보였다.

타타탕!

퍼퍼픽! 투드득!

연이어 발생하는 총소리와 무엇인가에 부딪친 뒤 바닥으로 떨어진 탄환들이 안젤라의 눈에 뜨였다. 아직도 열기가 식지 않은 듯 바닥에 떨어진 탄환들이 작은 연기를 피워 올리는 중이었다.

타타탕!!

총소리는 여전했다.

투투투툭!

어디에 숨어 있는지 보이지 않는 자로부터 발사되는 총알은 여전히 두영의 손바닥에서 흘러나오는 기운을 뚫지 못하고 바닥으로 떨어지고 있었다.

"쥐새끼로군. 하지만 훌륭했다. 허은의 술법을 자유자재로 사용하다니 말이다. 이런 때는 파랑격(波浪擊)이 제격이지. 파혼(破魂)!!"

단단한 목소리와 함께 두영의 손바닥에서 기이한 파장이 방 안으로 퍼져 나갔다.

투드득!

파팍!!

호텔에서 준비한 작은 소품들이 일제히 바닥으로 떨어지고, 불을 밝히던 전구가 일제히 터져 나갔다.

"크윽!"

답답한 신음과 함께 창문 언저리에서 사람의 모습이 서서히 보이기 시작했다.

'마나를 사용하는 것은 같지만, 저자가 펼친 것은 다른 종류다.'

마나를 사용한 인비지빌리티라면 안젤라가 알아보지 못할 리가 없다. 투명화 마법을 쓰고 있는 것 같았지만 강력한 충격을 받았음에도 아직도 일부나마 모습이 감추어지는 것을 보며 안젤라는 자신이 알고 있는 것과는 다른 형식이라는 것을 알 수 있었다.

잠시 후, 마법이 완전히 풀린 것인지 쓰러진 자의 모습이 확연하게 드러났다.

'그나저나 아주 강력한 수법이다.'

파혼이라는 수법이 뭔지는 모르겠지만 일종의 충격파를 이용한 수법이 분명했다.

쓰러진 자가 입가로 가늘게 피를 흘리며 전신에 경련을 일으키는 것을 보니, 엘프 전사를 상회하는 능력을 지닌 자들이 꼼짝도 하지 못할 엄청난 충격을 지닌 것이 틀림없었다.

'뭐 하려는 것이지?'

창문가에서 엎어지듯 쓰러진 자를 향해 두영이 다가가더니 이마에 손을 짚었다. 두영이 손을 떼니 그의 이마에 은빛이 머물다가 사라졌다.

"그것은 또 뭐예요."

두영의 행동에 의문을 느낀 안젤라가 물었다.

"흐트러진 혼 이외에 백에 암시를 걸어 움직이지 못하게 했어. 이자는 지금 혼에 충격을 받았어. 그렇지 않았다면 통하지 않을 수법이지만 지금 상태라면 내가 풀지 않는 한 영원히 움직이지 못할 거야."

"혼과 백이라니 무슨 말이에요?"

"후후, 지금은 설명할 시간이 없어. 놈들을 다 잡은 후에 자세하게 설명을 해줄게."

"알았어요."

안젤라는 두영의 말을 따르기로 했다. 자신이 궁금해하고 있으니 이해가 가도록 설명을 해줄 것이라 생각한 것이다.

'전에는 내가 직접 했는데, 이런 기분도 나쁘지는 않구나.'

아무것도 하지 못하고 뒤만 졸졸 따라다니는 형국이지만 안젤라는 기분이 나쁘지는 않다. 이렇게 강한 사람이 자신이 선택한 반려라는 생각에 뿌듯함마저 느껴졌다.

두영은 쓰러진 자를 뒤로하고 다시 다음 방으로 향했다.

'아직 모르는 모양이로구나. 하긴 나조차 짐작하지 못하는 결계이니 놈들이 알아차릴 수는 없었을 것이다.'

총소리가 들리는 커다란 싸움이 있었지만 적은 옆방에서 일어난 싸움을 모르는 듯했다.

문이 열리자 방 안에 있는 적이 급하게 몸을 숨겼지만 이번에도 마찬가지였다.

다음에도 거의 대동소이하게 두영에게 잡혀 버렸다.

한 방에 두 명씩 있는 경우도 있었지만 두영을 위협할 만한 존재는 없었다.

그렇게 마지막 방을 남겨두고 거의 다 제압되었다.

"안젤라, 여긴 조금 조심해야 할 것 같아. 조금 특이한 놈이 있는 것 같으니 말이야."

"특이한 놈이라면?"

"기척을 완전히 차단했지만 알아차린 것 같으니 말이야."

"이 안에 있는 자가 우리를 알아차렸다는 거예요?"

"응, 문을 중심으로 폭열계의 수법이 펼쳐져 있어. 술법의 위력을 높이기 위해 방사형 폭탄도 설치되어 있는 것 같고 말이야."

"그럼 어떻게 해요?"

안젤라는 묻고 나서 무안해졌다. 스플렌더라면 그따위 것은 아무것도 아니었다. 두영에게만 의지하는 모습이 점점 바보가 되어가는 느낌이 들었던 것이다.

"안젤라가 나설 것까지는 없어. 놈이 이런 준비를 했다면 역이용하면 그만이니까."

이상한 말이었다. 술법을 역이용하는 것은 매우 어려운 일이다. 술법은 배타적인 성격이 강해서 다른 이가 펼친 것을 잘못 다루었다가는 큰 피해를 입는다는 것은 상식이었기 때문이다.

"술법이 펼쳐져 있다고 하지 않았나요?"

"그렇지. 하지만 이 정도라면 내게 술법이라고 할 수도 없어. 놈은 헛된 고생만 한 거지. 아마도 우리가 제압한 자들의 경기를 주선한 커미셔너 같은데 된통 당하게 해줘야 하잖아? 후후후."

웃는 얼굴을 보니 마음이 놓였다. 두영이 아예 위험조차 못 느끼고 있는 것 같아 보였던 것이다.

"역(易)! 계(界)!"

안젤라는 두영의 말을 따라 은광이 퍼지며 뭔가 바뀌는 듯한 느낌이 들었다. 기운의 흐름이 정반대로 바뀌며 복도에 따뜻한 온기가 흘렀던 것이다.

"그럼 열어볼까?"

우지직!!!

지금까지와는 다르게 두영이 방문에 달린 손잡이를 잡아 뜯었다.

쾅! 콰쾅!

화르르르르!!

건물이 일순 흔들리는 강렬한 폭발음가 함께 강렬한 열기가 방으로 몰아쳐 들어갔다.

방 안 가득한 화염이 눈을 어지럽게 했다. 폭발이 복도로 빠져나온 것이 아니라 방 안으로 쏟아져 들어간 것이었다.

"소(燒) 멸(滅)!!"

화염이 가득한 방 안을 향해 두영의 외침이 터져 나갔다. 지옥의 화염 같은 불길이 순식간에 수그러들었다.

"환(換) 기(氣)!!"

다시 한 번 외치자 남아 있던 열기가 박살난 창을 뚫고 빠져나갔다.

"안젤라, 이제 들어가도 돼. 안에 있던 놈이 통구이가 되면 어쩌나 걱정했는데 역시 그 정도로는 죽지 않은 것 같아."

앞장서 들어가는 두영의 눈에 흥미로운 빛이 가득했다. 분명 안에 있는 자에 대해 관심이 있는 것이 틀림없었다.

두영을 따라 안으로 들어간 안젤라는 폭발의 열기로 이곳저곳 타들어간 자국이 가득한 것을 볼 수 있었다.

옷가지가 전부 타들어간 자가 방 안을 뒹굴고 있었다.

"크으윽!"

바닥을 뒹굴고 있는 자의 입에서는 연신 신음이 흘러나오고 있는 중이었다.

꽤나 고통스러운 모습이다. 화상뿐만 아니라 폭발의 여파로

온몸의 살이 여기저기 뭉텅이로 떨어져 나갔으니 그럴 만도
해 보였다.

"이제 나.오.지?"

화가 난 듯 말이 딱딱 끊어진다.

적은 바닥을 뒹굴고 있는데 두영은 엉뚱한 곳을 보고 이상
한 말을 하기에 안젤라의 시선이 자리를 바꿨다.

"혼술이 나에게 통할 거라고 생각하나?"

이번에는 다른 곳을 보고 또다시 이상한 말을 했다. 안젤라
의 시선도 두영을 따라갔다.

"말로 해서는 안 될 작자로군. 결(抉)! 제령(提靈)!"

호통을 치듯 나오는 고함과 함께 검지와 중지를 세워 가리
키는 두영의 손길을 따라 푸른 불길이 일어났다.

"크아아악!"

공간이 갈라지고 희끄무레한 연기 같은 것이 바닥으로 떨어
졌다. 공간 결계가 깨지고 안에 숨어 있던 자가 충격을 못 이
기고 나뒹군 것이다.

잘게 흔들리는 뿌연 연기가 바닥에서 뒹굴고 있는 자에게
다가가고 있었다. 그리고는 서서히 그의 코로 흡입되기 시작
했다.

"후후후, 감히 삼묘의 법을 이은 나에게 혼술이라니! 다른
술법을 사용했다면 모를까 혼술을 사용한 것이 네 실수다."

두영의 표정이 무서워졌다. 언제나 귀엽고 따뜻한 모습만
보아왔던 안젤라로서는 의외였다.

하지만 남자다워 보이는 것이 그리 나쁘지는 않았다. 알 수 없는 위엄과 권위가 전신에 흐르고 있었던 것이다.

"어, 어떻게?"

바닥을 뒹굴던 자가 고통스러운 표정으로 두영에게 물었다. 그의 눈에는 경악과 의심이 동시에 흐르고 있었다.

"후후후, 네놈이 알 필요가 있을까? 그것보다는 어떻게 혼술을 알게 됐는지 나에게 모두 불어야 할 것이다."

"이익!"

툭!

두영의 말에 바닥에 쓰러져 있는 자가 혀를 깨물었다. 끊어져 나간 혀가 피와 함께 바닥에 떨어졌다.

'저, 저게 뭐지?

끊어진 혀에서 붉은 연기가 뭉클거리며 솟아올랐다. 한눈에 보기에도 불길한 기운이었다.

혀가 끊어진 채 모로 쓰러지는 자의 몸이 붉은 연기가 피어오르는 속도와 같이 미라처럼 말라가기 시작했다.

뭔가 기괴한 술법을 펼친 것이 틀림없다. 자신의 생명력을 희생시켜 저주나 괴수를 부르는 술법이 있다고 하더니 그런 모양이었다.

"두영 씨!!"

"후후후, 네놈이 아직도!! 만수(滿水)의 령(靈) 빙조(氷彫)!!"

언령이 깃든 듯한 두영의 말과 함께 손길을 따라 하얀 기운이 붉은 기운을 감쌌다.

‘갑자기 기온이 떨어지다니, 하아! 춥다.’

허연 입김이 순식간에 입 주변에 가득할 정도로 추위가 몰아치자 안젤라가 몸을 떨었다.

뭉클거리던 붉은 기운은 어느새 멈췄다. 얼음보다 차가운 기운이 붉은 기운을 감싼 까닭인 것 같았다.

‘정말 놀라운 술법이다. 주변을 완벽하게 지배하는 기운이라니, 동방의 술법이 신묘함을 감추고 있다고는 들었지만 이 정도일 줄은 몰랐다.’

안젤라는 두영이 펼친 것은 자신이 아는 동방의 술법과는 차원을 달리하는 것 같다.

어떻게 이런 극한의 술법을 두영이 익혔는지 정말이지 모를 일이었다.

아리안에 있는 일족의 최고 마법사인 카로안 대장로도 저렇게 순식간에 마법을 펼치지는 못했다. 8클래스 급의 빙계 마법과 비슷한 위력을 가진 것으로 보이는 저런 술법을 펼치려면 적어도 10분 정도는 준비를 해야 했다. 하지만 두영은 그와 비슷한 위력의 술법을 순식간에 펼쳐 버린 것이다.

‘도대체 어떤 곳일까?’

안젤라는 잠시 두영의 가문에 대해 생각해 보았다. 정말이지, 놀랍기 그지없는 술법을 가진 가문이다. 완전히 펼쳐지지도 않았는데 전신을 오싹하게 하는 기운이 서린 술법을 부리는 술자 가문이라니, 두영의 가문이 도대체 어떤 곳인지 너무도 궁금했다.

'이제 다 된 것 같구나.'

안젤라가 보기에 두영의 술법으로 생명력을 담보로 펼친 죽음의 술법은 이미 해제가 된 듯 보였다. 더 이상 붉은 기운이 퍼지지 않았던 것이다.

"적염의 술까지 알고 있다니 이거 의외인걸?"

'뭐지? 저자가 두영 씨와 관계가 있었던 건가?'

뭔가 의문이 드는 듯한 말과 함께 두영의 눈빛이 빛나고 있는 것이 보였다. 방금 전 펼쳐졌던 술법을 생각하는 모양이다.

'아무래도 저자가 죽음을 전제로 펼친 술법은 두영 씨와 관련이 있는 것이 틀림없다.'

안젤라는 더 이상 생각을 이어 나갈 수가 없었다. 두영이 자신에게 부탁을 해왔던 것이다.

"안젤라, 이제 다 잡은 것 같으니 놈들을 옮겨야겠는데 방법이 없을까? 이 상태로는 데리고 가기 곤란하니까 말이야."

"잠깐만요. 세상에 나와 있는 일족의 벗들에게 연락을 할게요. 그들이라면 충분히 도와줄 수 있을 거예요."

지금까지 아무것도 하지 못했지만 안젤라는 쓰러진 자들을 처리할 수 있다는 것이 기뻤다.

아무래도 아직까지 아무런 세력을 갖지 않은 두영에게 자신도 도움이 될 수 있을 것 같았기 때문이다.

엘프 일족의 벗들은 사회적으로 상당한 지위에 있는 사람들이다.

엘프가 인정한 사람들답게 그들은 매우 정의로웠다. 또한 세상을 지키기 위해 언제나 자신의 모든 것을 바치는 이들이었다.

가지고 있는 힘 또한 만만치 않아 앞으로 두영에게 큰 도움을 줄 수 있을 것이라는 생각이 들었던 것이다.

이오! 이오! 애애앵!

연락을 한 후 10분도 되지 않아 박살난 창문을 통해 들려오는 사이렌 소리가 요란하다.

블랙솔저와 커미셔너를 모두 잡은 후 두영이 술법을 해제했기에 안젤라가 바깥의 소리를 들을 수 있었던 것이다.

"이제 왔나 봐요. 엘프의 벗 중 하나가 이곳에서 병원을 운영하고 있거든요."

"구급차로 싣고 가면 의심이 덜할 테니 괜찮겠군. 그러면 우선 이곳부터 정리를 해볼까? 이런 흔적이 남는다면 사회면에 기사가 날지도 모르니까 말이야."

"이렇게 완전히 불타 버린 곳도 복구가 가능한 건가요?"

다친 사람을 회복시키는 리커버리보다는 쉬운 마법이라고는 하지만 리페어는 고난이도 마법이었다. 거의 7클래스 급에 달하는 마법이라고 할 수 있다.

그런 리페어라도 원상 회복은 대상 사물이 하나인 경우에만 가능했다. 이렇게 방 안 전체가 화염으로 인해 박살난 상태라면 7써클의 마법사가 수십 명이 있다면 모를까, 원상태로 수리하는 것은 불가능한 것이기에 안젤라가 물었다.

“충분해. 완전히는 아니지만 사람들이 인식하지 못하도록 할 수는 있어. 본래의 물건보다 빨리 못 쓰게 되겠지만 말이야. 그럼 안젤라는 저놈을 데리고 뒤로 좀 물러나 줄래?”

두영의 부탁대로 안젤라는 술법에 방해가 되지 않게 바닥에 쓰러진 자의 팔을 끌고 문가로 갔다.

“일단은 적염의 술부터 거두어야겠지. 포(捕)! 령인(靈引)!!”

두영의 말을 따라 얼어붙은 붉은 연기가 줄어들기 시작했다.

엄청난 압력에 졸아드는 것처럼 작아진 연기가 두영이 휘두른 손길을 따라 사라져 버렸다.

“복(復)! 진상(眞想)! 체(體)!!”

두 손을 벌려 앞으로 들며 외치는 두영의 목소리를 따라 은광이 뻗어나갔다. 손에서 희끗거리던 아까와는 달리 전신에서 찬란한 은광이 뻗어 나왔다.

‘어떻게?

빛이 스치는 곳에 놀라운 변화가 일어나고 있었다.

불에 그슬리고 폭발의 여파로 박살난 집기들이 점차 원래의 색을 회복하고 제 모습을 찾아가고 있었다.

“안젤라, 어서 다른 놈들도 챙기자고.”

너무도 엄청난 힘에 멍하니 보고 있던 안젤라는 두영의 말에 정신을 차렸다.

“아, 알았어요.”

“쩝!! 문손잡이는 생각도 못했네. 다시 펼치면 영향을 받을

지 모르니까 그대로 놔둬야겠군."

밖으로 나와 보니 뜯어져 나간 손잡이가 그대로였다. 방금 전 펼친 술법은 함부로 펼칠 수 없는 듯 두영이 멋쩍어했다.

"그냥 놔둬요. 엘프의 친구들이 알아서 해줄 거예요."

"하하하! 그럼, 그럴까?"

엘리베이터가 멈추고 분주하게 복도를 따라오고 있는 사람들이 안젤라의 눈에 보였다. 예전에도 몇 번 보았던 엘프의 친구들이라 반가운 마음이 드는 안젤라였다.

"두영 씨, 이제 왔나 봐요. 어?"

도와줄 사람들이 와서 두영을 돌아보니 온데간데없이 사라지고 없었다.

'안젤라, 모습을 감추었으니 놀라지 마. 지금 오는 사람들이 엘프의 친구들이라고 해도 내 얼굴이 알려져서는 곤란하니까 말이야. 그리고 이자들을 제압한 것은 안젤라가 했다고 말해줘.'

울리듯 뇌리로 전해오는 목소리는 텔레파시였다. 다른 사람은 안 되겠지만 반려로 선택한 사람에게는 가능하기에 안젤라도 텔레파시로 대답했다.

'알았어요. 그렇게 할게요.'

아직 엘프들 이외에는 두영의 존재가 세상에 알려지는 것이 좋지 않으니 그대로 하는 것이 좋을 것 같았기에 안젤라는 두영의 존재를 알리지 않았다.

"어서 와요. 수고 좀 해줘요."

안젤라가 인사를 하자 엘리베이터를 타고 온 자들은 눈으로 간단히 인사를 한 후 전화로 부탁한 대로 알아서 방들을 정리하기 시작했다.

＊　　　＊　　　＊

죽이려 하다가 살려둔 이유가 있다. 이들이 펼친 술법의 잔재에서 삼묘족의 흔적을 찾았기 때문이다.

삼묘족의 일원이었다가 배신을 때리고 오래전에 사라진 자들의 흔적이 말이다.

은신술로 모습을 감추고 호텔로 들어와 주변을 수습하고 있는 자들을 살폈다. 응급의료사하고 의사들 같기는 한데 상당히 단련된 자들이다.

안젤라가 수호검주로 세상을 활보하는 데 도움을 주는 자들이라고 하던데 만만치 않아 보인다.

쓰러져 있는 자들을 엘리베이터를 타고 모두 옮기는 데는 시간이 얼마 걸리지 않았다.

안젤라에게 텔레파시로 물어보니 예전에도 이런 일이 몇 번 있었다고 한다. 나름대로 노하우가 있는 것 같다.

이자들은 정신병자들을 치료하는 폐쇄 병동으로 옮겨질 것이다. 안젤라에게 부탁해 조용히 심문을 할 수 있는 곳을 알아봐 달라고 했더니 찾은 장소다.

세상을 누비며 이계의 존재나 악령을 처리하는 수호검주로

서 안젤라가 사로잡은 존재들을 가두어놓는 곳이었다고 하니
웬만해서는 빠져나갈 수 없을 것이다.

　놈들에 대한 처리를 끝내고 밖으로 나서니 써니 다이와 그
녀의 수하들로 보이는 이들이 호텔 근처에 잠복해 지켜보고
있는 것이 느껴졌다.

　결계를 친 덕분에 호텔로 들어오지 못하고 바깥에서 지켜보
고 있었던 모양이다.

　몇이 떠나는 앰뷸런스를 뒤쫓은 것 같아 안젤라에게 말해주
었다.

　안젤라도 이미 알고 있었던 듯 염려하지 말라고 한다. 그 정
도는 처리할 수 있는 능력이 있는 사람들이 왔다는 것이다.

　거의 완벽하게 처리를 끝냈으니 이제 쫓아온 자들을 족치면
된다. 꼬투리를 잡았으니 이제 코뚜레만 꿰면 되는 것이다.

　학업을 위해 이곳에 있을 동안 내가 원하는 일을 해주어야
할 것이다.

　미안한 일이지만 이제부터 너희들은 내 밥이다. 언제든지
떠먹을 수 있는 나만의 밥 말이다.

＊　　＊　　＊

　이오! 이오!
　앵! 앵! 앵!
　사이렌을 울리며 병원을 향해 달려가고 있는 앰뷸런스가 다

리를 건너기 위해 입구로 다가오는 중이었다.

앰뷸런스가 건너는 다리를 향해 배 한 척이 천천히 다가오고 있었다. 다른 보트들과는 달리 다리에 가까이 붙는 것이 뭔가 목적이 있어 보였다.

보트를 몰고 있는 자는 검은색 슈트를 입고 있는 동양계의 사나이였다.

사나이의 얼굴에는 초조한 표정이 가득했다. 이번에 맡은 의뢰가 자신들을 세상에 드러나게 하기 위한 음모라는 생각이 강하게 들었던 것이다.

'최대한 빨리 처리해야 한다. 이렇게 시간이 없을 줄이야. 감응이 끊긴 후 곧바로 돌아왔는데 병원으로 실려 가는 신세라니, 어떤 자들인지 모르지만 정말 대단하다. 세상에 풀어놓은 감응자 중 하나를 이리 간단히 제압하고, 환자로 위장하여 이동하는 것을 보니 상당한 자가 나선 것이 분명하다. 쉬운 의뢰라고 생각했는데 우리가 알지 못하는 무엇인가 있는 것이 분명하다. 놈들이 누구인지 모르는 이상 최대한 빨리 처리하고 오랫동안 잠수해야 할 것이다.'

부우웅!

보트를 운전하고 있는 사나이는 찰스 강을 가로지르며 다리 가까이 다가가 평행으로 몰았다. 흔적을 남기지 않고 감응자를 처리하려면 이 방법밖에는 없었기 때문이다.

복속한 자들은 아무것도 모르니 상관은 없지만 그들의 영혼을 주관하는 감응자는 반드시 처리해야 했다. 감응자를 살펴보면 자신들의 정체가 드러날 가능성이 매우 높았기 때문이다.

"해(解)! 사령(死靈)! 파(破)!!"

사나이는 다리를 따라가며 감응자가 실린 앰뷸란스에 사령기를 심었다. 흔들리는 보트에서 시전하는 것이지만 제대로 술법이 펼쳐진 것을 확인한 사나이는 자신의 보트를 몰아 다리에서 멀어졌다.

앰뷸런스가 단단한 결계로 보호되고 있지만 영혼과 반응하는 사령기를 심었으니 입을 열고자 결계를 푼다면 감응자는 세상에서 사라질 것이 분명하다.

이제 도마뱀의 꼬리는 자른 것이나 마찬가지였다. 남은 것은 완전히 종적을 감추고 자신들과 비슷한 술법을 펼치는 자가 누구인지 알아내는 것뿐이었다.

자신과 일족을 위해서라도 반드시 알아내야 할 일이었다.

감응자를 제압한 것을 보면 사나이의 일족에게는 남겨지지 않은 수법이 사용된 것이 분명했다. 일족과 자신의 꿈을 실현할 단서를 발견했다는 생각에 사나이의 표정은 비장하기 그지없었다.

『타임 슬라이스』 3권에 계속…

눈매 퓨전 판타지 소설

가면의 레온

the Mask of Leon

**중원을 공포로 떨게 만든 희대의 악마, 혈마존.
그의 영혼이 기억을 잃은 채 차원 이동을 한다.**

한 소년과 몸이 바뀐 후 깨어난 혈마존.
기억은 지워지고 싸가지없는 본성만 남았다!
욱할 때마다 튀어나오는 살벌한 말투와 그의 독자 무공.

'아, 나는 왜 이렇게 성격이 더러운가?
어째서 이리도 잔인한 기술을 알고 있는 것인가? 착하게 살고 싶다.'

살인광이었던 그가 전혀 어울리지 않는 대신관이 되기로 결심한다.
하지만 그 본성이 어디 가나…….

"이런 빌어 처먹을 놈들, 신전에서 봉사 활동 안 할래?"

Book Publishing CHUNGEORAM

임준욱 장편 소설

무적자

WITHOUT MERCY

그의 이름은 임화평(林和平)이다.
이름처럼 살기를 소망했고 그렇게 살아왔다.
그를 건드리지 말았어야 했다.
조용히 살게 놔두었어야 했다.

"너희들 실수한 거야.
내 세상의 중심,
내 평안의 근거를 깨뜨린 거다.
세상 전부와도 바꿀 수 없는……
알게 해주마, 너희들이 누구를 건드린 건지."

그의 고독한 여정이 시작되었다.

—오, 바라타족의 아들이여. 언제든지 정의가 무너지고 정의가 아닌 것이
판을 치는 때가 되면 나는 곧 나 자신을 나타내느니라.
올바른 자를 보호하기 위하여, 악한 자를 멸하기 위하여, 그리하여 정의를
다시 세우기 위하여, 나는 시대에서 시대로 태어난다.

〈바가바드기타 중에서〉